ANNIE CORDY
avec la collaboration de Cécile Barthélémy



# NINI LA CHANCE

*Mémoires*

belfond
12, avenue d'Italie
75013 Paris

Si vous souhaitez recevoir notre catalogue
et être tenu au courant de nos publications,
envoyez vos nom et adresse, en citant ce livre,
aux Éditions Belfond,
12, avenue d'Italie, 75013 Paris.
Et, pour le Canada, à
Édipresse Inc., 945, avenue Beaumont,
Montréal, Québec, H3N 1W3.

ISBN 2.7144.3619.6

Qui m'aime me lise

# COUP D'ENVOI

Je ne sais pas vous…

Mais moi, je me demande souvent ce qui me passe par la tête. En ce moment, je me le demande même très fort. Si fort que j'en suis à me dire, à voix haute qui plus est : « Non, mais ça ne va pas, Nini ! Tu te rends compte, dans quelles galères tu sautes, toute seule comme une grande, de ton plein gré et à pieds joints ? » Du coup, me voici soudain en parfaite contradiction avec moi-même.

Car c'est bien moi qui ai décidé de m'éloigner de la chanson et de travailler à un rythme peut-être un peu plus humain que celui que j'avais connu jusqu'alors. Pas que je m'en plaigne, loin de là ! Mais soudain a germé en moi l'envie de faire autre chose. Une fiction par-ci, un spectacle par-là. Et les dieux semblaient en accord avec moi.

Un nouveau rythme de travail s'est installé, tout naturellement. J'ai tourné pas mal de fictions, dont la dernière *Sans cérémonie*, avec mon ami Charles Aznavour.

J'ai conçu un spectacle pour une salle moyenne. Et pourquoi pas une petite salle, pour changer ? Je l'ai même rodé, ce spectacle, au cours d'une croisière en Méditerranée, à l'automne dernier.

Pour la première fois de ma vie, j'ai pris le temps. Le temps de me poser dans ma maison, à Bièvres, le temps de passer le mois d'août à Cannes, avec ma sœur Jeannette, ma nièce Michèle et aussi mon frère Louis, lorsqu'il vient nous rejoindre avec sa femme. Bon, c'est vrai, à Cannes, je ne chôme pas vraiment, j'ai tant d'amis à voir, tant d'autres qui viennent me rendre visite et auxquels je mitonne de bons petits plats. J'adore ça, faire la cuisine. J'ai même quelques petites recettes bien à moi, dont un certain « lapin au miel », qui me valent toujours un petit succès.

Côté travail, j'ai collaboré à deux compilations avec ma maison de disques. Un sacré boulot ! « Cinquante ans de chansons », on ne pouvait tout de même pas laisser passer ça sous silence ! Mais il a fallu faire une sélection serrée. En cinquante ans, j'ai interprété près de six cents chansons !

Cinquante ans ! J'ai toujours refusé de compter, mais je suis obligée de m'incliner, cinquante ans, cela fait un demi-siècle. Un sacré « bail », avec vous, mon public, mes « cordistes ». Et moi, qui n'ai rien vu passer. Cinquante ans, je dis c'était hier parce que je me raisonne, sans ça je dirais c'était... ce matin.

J'ai également préparé un disque, à partir d'adaptations de comédies musicales américaines : « Annie chante Broadway ».

Je suis allée applaudir mes amis. Pour moi, je l'avais décidé : les grandes salles de spectacle, je n'irais plus qu'en spectatrice. Le coup d'envoi de la saison dernière était donné par Charles Aznavour, au palais des Congrès. Bravo, Charles. Quel tonus, quelle vitalité et, toujours, quel immense talent.

« Quel courage aussi », ai-je pensé, en rentrant tranquillement me coucher ce soir-là. Charles, au palais des Congrès, avait signé pour trois mois qui allaient se prolonger par une tournée. Je sais tout ce que cela signifie de plaisir, d'enthousiasme, de satisfactions, d'applaudissements. Et aussi de soirées de solitude et de fatigue. D'angoisses plus encore. Je suis bien payée pour le savoir, moi qui jamais, au grand jamais, n'ai vécu une générale en ayant envie – surtout pas ! – d'entrer en scène.

« Je veux rentrer dans ma mienne maison », implorais-je dans les coulisses. Sans doute pas très élégant, mais cela disait bien ce que cela voulait dire. Ce dont personne ne tenait compte. Je me retrouvais bientôt propulsée sur le devant de la scène. Contente, qui plus est. Une fois que c'est parti…

Je ne pouvais – et ne l'aurais voulu pour rien au monde – manquer le coup d'envoi de Bécaud à l'Olympia. Qu'aurais-tu pensé, cher Gilbert ?

Retrouver l'Olympia, cette salle sublime au riche passé, intacte même si on l'a légèrement déplacée, retrouver ce climat, cette chaleur, cette intensité, ce public, oui, ce public qui scande le nom de l'artiste dont il connaît les refrains – et aussi les couplets – par cœur, quel bonheur ! Ah, oui ! Je l'ai vécue intensément, cette nouvelle vie de l'Olympia, à travers l'immense talent de Gilbert Bécaud.

Intensément… par amitié et admiration pour l'artiste en scène. Tranquillement… pour moi. Pas le moindre petit pincement de nostalgie, en allant embrasser Gilbert dans sa loge. Il y avait Lama – ah, mon grand Serge –, Philippe Lavil et aussi, et aussi…

Bref, on était tous là. Comme au bon vieux temps, à se serrer les coudes et se faire chaud au cœur. Lequel d'entre vous a commencé ? Je n'en suis pas sûre, mais il me semble bien que c'est toi, Serge. On devrait toujours se méfier de toi, de ton bras amical autour des épaules, de ton rire tonitruant et contagieux.

Bientôt, les autres t'ont rejoint, vous étiez là tous, en chœur : « Annie, l'Olympia, la prochaine fois, c'est à toi, à toi, à toi… » Comme un disque rayé vous serine toujours la même phrase.

Immédiatement, je me suis défendue : « Non, mais vous plaisantez, les gars. Je prépare un disque… » Je n'ai pas eu le temps d'en dire plus.

— Parce que, faire un disque, ça t'a déjà empêchée de faire un spectacle ? Arrête, Cordy.

— Non, mais c'est que…

Ça, je l'ai pensé très fort, mais je ne l'ai pas dit : « J'écris ma vie… »

Je les entends tous, d'une seule voix. « Ta vie ? Tu écris ta vie, Cordy ? Allons, sois raisonnable, comment peux-tu écrire ta vie, toi qui ne te souviens même pas de ce que tu as fait hier ? Toi qui, depuis toujours, te plais à dire : “Je suis une femme du présent.” »

Oui, je les entends comme s'ils étaient là. Et je me dis : « Attention, Cordy, ils ont raison, ils ont mille fois raison, tes amis. »

Depuis toujours, je projette ma vie et j'efface ce qui vient de se passer. À un point tel que vous ne pouvez l'imaginer. Il n'y a pas si longtemps, je parlais à une journaliste de ce que j'appelle aujourd'hui *Le Petit Bièvres*, notre première vraie maison que Bruno, mon mari, avait tout aussitôt baptisée *Billet doux*, charmant sobriquet dont il m'affublait amoureusement. C'est au *Petit Bièvres* que nous nous sommes mariés.

« Comment était habillée la mariée ? » me demande alors la journaliste. Bonne question… à laquelle je n'ai pas eu de réponse. J'ai cherché depuis. Non, je ne sais pas comment j'étais habillée, le jour de mon mariage…

Soudain lucide, je me demande comment je vais bien pouvoir vous livrer quelques bribes de ma vie. Quelle importance ! Je me lance, certaine qu'elle a été riche, drôle, laborieuse ô combien, gaie, inventive et bien plus encore…

Grâce à vous, mes « cordistes ».

Mes amis.

# 1

## J'arrive !

J'arrive… J'ai enfin pu mettre le nez dehors… Ça tombe bien, il fait beau. C'est le temps des cerises. Juin ! Le 16…

Le 16 juin 1928…

Coucou, me voilà ! J'ai du mal à distinguer les choses qui m'entourent, et pour cause… j'ai le visage recouvert d'un léger voile… C'est de bon augure, paraît-il. Les croyances populaires affirment que les bébés qui naissent ainsi auront de la chance. Les fées se sont penchées sur leur berceau, et le voile n'est autre qu'une légère poussière d'étoiles qu'elles ont laissée derrière elles et qui est retombée en pluie sur le nouveau-né.

Nous ne sommes pas nombreux à être nés avec cette particularité. Deux illustres personnages auraient été dans le même cas ! Victor Hugo et Napoléon, paraît-il. Je n'ai pas vérifié !

Née coiffée… C'est joli, non ?

Je qualifierais donc volontiers ma vie de conte de fées, sur un plan strictement poétique. Elle n'a certes pas été « un long fleuve tranquille », mais plutôt un tourbillon… Oui, ma vie a été, et est encore, un tourbillon. Une vie, quoi !

Mon entrée insolite ne s'arrête pas là. Fantaisie oblige : je suis née avec deux incisives. Vous ne me croyez pas ? Demandez à Jeannette, ma sœur aînée. Elle avait six ans, et s'en souvient encore.

Donc, Léonie-Julienne fait son entrée dans le monde. Je vais vous le refaire en flamand, c'est vraiment plus chantant – les intonations montent, descendent : Le-ô-nia, Juli-a-nna.

Pourquoi Léonie-Julienne ? Tout simplement parce que Léonie était le prénom d'une sœur de papa, et Julien le prénom du frère de maman, ma marraine et mon parrain, pour lesquels j'ai toujours eu une immense tendresse.

Me voici donc arrivée dans le cocon familial où m'attendent déjà Jeanne, six ans, et mon frère Louis, trois ans. Eh, oui ! Comme les baux, mes parents faisaient leurs enfants de trois ans en trois ans.

J'étais la troisième enfant de Jean Corneille Cooreman et de Maria de Leeuw. Leeuw, « lion » en flamand, le fameux lion des Flandres. Et cela lui allait bien, à maman. Du haut de son mètre cinquante-cinq, cette petite femme était un vrai lion.

Un sacré couple, mes parents. Un couple étonnant. Papa un sucre d'orge, maman une boule de feu. Un vrai couple ! Jaloux l'un comme l'autre, et l'un de l'autre, ils le sont restés jusqu'à la fin de leur vie. Ils avaient plus de soixante-dix ans, et je revois encore maman asticoter mon père, alors que nous étions tranquillement installés à une terrasse de café. Elle ne pouvait s'empêcher de lui dire : « Qu'est-ce qu'elle te veut, cette "noire" qui te regarde tout le temps ? », lorsqu'elle estimait que la jolie brune assise à la table voisine regardait son mari avec un peu trop d'insistance.

Ils étaient nés la même année, 1896. Maman, le 5 novembre, papa, le 13. Elle était donc, de huit jours, l'aînée de son mari. C'est pourquoi, mon père, lorsque sa femme l'avait par trop agacé, lui lançait un sonore : « Oh ! toi, la vieille ! », tout en nous gratifiant d'un clin d'œil complice, ce qui avait le don de nous mettre en joie. Mais pas maman Cooreman. Maria n'admettait aucun manque de respect, surtout de la part de ses enfants.

Me voici donc arrivée dans une famille modeste mais gaie, vraiment gaie. Face à mon père, au sens de l'humour à froid, il y avait ma mère, généreuse mais sans loi. Orpheline à treize ans, elle n'avait pas été élevée. En revanche, c'est elle qui avait élevé ses cinq frères et sœurs. C'est pas du Zola, mais presque.

Lorsque son père était mort, sa mère en était tombée malade, jusqu'à en mourir, laissant cinq enfants que l'on avait mis en nourrice, çà et là, selon leur âge et en fonction de ce qu'on pensait être le mieux pour eux. Ce n'était pas forcément l'avis de ma mère, qui est allée – littéralement – « enlever » sa petite sœur Louise, encore bébé, dans le couvent où elle avait été placée. Maria l'a prise, emportée, élevée. La hardiesse qu'il a fallu à l'adolescente qu'elle était alors, pour accomplir un tel acte, ne l'a jamais quittée, tout au long de sa vie.

Mes parents... Malgré les difficultés qu'ils ont pu connaître, la vie a toujours été un jeu entre ces deux êtres au tempérament si différent et complémentaire. Ils s'adoraient tout autant qu'ils se chamaillaient. Leurs duels étaient explosifs et piquants. Normal, deux « Scorpion », face à face.

Et moi, Léonie, née 16 juin 1928 à 22 heures, j'étais donc Gémeaux, ascendant Capricorne. J'y crois, j'y crois pas...

Le Gémeaux a la tête pleine de fantaisie, le Capricorne les pieds bien enfoncés dans la terre. Est-ce un signe de bon équilibre ?

Je ne me vois pas grandir. J'ai un trou. Je ris tout en disant cela, c'est vraiment un tout petit trou car mes premiers souvenirs remontent à mes six-huit mois. Du moins, c'est ce que, jusqu'à présent, j'ai toujours cru et prétendu. Mais je me trompe peut-être, car, à la réflexion...

En prévision de mon arrivée, mes parents avaient déménagé. Je suis donc née Avenue-de-la-Reine, mise au monde par une sage-femme. Oui, oui, tout près du château de Laeken, la demeure de nos rois. Ce qui me permet de dire : « Le roi était mon voisin, mais pas mon cousin ! » Mon voisin...

Des années plus tard, je serai reçue au château de Laeken par notre reine Fabiola.

Mon père, qui travaillait pour un patron, a décidé de se mettre à son compte, comme artisan menuisier, en attendant la venue du bébé. Il fabriquait des articles en bois pour artistes peintres, des châssis, des chevalets, etc. La famille s'est alors installée dans une maison qui comportait un atelier au rez-de-chaussée.

Je la vois toujours très nettement, notre maison. Imaginez la façade. À gauche, une grande baie. C'était la vitrine de la petite épicerie que ma mère venait d'ouvrir. Si elle ne savait ni lire ni écrire, elle comptait vite et juste, Maria.

À droite, l'atelier de papa, avec ses outils, ses planches, son bois, ses copeaux, leur odeur... Dieu que je l'aimais, cette odeur ! Je l'aime toujours. Quand maman était occupée dans la maison, à l'épicerie avec les clients, elle me fourrait dans les copeaux où je jouais, tranquille, au chaud, comme un petit chat. Aujourd'hui encore, il suffit que je renifle une odeur de bois fraîchement coupé, ou une odeur de copeaux, et papa est là, soudain présent, le mètre à la main et le crayon derrière l'oreille. Il m'arrive même de voir grand-père à son côté. Toujours vêtu d'un pantalon à rayures, chemise blanche et gilet noir, le cher vieil homme était venu aider son fils lorsque celui-ci s'était installé. Ah, les lunettes, comment pourrais-je oublier les lunettes de grand-papa ! Fines, rondes, cerclées de métal.

Dix fois par jour, il s'exclamait : « God Verdoumme ! Wô zen men brille ? » « Nom de Dieu ! Où peuvent bien être mes lunettes ? » Neuf fois sur dix, elles étaient sur son front. Et nous, petits enfants aussi affectueux qu'irrévérencieux, on lui répondait en riant : « Bom pa... » tout en se tapotant le front de l'index. Ça aussi, c'était un jeu.

Derrière l'épicerie de ma mère et l'atelier de mon père se trouvait la cuisine, qui donnait sur une cour. À l'étage au-dessus, les chambres. Celle de mes parents et celle que je partageais avec ma sœur Jeanne. Nous dormions dans le même grand lit, et nos deux tempéraments, déjà très différents, s'opposaient jusque dans notre sommeil. Jeanne remontait les draps par-dessus sa tête. Moi, il fallait que j'aie le nez dehors. Mon frère dormait à l'étage au-dessus, dans une mansarde que mes parents avaient aménagée en chambre.

Redescendons au rez-de-chaussée, et surtout dans la cour où nous, les enfants, nous tenions le plus souvent dès que les beaux jours apparaissaient. Elle n'était pas très grande, cette cour carrée et pavée. Sous les fenêtres de l'atelier de mon père, maman avait planté des hortensias dont elle était très fière. Il faut dire qu'ils étaient superbes, d'un bleu profond qu'elle obtenait en faisant un mélange savant de terre additionnée d'ardoise pilée – terre que je grattais et que je mangeais avec délices. Crac, crac sous les petites dents. Hum, que c'était bon.

Dans cette cour, bébé, je me déplaçais à toute vitesse, talons-fesses-talons-fesses, à tel point que ma peau en était tannée. Mon pôle d'attraction était un robinet d'eau dont le moins que l'on puisse dire est qu'elle était fraîche. Raison pour laquelle j'adore l'eau froide ? Sans doute.

À cheval sur un manche à balai, mon frère caracolait tout en chantonnant :

*Le cheval n'a pas de poil à sa queue,*
*Le cheval n'a pas de poil à sa queue...*

sans jamais s'interrompre, comme une litanie.

Plus tard, Louis et moi avons fait de la boxe, de la savate, de la trottinette. Nous n'avions que trois ans de différence, c'est donc avec lui que je jouais, ce qui m'a valu quelques bons gnons. Plus calme, en grande qu'elle était, Jeanne nous observait d'un regard amusé tout en faisant de la broderie.

Et puis, il y avait les bains du samedi. Quelle merveille ! L'été, la cérémonie hebdomadaire se tenait dans la cour. Maman y installait une grande bassine ovale en métal, avec deux poignées, et, après y avoir versé l'eau qu'elle venait de faire chauffer, elle y plongeait ses rejetons à tour de rôle. L'hiver, la cérémonie du bain avait lieu dans la cuisine, entre le gros poêle, l'évier, le buffet et une table que l'on poussait pour l'occasion. C'était un lieu chaleureux qui communiquait avec la salle à manger. Nous y prenions nos repas autour d'une table longue et étroite comme la pièce. Nous six, car, outre mes parents et nous, les trois enfants, il y avait grand-pa. Je m'amusais beaucoup lorsque des petits morceaux de vermicelle restaient collés dans sa moustache après la soupe. Grand-pa gardait derrière son fauteuil une bouteille de schnaps. À quatre-vingt-dix-sept ans, il était toujours en pleine forme : à croire que l'alcool conserve...

De cette époque date mon « éducation » musicale. Je le dis sans rire. Enfin... Ma mère adorait la chansonnette, aussi la T.S.F. était-elle branchée en permanence. On était loin d'imaginer qu'on pourrait un jour se balader avec sa musique à la main et plus tard à l'oreille. En attendant, on fredonnait :

*Je revois les grands sombreros et les mantilles*
*J'entends des airs de fandango et seguedilles...*

avec Rina Ketty, dont je m'amusais à imiter le léger accent roulant, et on faisait « Tchi tchi », avec Tino Rossi, le fameux Corse à la voix de miel.

*Ô Catarinetta bella, tchi-tchi*
*Écoute, l'amour t'appelle...*
*Pourquoi dire non maintenant, oh ! oh !*
*Il faut profiter quand il est temps, oh ! oh !*

C'était l'arrivée du « fou chantant », le bouillonnant Charles Trenet. Une révélation, il a tout bouleversé. Quel rythme, quelles images poétiques, quels jeux de mots ! Ma préférée, parmi ses chansons de l'époque ? *Fleur bleue*.

*Un doux parfum qu'on respire*
*C'est fleur bleue*

*Un regard qui vous attire*
*C'est fleur bleue...*

Quelle gaieté, aussi. Ah, vraiment, *Y a d'la joie !*
Oui, il y avait de la joie, et on la manifestait !
Tout ça se passait côté maman, épicerie et cuisine.

Côté papa, c'était plus sérieux. Pas de chansonnettes, grand-pa et lui travaillaient en silence. Sans avoir besoin de parler, le père et le fils se comprenaient, du geste et du regard. C'était amusant de les voir, l'un et l'autre, crayon derrière l'oreille et mètre à la main, faire les mêmes gestes.

L'été, c'était bien. Mais l'hiver, il faisait tellement frisquet dans l'atelier qu'il n'était pas question de chauffer avec tout ce bois. Vêtus d'une veste de toile, les deux hommes portaient des casquettes et mettaient des journaux dans leurs sabots, histoire de ne pas avoir trop froid aux pieds. Moi, bien au chaud dans mes copeaux, je m'amusais à faire des farces, d'autant que j'adorais entendre mon bom-pa jurer ! Je me souviens encore de ses mimiques le jour où, histoire de jouer au docteur, je me suis tout doucement approchée de lui, une aiguille à repriser à la main. Et hop, dans la fesse. Aïe ! C'est qu'il ne pouvait même plus marcher, il a fallu le transporter sur une charrette à bras (eh, oui ! les Cooreman n'avaient pas les moyens d'avoir une auto) jusque chez le pharmacien pour qu'il lui retire cette satanée aiguille. « God Verdoumme ! » Bom-pa a juré tout son soûl.

Je trouvais très beaux les objets que père et grand-père faisaient de leurs mains. Sous leurs doigts habiles, les morceaux de bois brut se transformaient peu à peu et devenaient châssis sur lequel le peintre monterait sa toile, un grand chevalet pour atelier ou un chevalet de campagne, plus petit, pour peindre dans la nature. À moins que ce ne soit une selle de sculpteur ou encore un trépied muni d'une courroie pour être porté en bandoulière.

Leur travail fini, papa chargeait lui-même une charrette à bras et partait livrer les artistes, ses clients. Plus tard, maman s'occupa des livraisons. Elle, ce fut en tram.

Cette période rêvée n'eut qu'un temps. Un beau jour – pourquoi dit-on toujours « un beau jour » lorsqu'il se passe quelque chose de pas vraiment fameux ? –, un beau jour donc, il fallut bien que j'aille à l'école. Rude épreuve ! Non pas parce que je quittais mon cocon et mes parents, mais parce qu'il me fallait affronter des gens inconnus, moi si timide. Je vous entends d'ici. Je sais, je sais, cela fait rire lorsque je dis que j'étais timide. Mais savez-vous, pis encore, qu'avec mes airs d'extravertie je le suis restée, timide ? Riez, riez… C'est pourtant vrai.

Je suis tout d'abord allée dans une école maternelle, tout près de la maison, rue de Monlenbeek, au 176. Lorsque c'est devenu plus sérieux, on m'a inscrite chez les sœurs ursulines, dont le couvent n'était pas bien loin non plus. Coiffées d'une immense cornette blanche empesée, elles portaient une longue robe d'épaisse toile noire, sur laquelle cliquetait un long chapelet de bois. Quand elles se promenaient à la queue leu leu, on aurait dit une armée de pingouins menée par sœur Philippine, avec son mètre cinquante. En fait, j'aimais bien l'école, mais il y avait cependant un point sur lequel je renâclais quelque peu : la prière. Je n'ai rien contre l'Église, j'étais baptisée et, je vous l'ai dit, j'adorais mon parrain Julien, mais il y a des limites. Et là, il me semblait qu'elles étaient vraiment dépassées.

On avait « prière » huit fois par jour. Oui, vous avez bien lu, huit fois par jour. C'est vite compté, on priait le matin en arrivant, on priait avant d'aller en récréation, on priait en revenant de récréation, on priait encore avant de partir déjeuner. Et on remettait ça l'après-midi. Bouh ! Ajoutez à cela je ne sais plus combien d'heures de catéchisme chaque semaine, prolongées par des leçons qu'il nous fallait apprendre par cœur, questions-réponses, au mot et à la virgule près. On priait vraiment beaucoup. Beaucoup trop à mon goût.

Je ne m'y déplaisais cependant pas, je m'y étais fait plein de petites copines. Le plus souvent des filles qui avaient un caractère de chien, qui ne s'entendaient avec personne. Déjà j'avais en moi cette envie de créer une ambiance chaleureuse. Surtout pas d'histoires, je n'ai jamais supporté le côté « nana », et cela s'est encore accentué dès que j'ai abordé ce métier.

Avais-je le goût des études ? Ce n'était pas évident. Pourtant, si on m'y avait poussée, si on m'avait soutenue, il me semble que j'aurais bien aimé étudier. Mais papa travaillait trop pour s'occuper de nous après l'école, et maman, qui ne savait ni lire ni écrire, ne pouvait pas nous être d'une grande aide.

J'avais, je dois le reconnaître, un léger handicap : j'étais dissipée. Alors, bien sûr, je finissais le cours dans le couloir. Un long couloir avec, au mur, des portemanteaux sur lesquels nous accrochions nos vêtements avant d'entrer en classe. Il y en avait un, deux, trois… que je multipliais par autant de rangées, que je multipliais à leur tour. Et je me disais : « Ce que tu perds en français, eh, bien, tu le gagnes en calcul ! » J'ai toujours été positive.

## 2

D'ailleurs, tout n'était pas si noir. Le jeudi – je suis du temps du jeudi ! – coupait la semaine, histoire d'attendre le dimanche. Et là, quelle fête ! Mais, arrivée à ce stade, pour mieux me situer, il serait peut-être bon que je vous fasse un petit cours sur la Belgique. Et surtout que je vous le précise, je ne suis ni wallonne ni flamande. Qu'est-ce que je suis ? Mais bruxelloise, voyons ! Entre nous, les Bruxellois seraient les Marseillais du Nord ! Bruxelloise, c'est-à-dire brabançonne.

Le Brabant, province du cœur de la Belgique, se déploie autour de cette superbe ville qu'est Bruxelles, notre capitale. Une province autonome en soi et royaliste avant tout, une province peuplée de « Keeke Fretters », traduisez « mangeurs de poulets ». L'histoire raconte que, lorsque la ville fut encerclée et assiégée par les Hollandais, ses habitants jetèrent par-dessus les murs fortifiés les quelques os de poulets qui leur restaient afin de faire croire qu'ils n'étaient pas affamés et avaient toujours de quoi manger.

Bruxelles est en quelque sorte une frontière linguistique entre le wallon et le flamand. Sa proximité avec les pays voisins voulait qu'à l'école nous apprenions, outre le français, le néerlandais en troisième langue, l'anglais et, durant la guerre, l'allemand. Je ne vous dirai pas que je parle cinq langues. Encore que... Si on a l'oreille musicale, on est doué pour les langues.

Revenons à Bruxelles, avec sa Grand-Place et son goût de la fête. Les jours où je n'allais pas en classe, j'accompagnais maman au marché matinal. On prenait un tram, tôt le matin vers 5 heures, pour aller acheter des légumes et des fruits. Dieu que j'étais contente, et comme tout me semblait magnifique ! Tout d'abord, parce que nous étions seules toutes les deux, maman et moi, cette petite excursion matinale créait une sorte de complicité entre nous. Complicité que nous allions fêter dans un bistrot, en mangeant un grand bol de soupe chaude. Une de ces bonnes grosses soupes campagnardes dans laquelle la cuillère reste piquée bien droit, entre les haricots, les oignons et les pommes de terre. Un vrai délice. Ça réchauffe et ça tient au corps. Après, mais après seulement, on s'occupait de choisir les légumes et les fruits.

Maman avait le sens de ce qui était d'un bon rapport qualité-prix. Les paysans ne pouvaient lui en conter, elle avait l'œil et savait si un chou était lourd et pommé, si les poireaux étaient cueillis du matin.

À cette époque, même sur les marchés les mieux approvisionnés, on ne trouvait pas tous les légumes, et il y en avait bon nombre que je ne connaissais pas. Ainsi, je garde toujours en mémoire la découverte que je fis chez Mme Toussaint. Je l'appelais, allez donc savoir pourquoi, « Mme Toussaint – de tous les saints – de la Sainte-Trinité ».

Je l'aimais beaucoup, cette dame française mariée à un instituteur qui me paraissait très distant alors que, tout simplement, il était différent des gens de notre quartier. M. et Mme Toussaint avaient deux fils. Daniel, un joyeux luron, alors que son frère Philippe, lui, était très timide. J'allais souvent jouer avec eux.

Ce jour-là, sur le buffet, il y avait, dans une assiette, une chose étrange, comme je n'en avais encore jamais vu, d'un drôle de vert, avec des feuilles pointues et piquantes. Je tournais autour, n'osant poser de question à Mme Toussaint, laquelle s'était bien rendu compte de mon petit manège. Ma curiosité l'amusait, aussi me laissa-t-elle me creuser la tête avant de me dire gentiment : « Ça t'intrigue, hein ? Tu voudrais bien savoir ce que c'est, si ça se mange et comment ça se mange ? »

C'est ainsi que j'ai découvert l'artichaut, légume pratiquement inconnu pour les Belges d'alors. J'avais dix ans ! Nous étions en 1938.

À cette époque, pas de « libre-service » ni de grands centres d'achat, les petits métiers se portaient bien. Dans la rue Sainte-Catherine les poissonnières décapitaient allégrement les anguilles qu'elles pelaient tout aussitôt devant leur acheteur.

On raconte encore l'anecdote de cette étrangère qui, voyant œuvrer l'une d'elles, s'était écriée, horrifiée :

— Oh, les pauvres bêtes !

— Mais, madame, répliqua aussitôt la « décapiteuse », ces *bichkes* – ces petites bêtes –, elles ont l'habitude, hein !

Tout en continuant de peler une pauvre anguille.

En hiver, dans plusieurs coins de la capitale, des femmes emmitouflées dans des cache-cœur et coiffées d'un bonnet de laine vous proposaient de vrais délices. Sur des charrettes à bras, dans de grandes marmites en émail blanc, bouillonnaient des escargots de mer (on les appelle également « bulots », mais c'est moins joli) dans un jus très relevé, fleurant bon le céleri, le poivre et l'oignon. Pour un franc, on en avait cinq que l'on mangeait comme ça, dans la rue. Un régal ! La bouche emportée, on avait l'impression que le froid était moins vif.

Et, puisqu'on en est au rayon gourmandise, il faut que je vous parle de Jeff, le marchand de glaces de mon enfance. Il avait une jambe de bois, ce qui ne l'empêchait pas de pédaler sur son triporteur, un tricycle dont le guidon était orné d'une clochette qu'il actionnait à qui mieux mieux pour signaler son approche. Il poussait devant lui une grande caisse, décorée de petites fleurs, dans laquelle il transportait de délicieuses glaces – deux parfums, vanille et chocolat. Rien à voir avec les parfums sophistiqués, banane, ananas, fraises ou melon, que proposent les glaciers d'aujourd'hui. Un dais de toile abritait du soleil deux grands couvercles en forme de cornet. Ils étaient en cuivre, brillants, toujours bien astiqués. Selon le parfum choisi, Jeff soulevait celui de droite ou de gauche, et, d'une main habile, il plongeait sa cuillère de métal jusque dans le délice glacé dont il retirait une boule ronde, bien lisse, parfaite, qu'il posait délicatement sur un cône de pâte fine et craquante comme une gaufrette, avant de nous tendre le fragile édifice contre quelques sous.

Pour nous, les enfants c'était un enchantement. Le seul son de la clochette nous faisait accourir et nous agglutiner autour de son tricycle. Mieux encore, en fin de journée, lorsque Jeff n'avait pas vendu toute sa crème glacée, il poussait jusqu'au parc de Laeken, où il « bradait » sa marchandise et quelquefois même nous la distribuait. Vous parlez d'une aubaine, on n'allait tout de même pas la laisser passer !

Notre horizon n'était pas magnifique, mais nous étions heureux. Juste en face de notre maison, il y avait une usine de chocolat. Quelle chance, direz-vous ! Eh bien non ! Pas de chance, elle était désaffectée et gardée par deux sœurs, des demoiselles que nous appelions « les Duguesclin » à cause de leur coiffure, une frange et des cheveux raides encadrant leur visage. Selon l'humeur, nous les appelions aussi « les Olive's sisters », car elles avaient le long visage ovale et le teint jaune d'Olive, vous savez, la fiancée de Popeye.

On jouait dehors, on connaissait tous les pavés de la rue, et aussi les grandes dalles d'ardoise d'un bleu sombre, presque noir, juste devant l'unique belle maison. Oui, on les connaissait tous, ces pavés, surtout ceux qui dépassaient légèrement. Ce qui ne m'a pas empêchée, un beau jour, de trébucher. Et hop ! me voilà nez à terre et jupe par-dessus tête ! Derrière moi, les garçons s'esclaffaient bruyamment, tandis que je me relevais en vitesse, rouge de honte, humiliée par leurs plaisanteries et leurs ricanements. Avec le recul, je sais combien tout cela était charmant et innocent.

Au bout de notre rue, sur la gauche, se trouvait une placette où papa jouait parfois au hand-ball. D'un côté, elle était longée par le mur d'enceinte de l'école des sœurs ursulines, de l'autre, par un hangar dans lequel étaient entreposées des carcasses de voiture. L'été, tout le monde était dehors. On se parlait d'une maison à l'autre, tandis que les plus âgés somnolaient, assis sur une chaise devant leur porte, dans un climat simple et convivial. Nous, les gamins, on faisait tranquillement nos bêtises, avec autant d'application que s'il avait été question d'affaires importantes. Ainsi, on s'amusait beaucoup en posant sur le trottoir un porte-monnaie, gonflé de papier froissé, dans lequel on avait tout de même glissé quelques centimes avant de l'attacher à un fil si fin qu'il était pratiquement invisible. On se cachait alors dans le renfoncement d'une porte, et, là, on attendait le premier passant. Cela ne ratait jamais : celui qui s'approchait ralentissait soudain, regardait tout autour et se penchait pour ramasser le porte-monnaie, lequel, pfff... lui filait sous le nez, car l'un de nous venait de tirer sur le fil. On pouvait faire cette même blague tous les jours, et même plusieurs fois par jour, elle nous faisait toujours rire comme des fous.

Je ne voudrais pas avoir l'air de jouer les rabat-joie, mais il me semble que le rire fusait plus facilement à cette époque. Ce qu'il y a de certain, c'est que nous, les enfants, nous amusions d'un rien. Des bouts de ficelle, des morceaux de bois, une balle, une seule poupée tout au long de l'enfance qui, même lorsqu'elle avait perdu ses cheveux ou qu'elle était devenue borgne, nous paraissait toujours la plus belle. Rien à voir avec la fameuse poupée Barbie à laquelle veulent ressembler toutes les petites filles d'aujourd'hui. Nous avions peu de jouets, mais beaucoup d'imagination. Pas assez toutefois pour seulement entrevoir les jeux électroniques et sophistiqués, *a fortiori* les tamagotchi, sans lesquels ne sauraient vivre les gamins de cette fin de siècle !

Quoique… avec le recul, je me dis que mon cher père y aurait gagné à m'offrir un tamagotchi, si cela avait existé, bien sûr.

Moi, j'avais un chien, un vrai. Je l'adorais, mais, je suis bien obligée de le reconnaître, il avait vraiment une sale manie. Jugez par vous-même, ce chien, qui n'était qu'affection et gentillesse devenait féroce dès qu'il apercevait un prêtre ou une religieuse. Il se jetait alors furieusement sur l'ourlet de leur soutane ou de leur jupe qu'il déchiquetait de ses crocs rageurs. Allez savoir pourquoi, lui si doux le reste du temps ! Je ne sais pas combien de soutanes mon père a dû rembourser, mais je sais que cette lubie canine lui a coûté très cher.

Pour en revenir aux distractions et loisirs, un mot qui n'avait d'ailleurs pas cours, on se contentait de joies simples, et partout la bonne humeur était de mise. Bruxelles était alors une ville gaie, follement gaie. Même si elle l'est moins aujourd'hui, on y fête toujours avec magnificence les grands événements de notre histoire.

Ainsi, les fameuses « fêtes breughéliennes », qui m'enchantaient déjà. Pour l'occasion, la ville redevenait alors l'exacte reconstitution de ce qu'elle avait été à l'époque du maître. Sur la Grand-Place, on recréait avec précision une toile célèbre, jusque dans ses moindres détails, la plus petite des échoppes, un minuscule poisson fumé… Ces fêtes, alors très courues, le sont toujours.

J'étais également fascinée par les « Ommegang », processions dont l'origine remonte à l'an 1348, sous le règne du duc Jean III de Brabant. Elles rappellent notamment la belle histoire de Béatrice Soetkens.

Femme d'un pauvre ouvrier drapier, Béatrice entendit une voix : celle de la Vierge Marie, qui tenait à récompenser la Ville de Bruxelles d'avoir fait édifier une chapelle en son honneur sur les hauteurs du Sablon. C'est pourquoi Marie demandait à Béatrice d'enlever la statuette miraculeuse à son effigie, la vénérée Notre-Dame-à-la-Branche, qui se trouvait dans la cathédrale d'Anvers et de la porter dans la nouvelle chapelle. Ce ne fut pas si simple, le sacristain de la cathédrale tenait à sa statuette et n'entendait pas la lâcher ainsi, vous pensez bien. Mais, l'autorité divine veillant, il fut bientôt pétrifié.

Après s'être emparée de la statuette, Béatrice, accompagnée de son mari, regagna alors Bruxelles comme elle était venue, en barque. Le pauvre homme s'épuisait à ramer à contre-courant lorsque, poussée par un souffle venu du Très-Haut, la barque fila. La légende veut qu'elle ait accosté au Sablon, au pied de la chapelle, enveloppée d'une lumière surnaturelle et d'une musique irréelle.

Cette histoire m'enchante. Je vous l'ai dit, j'ai été baptisée, j'ai fait ma communion. Suis-je croyante pour autant ? Je n'en sais rien moi-même. Ce dont je suis sûre, en revanche, c'est que je ne suis absolument pas pratiquante. Pratiquante, maman ne l'était pas non plus. Et pourtant, à la fin de sa vie, elle portait toujours sur elle une statuette de la Vierge. Mais, au fait, peut-être se souvenait-elle de l'histoire de Béatrice et de Notre-Dame-à-la-Branche, miraculeuse et protectrice.

Toujours est-il que, depuis 1348, chaque année, la procession de tous les corps de métier, en costumes d'époque, célèbre cet événement dans le magnifique cadre de la Grand-Place. Une évocation somptueuse, pour laquelle j'ai gardé les yeux éblouis de l'enfance.

C'était fantastique, toutes ces provinces représentées nous transportaient loin dans le temps. On vivait dans la rue, on chantait, on mangeait des moules et puis des frites… Attention, on ne buvait pas de vin de Moselle, comme le chantait si bien Jacques Brel ! Chez nous, les moules et les frites, c'est de bière qu'on les arrose.

# 3

Nous voici en 1939, je vais avoir onze ans. Insidieusement, l'époque devient confuse, les gens sont inquiets, l'ombre de la guerre plane. Bien sûr, nous les enfants n'en avions pas vraiment conscience.

Survenaient même de petits événements que nous trouvions d'autant plus intéressants qu'ils cassaient la régularité du quotidien. Ainsi, dans notre rue Molenbeek, juste en face de la maison, le hangar dans lequel somnolaient depuis longtemps des carcasses de voiture a repris vie.

Il y eut soudain du mouvement, des bruits, des voix, des interpellations... Toute une agitation créée par des militaires belges qui venaient d'être mobilisés et que l'on avait basés là, tout près de chez nous. Ma mère en fut contrariée, elle qui tenait beaucoup à la bonne tenue de sa petite rue pour la tranquillité de sa clientèle. Dans son atelier au fond de la cour, mon père en eut à peine conscience. En revanche, pour nous, les enfants, quelle joie ! Nous étions enchantés par cette animation nouvelle, ces camions qui allaient et venaient, et, certains soirs, ces soldats qui rentraient du bistrot un peu plus haut dans la rue, en chantant à tue-tête d'une voix éraillée. Ils étaient, la plupart du temps, quelque peu éméchés, calot et képi en bataille, la veste boutonnée de travers... Tout cela nous amusait beaucoup.

Ce bistrot, mon père qui travaillait bien trop pour avoir le loisir de « bistroter » allait cependant y boire une bière et y jouer aux cartes le dimanche matin. Le dimanche uniquement, mais chaque dimanche. C'était devenu une tradition, histoire de bien commencer la journée de repos hebdomadaire. Naturellement, après avoir préparé en vitesse le déjeuner, maman, qui avait toujours l'œil sur son homme, l'accompagnait. Et moi ? Eh bien, attirée par l'étrange ambiance qui se dégageait de ce lieu, sans même me faire remarquer, je suivais tout naturellement mes parents.

Ils parlaient fort, riaient volontiers, faisaient des nuages de fumée avec leurs cigarettes, ces soldats qui en « poussaient » une, histoire de mettre un peu d'ambiance et probablement oublier, ne serait-ce que quelques instants – et ce n'était déjà pas si mal –, les dures réalités qui les attendaient. Entraînée, fascinée par le spectacle – déjà ? –, je chantonnais des paroles que je ne comprenais pas forcément. Jusqu'au jour où l'un d'eux remarqua cette gamine qui ne tenait pas en place entre ses deux parents si calmes. Il m'interpella :

— Hep ! Toi, la petite fille, là-bas, tu ne voudrais pas chanter quelque chose ?

— Si, si...

Ma réponse avait fusé, sans même que j'en aie eu conscience.

— Alors, vas-y, chante pour nous. Silence, silence, vous. La petite fille va chanter pour nous, tonna-t-il à l'attention de ses camarades, qui se turent aussitôt.

Gêné, papa ne savait que dire. Il n'approuvait pas vraiment cette démonstration de mon talent en public. Maman, sa sensibilité féminine aidant, comprit vite le « chaud au cœur » que ma chansonnette pourrait apporter à cet auditoire.

Elle posa sa main sur le bras de papa :

— Allons, ce n'est pas bien grave, et cela ne peut que faire du bien à ces pauvres garçons qui vont partir à la guerre.

De toute façon, il était trop tard pour reculer. Tandis que dans la salle les soldats piétinaient « Une chanson ! une chanson ! », l'un d'entre eux me souleva comme une plume et me posa bien droite sur une table. Ma timidité s'envola définitivement, j'avais cependant conscience de l'importance du moment, mon cœur battait rapidement.

— Qu'est-ce que tu vas nous chanter, petite fille ?

— *Sombreros et mantilles*, répondis-je sans hésiter.

Ce qui suscita aussitôt des ovations dont la fougue me galvanisa. Alors, tout en marquant le rythme avec mon corps, j'ai entamé d'une voix ferme :

*Je revois les grands sombreros et les mantilles*
*J'entends des airs de fandango et séguedilles...*

tandis que l'auditoire tapait dans ses mains en mesure avant de reprendre en chœur avec moi :

*Que chantent les señoritas si brunes*
*Quand luit sur la plaza la lune...*

Je faisais un tabac ! Il me semble que même papa, d'ordinaire si réservé, tapait lui aussi dans ses mains pour encourager son diable de petite fille.

Au moment où nous quittions le bistrot, un grand caporal à la moustache blonde m'interpella :

— Il faut que tu reviennes, petite fille. Reviens chanter pour nous, tu seras notre mascotte.

Ce que ses camarades approuvèrent en poussant un « Hourra ! » d'enthousiasme.

Je ne pouvais pas reculer. D'ailleurs, je n'en avais pas la moindre envie, malgré la réticence que je sentais chez mes parents.

— Mascotte..., murmura maman.

Mais devant ma joie, mon sourire enchanté et mes yeux brillants, elle n'osa pas en dire plus. Me voici donc, sans bien comprendre comment, élue mascotte du premier corps des transports du Génie belge.

Le lendemain, avec maman, nous avons apporté du café chaud aux soldats, qui n'avaient pas oublié ma promesse de la veille.

À partir de ce jour, je leur ai quotidiennement chanté mon répertoire – deux ou trois chansons qu'ils reprenaient tous en chœur. Mine de rien, il arrivait souvent que maman pousse la chansonnette avec nous. Cela devint vite une joyeuse habitude, comme une petite récréation. Cependant, au fil des jours, l'enthousiasme de mon public commença à s'émousser. Je n'y étais pour rien, je le sentais bien, et, sans en saisir les raisons, je percevais que quelque chose se tramait. Un soir, apparemment comme les autres, la petite « mascotte » a chanté pour ses amis. C'était le dernier.

Le lendemain matin, envolés, les soldats belges. Mais l'usine n'était pas vide pour autant. Habillés en vert-de-gris, les nouveaux hommes qui en avaient pris possession parlaient allemand. Cela allait durer quatre ans.

On pourrait s'étonner de ce que, sans trac apparent, avec naturel et enthousiasme, une gamine, d'une dizaine d'années à peine, chante pour des soldats dans un bistrot de la banlieue bruxelloise. D'autant qu'à cette époque les petite filles étaient beaucoup plus timides et réservées que ne le seraient les petites filles d'aujourd'hui dans les mêmes conditions. C'est que, depuis un certain temps déjà, je faisais partie de la troupe des « Ambrosinettes ». Vous vous demandez sûrement ce que pouvait bien être cette troupe fameuse... dont personne n'a jamais entendu parler !

Eh bien, voilà ! À dix ans, je n'étais pas très costaude, j'étais même malingre. C'est pourquoi maman décida de me faire suivre des cours de danse, histoire de muscler tout au moins mes bras et mes jambes. Elle avait sans doute, cette maligne, une autre idée derrière la tête. Oui, elle devait se dire qu'en me fatiguant physiquement la danse modérerait le trop-plein de vitalité de l'infatigable enfant que j'étais alors. Ça n'a pas marché. Aujourd'hui encore, danse ou pas, je reste infatigable. Et c'est tant mieux. J'ai donc suivi les cours de danse de Léo et Louise, les filles de M. Ambrosini, maître de ballet du Grand Théâtre royal de la Monnaie.

Des personnages, les sœurs Ambrosini ! L'une rousse et enveloppée, l'autre brune et sèche. Toutes deux perchées sur ces sortes de « sabots » que portaient les femmes pendant la guerre. Les leurs, aux talons d'une hauteur vertigineuse, étaient ouverts à l'avant d'où dépassaient des orteils aux ongles du plus beau rouge. Étonnant pour l'époque, où cela ne devait guère se faire qu'à Hollywood. En tout cas très rarement à Bruxelles la sage, et certainement jamais dans notre quartier.

Lourd chignon roux et dents en avant, Louise nous accompagnait sur un piano droit orné de deux porte-bougies. J'entends encore ses ongles rouges qui n'en finissaient pas cliqueter sur les touches d'ivoire. Gling, glang, gling, glang…

Entortillée dans des foulards, Léo était, maîtresse de ballets oblige, toujours armée d'une canne. Mieux valait tenir le rythme et avoir les pieds en dehors à la barre ! Car c'était pas de la nougatine, Léo, lorsqu'elle scandait la mesure avec sa canne.

Je respectais la mesure, ça tombait bien. On avait intérêt à lever la jambe :

— Haute – Plus – haut, criait Léo.

Sinon, toc ! Un coup de canne, vivement balancé sur les fesses ou la cuisse, vous donnait immédiatement le sens du rythme. Même moi, et je prétends être née en mesure, 1-2-3-4, j'en ai pris, des coups de canne ! Une discipline d'enfer. Outre qu'elle vous musclait le corps, elle vous forgeait aussi le caractère !

Lorsque je rentrais à la maison, ma mère, qui connaissait les méthodes éducatives de mes professeurs, ne me demandait pas :

— As-tu bien travaillé ?

Elle soulevait ma jupe et comptait les marbrures qui rougissaient mes fesses et mes cuisses.

Maman, elle, ne nous frappait jamais. Mais elle n'était pas avare de taloches pour autant. Une bêtise ? On se chamaillait ? Clac ! Le premier qui passait à portée de la main maternelle recevait une bonne tape sur les fesses. Protestations :

— C'est pas moi !

Ce qui ne la démontait pas pour autant :

— Ça ne fait rien, ce n'est pas perdu. C'est pour la fois où tu l'as méritée et où tu ne l'as pas eue.

Chez les sœurs Ambrosini, les cours avaient lieu en sous-sol, dans une grande salle en enfilade au bout de laquelle trônait le piano sur lequel officiait Louise.

Scellée à un mur, une longue barre en bois à laquelle nous travaillions. « Un – deux – un – deux... »

Sur le mur d'en face, un large miroir nous permettait de voir nos gracieuses évolutions et ainsi de rectifier ce qui n'allait pas.

À côté du vestiaire, une demi-rotonde d'où les mères admiraient leur progéniture, commentant, papotant, jusqu'à ce qu'un « Chutt ! » retentissant les rappelle à l'ordre, soudain penaudes, comme des gamines prises en défaut.

Au cours, il y avait Nelly, Esther et d'autres petites filles avec lesquelles je m'entendais bien. Il y avait aussi des garçons, dont Serge et aussi Désiré, qui, des années plus tard, deviendra le second mari de ma sœur Jeannette.

Sans prétention, mais avec un réel talent, et plus encore un réel sens de l'effort, nous formions une vraie petite troupe, bientôt baptisée de ce nom charmant : « Les Ambrosinettes ».

Le jeudi après-midi, Les Ambrosinettes donnaient un spectacle au premier étage d'une brasserie joliment appelée La Boîte à sucre, où le public, en majorité des enfants accompagnés de leur maman, applaudissait avec indulgence nos ébats tout en dégustant des gaufres dégoulinantes de crème fraîche.

La nuit tombée, La Boîte à sucre devenait La Boîte à sel. Changement de registre, des chansonniers s'adressaient à des adultes, uniquement des adultes, passant au crible l'actualité et les célébrités qui la faisaient.

Je le reconnais, j'éprouvais déjà un plaisir certain à monter sur les planches et à me produire en public, ce qui ajoutait du piment et donnait leur raison d'être à nos cours et à la sévérité de nos professeurs. Cela nous apprenait également à faire face à des situations qui pouvaient se révéler… délicates, dirons-nous. Ainsi, ce jour où nous dansions *La Belle et son hussard.* J'étais « La Belle », et je portais une longue robe bleu ciel. Le moment venu, je m'élance au bras de mon hussard. Ah, les beaux battements ! Puis je m'éloigne, la chorégraphie enchaînant deux déboulés, un pas de bourrée et un battement.

Avec enthousiasme, je lève la jambe bien haut, les leçons avaient porté. Mais les moyens des sœurs Ambrosini n'avaient sans doute pas permis l'achat d'un long métrage de tissu. Du coup, ma robe, étroite mais à la couture très solide, bloque ma jambe dans son bel élan. J'esquisse un superbe saut aérien qui se transforme aussitôt… en une chute retentissante. Crac ! La Belle s'est retrouvée sur le cul. La honte !

Certains jeudis, nous allions nous produire dans les hôpitaux, danser et chanter pour les enfants malades. Nous prenions cela très au sérieux, fiers d'accomplir ce que nous considérions comme une mission.

C'est également aux sœurs Ambrosini que je dois mes débuts dans la chanson, si l'on excepte, bien sûr, mes prestations en tant que « mascotte ». Chanson amateur s'entend, on a toujours chanté dans la famille, comme ça, pour le plaisir. Maman, qui écoutait la T.S.F. à longueur de journée, reprenait les refrains. Ma sœur Jeannette, elle, avait une très jolie voix, un timbre à la Danielle Darrieux dont elle interprétait les succès, notamment *Premier rendez-vous* :

*Ah, qu'il doit être doux et troublant*
*l'instant du premier rendez-vous...*

C'était charmant...

Moi, j'étais déjà axée sur le comique, style

*J'ai la rate*
*qui s'dilate...*

Un jour que je fredonnais, Louise ou Léo, je ne sais plus laquelle, m'interpella :

— Dis donc, Nini, pourquoi est-ce que tu n'interpréterais pas une chanson dans le prochain spectacle ?

— D'accord, je veux bien !

Pas démontée, la gamine.

— Il y a un petit hic, si tu es soliste, il faut qu'on te trouve un autre nom pour mettre sur le programme.

Lequel programme, je ne voudrais pas être mauvaise langue, consistait en une simple feuille de papier.

— Cooreman, Nini Cooreman, ça ne va pas, c'est bien trop long. Ah, on peut dire aussi Coore... ou Coori... Oui, Cory ou Cordy, si tu préfères.

— Cordy, répondis-je sans hésiter.

— C'est bon. Va pour Nini Cordy.

Nini Cordy... C'est sous ce nom que j'ai débuté dans la chanson avec la troupe des Ambrosinettes. Mon répertoire ? Sinon tout, du moins n'importe quoi.

Un grand peigne à l'espagnole piqué dans mes cheveux recouverts d'une mantille, je devais, selon les instructions de mes professeurs, fermer les yeux pour chanter :

*Ses yeux perdus voient le ciel...*

— Comment peut-elle voir le ciel, si elle ferme les yeux ?

— Tu n'es pas là pour discuter. Chante.

Alors je chantais. Mais cela m'énervait d'autant plus que j'avais déjà cette logique qui reste mon fil conducteur encore aujourd'hui. Je peux rêver et partir… vers des choses parfois invraisemblables, je ne dis pas. Je peux aller très loin, mais toujours avec rigueur et en mesure. Oui, je suis une « mesurée », jusque dans la démesure.

Un de mes grands succès d'alors était une chanson de Paul Colline, une star à l'époque. Vêtue d'une petite robe blanche, j'agitais un bâton blanc d'une main, un sifflet de l'autre :

*Quand c'est aux autos de passer*
*C'est pas aux piétons de traverser*
*Allez… r-r-r-roulez…*

J'apprenais les chansons avec une étonnante facilité, beaucoup plus vite que mes leçons, il me faut bien le reconnaître. L'école, ce n'était pas vraiment mon truc, pourtant beaucoup de matières m'intéressaient et j'avais même un petit don pour les langues. Mais, je l'ai déjà dit, mon tempérament bouillonnant ne me portait pas plus à la discipline qu'à la concentration, ce qui énervait au plus haut point un de mes professeurs de français. Mlle Brissac, dont je garde un souvenir très présent, m'aimait beaucoup, mais elle supportait mal mon côté tête en l'air et les fantaisies que je me permettais avec les accords des participes passés. Cette gentille prof est restée l'un des meilleurs souvenirs de ma scolarité. Elle a eu le talent de me faire aimer notre – votre ? – si belle langue française. Même s'il m'arrive encore parfois de me battre avec les participes passés.

Il faut dire que je n'étais pas très aidée. Même pas du tout. Lorsque je rentrais à la maison, après l'école, sans doute Jeannette aurait-elle pu me forcer à travailler, mais, même avec six ans de plus, l'autorité d'une sœur reste discutable. Et puis et puis, avec six ans de plus justement, Jeannette s'intéressait davantage à ses premières histoires d'amour qu'à la réussite scolaire de la petite dernière. Bref, je n'ai pas fait de brillantes études, mais je n'en ai pas moins un petit vernis de culture générale qui tient à ce que je saisis vite et que j'enregistre immédiatement.

Parfois, je me pose la question : et s'il n'y avait pas eu la guerre ?

# 4

Oui, s'il n'y avait pas eu la guerre, aurais-je été une meilleure élève ? Aurais-je fait de meilleures études ? On ne le saura jamais. Car, à force de rôder, elle était là qui grondait, la guerre !

L'enfant que j'étais n'en eut pas immédiatement conscience. Allez donc comprendre, alors que vous avez toujours vécu dans un cocon familial harmonieux, dans un pays doux pour ses habitants, allez donc comprendre que des hommes n'aient qu'une envie, s'anéantir les uns les autres.

Je dois même avouer – sans honte – que les débuts de la guerre furent souvent, pour nous, enfants, une partie de plaisir. Il est bien connu que dans tout drame se cache toujours quelque chose de drôle.

Pour moi qui vivais le drame sans pour autant le soupçonner, le « drôle » consistait à « smokeler » avec ma mère. Ça, c'est sûr, si vous n'êtes pas bruxellois grand teint, vous vous demandez ce que cela peut bien vouloir dire, « smokeler »... C'est pourtant simple :

cela signifie faire du troc. Or, on le sait, hélas, une guerre entraîne toujours un manque de nourriture.

Oui, oui, même moi, dont la mère tenait une épicerie, j'ai compris ce qu'était la guerre le jour où nous avons subi les restrictions. Cela a commencé avec les cartes de rationnement, qui gâchèrent soudain la vie de tous, et en particulier celle de maman. Elle avait beau savoir compter, Maria, le soir, dans la cuisine, quand elle faisait la somme de ce qu'elle avait vendu dans la journée et des tickets qu'elle avait reçus en échange, ce n'était jamais équilibré, il lui en manquait toujours un certain nombre. Or, ces tickets, elle en était redevable au bureau distributeur responsable.

— Allons, Maria, tu ne peux pas faire attention ? s'énervait mon père.

— Je voudrais t'y voir, rétorquait-elle.

Doucement tout d'abord, puis bien vite, le ton montait, d'autant plus vite que, ces fameux tickets manquants, il lui faudrait les acheter au marché noir.

— Compte ! conseillait mon père. Quand une cliente te paie, compte les tickets qu'elle te donne.

— On voit bien que tu travailles tout seul, tranquille dans ton atelier. Moi, il arrive que dix personnes fassent la queue dans la boutique, attendant ce que je ne pourrai peut-être pas leur vendre, je trouve de moins en moins de marchandise. Il me faut soit les servir, soit leur expliquer que je n'ai pas ce qu'elles veulent, ce qui les met de mauvaise humeur. Lorsque je peux servir, il faut que je pèse, que j'empaquette et que je fasse non pas une, mais deux additions. Une pour ce que l'on me paie en argent, une autre pour ce que l'on me paie en tickets. Oui, je voudrais bien t'y voir.

— Je te comprends, tu as raison, répondait papa. Avant d'ajouter à nouveau, ce qui avait le don d'irriter ma mère :

— Mais, tout de même, fais attention...

Et maman a commencé à « smokeler ». Tout d'abord pour nourrir sa petite famille, mais aussi pour aider ses clients les plus fidèles.

« Smokeler » n'était pas sans danger. Ce troc frauduleux – mais qu'est-ce qui n'est pas frauduleux, en période d'Occupation ? – était passible de poursuites.

« Smokeler », c'était bien beau, mais encore, fallait-il avoir de quoi ! Dieu merci, un cousin de maman – il travaillait dans une fabrique de chocolat – nous passait un peu de marchandise. Et moi, une ou deux fois par semaine, je partais avec elle. Un bonheur. On se levait vers 5 heures pour prendre un tramway, véritable aventure, qui nous emmenait à quelque dix kilomètres de la ville. Autant dire la campagne, à l'époque. Nous avions en poche une petite dizaine de plaques de chocolat. De quoi faire craquer les fermiers auxquels nous les proposions.

En échange d'une tablette, on obtenait une douzaine d'œufs, ou un morceau de lard, ou encore une livre de beurre, à moins que ce ne soit des pommes de terre... Ça marchait plus ou moins bien, mais on ne rentrait jamais bredouilles.

Le soir, vers 6 heures, on prenait un tram pour regagner Bruxelles. Toujours un peu gênées, on essayait de dissimuler notre chargement, car il n'était pas rare que des Allemands soient assis à côté de nous. Mais qui se serait méfié de cette petite dame et de sa fillette maigrichonne ? Nous n'avons jamais été inquiétées.

Lorsque nous rentrions à la maison, papa était doublement content. Rassuré de nous retrouver saines et sauves, le gourmand qu'il était se léchait les babines à la seule idée de savourer l'omelette au lard, son plat favori, dont le fumet allait bientôt enchanter nos narines, puis nos papilles. Maman la préparait avec amour. Tandis que le lard grésillait doucement dans la poêle, elle cassait délicatement les œufs dans un saladier, les battait, et hop ! les jetait sur le lard qu'ils recouvraient aussitôt. Hum ! Quel fumet délicieux. Enfin…

Cela ne marchait pas chaque fois. Ce dimanche-là, alors que nous regardions, salive à la bouche, le lard frissonner dans la poêle, au moment de jeter les œufs maman eut un sacré raté. Tout était prêt, le couvert mis, les enfants autour de la table, lorsqu'elle s'avisa de ce qu'il lui fallait remettre du charbon dans la cuisinière.

Comme toujours lorsqu'on veut aller trop vite, elle fit une belle bêtise. Elle oublia d'enlever la poêle qui était sur l'ouverture de la cuisinière et, hop ! versa allégrement le charbon dans… eh bien, dans la poêle !

Aucun d'entre nous n'a dit un seul mot, ni même poussé un soupir de dépit. D'ailleurs, je le crois encore aujourd'hui, malgré la déception de mon gourmand de père et aussi la nôtre, la plus pantoise, ce fut bien ma mère.

Mais on allait connaître bien plus grave. J'allais bientôt apprendre que la guerre, ce n'était pas seulement « smokeler ».

À la déclaration de guerre, papa, déterminé, posa ses outils dans son atelier.

— Je pars.

Pour la première fois de ma jeune vie, je faisais face à une dure réalité. En une seconde, j'ai pris conscience de ce que signifiait « la guerre ».

Il est parti très vite, en compagnie d'un de ses amis qui habitait près de chez nous. Ce gaillard d'un mètre quatre-vingt-dix le prit à bord de la voiture de maître dont il était le chauffeur. Que s'est-il passé par la suite ? Je ne le sais pas exactement. Mais ils durent bientôt abandonner la voiture et continuer, à pied, jusqu'à Dunkerque.

Tout changea. La guerre était là. Bien installée. Finies, les chansonnettes, le poste de maman restait muet. Elle-même ne riait plus. Du coup, nous, les enfants…

Envolé, le bonheur dont on n'a même pas conscience tellement il est évident. Envolés, les rires qui fusent pour un rien.

Finis, les copeaux dans l'atelier et leur bonne odeur, ils ne me réchauffaient même plus lorsque je m'y asseyais avec nostalgie. Devant les grandes vitres de l'atelier, les beaux hortensias bleus semblaient flétris. Papa ne fut absent que quelques semaines, mais cela nous sembla une éternité durant laquelle nous nous sentions orphelins.

Jusqu'à ce jour où un voisin cria :

— Maria, Maria, Jean est revenu ! Tu entends, Maria ? Jean est revenu.

Maman sortit de la maison à toute vitesse, pâle d'émotion.

— Il est revenu, mon Jean ? Où est-il ?

— Place de la Maison-Rouge…

Il n'avait pas fini sa phrase que maman filait sans même avoir pris le temps, elle toujours si soignée, si coquette, d'enlever son tablier. Aveugle aux gens qu'elle croisait, elle les bousculait dans sa hâte.

« Comme elle aime papa ! »

J'étais pétrifiée par l'émotion. Il me semblait que tous, autour de moi, et aussi les maisons, les arbres, les nuages, le ciel, les oiseaux, tous criaient : « Maria aime Jean, Maria aime Jean ! », « Léonie aime ses parents ! » « Les enfants aiment leurs parents », car mon frère et ma sœur m'avaient bien vite rejointe. Tous les trois nous étions sur le pas de la porte, le regard pointé vers le bout de la rue d'où maman devait revenir avec papa.

— Alors, contents, les enfants ? s'enquit gentiment un voisin.

Question idiote à laquelle nous répondîmes par un haussement d'épaules. Naturellement que nous l'étions, contents, et bien plus encore. Les minutes passaient, aussi lentes que des heures. Nous gardions les yeux rivés vers le bout de la rue lorsque les deux silhouettes tant attendues se profilèrent enfin. Étrange apparition que celle de notre mère soutenant son mari qui la dépassait d'une bonne tête. Il s'accrochait à elle en claudiquant et semblait souffrir. C'est tout juste si nous ne l'avons pas renversé en nous précipitant sur lui.

— Papa !

— Allons, allons, les enfants, faites attention, ne bousculez pas votre père.

De ses frêles épaules, mais aussi de la voix, maman protégeait son mari. Il avait le visage émacié, la démarche hésitante à cause des ampoules qui le faisaient terriblement souffrir. Pas étonnant, c'est à pied qu'il rentrait de Dunkerque ! Je fus effrayée à la vue de ces bouts de peau qui pendouillaient. On aurait dit un tissu effiloché. Maman allait en prendre le plus grand soin, coupant les peaux mortes, passant une aiguille enfilée dans les ampoules afin que le liquide s'écoule. Épuisé, mon père se laissait faire sans la moindre protestation malgré la douleur.

Qu'importe ! Il était là, et la vie allait redevenir, belle comme avant. Mais pas semblable pour autant.

Des semaines auparavant, des mobilisés belges avaient pris possession du hangar en face de la maison. Je vous l'ai dit, j'allais chanter pour eux, dont j'étais devenue la mascotte. Lorsqu'ils furent partis et que des soldats allemands s'installèrent à leur place, le climat se modifia complètement et plus encore le comportement de maman. Elle, d'ordinaire si discrète, ouvrait grande la fenêtre, montait le son de la T.S.F. pour écouter Radio-Londres et ne se privait pas de remarques désobligeantes, proférées à voix haute, lorsqu'elle croisait un Allemand, malgré les appels à la modération de mon père.

— Fais attention, Maria. Tu vas nous faire avoir des histoires.

— Qu'est-ce que tu veux ? Que je leur fasse des sourires ?

— Je ne t'en demande pas tant, rétorquait mon père. Mais sois prudente.

La prudence ne coulait pas dans le sang de ma frondeuse de mère. Elle alla même, pour prendre la défense d'une vieille dame du quartier, jusqu'à affronter une occupante allemande, une grande et forte Teutonne, propriétaire d'un fox-terrier qui avait le culot et la morgue de sa maîtresse. Un matin que la vieille dame se promenait avec son inoffensif petit basset, le fox-terrier se jeta sur lui, sans que sa maîtresse cherche à le retenir. La malheureuse vieille dame eut tout juste le temps de soustraire son basset à la violence du fox-terrier qui menaçait de n'en faire qu'une bouchée. C'est alors que maman intervint. Elle apostropha l'Allemande :

— Pour qui vous prenez-vous ? Vous vous croyez tout permis, ou quoi ?

— Adenzion à ze que fous dites.

— Je dis ce que je pense. Votre chien est méchant, brutal, vous devez le museler et l'empêcher d'attaquer. D'ailleurs, par les temps qui courent, il n'y a pas que les chiens qu'il faudrait museler, rétorqua ma mère sans se démonter, regardant droit dans les yeux l'Allemande qui la dépassait d'une bonne tête.

De rage, la femme tourna les talons et siffla son chien.

Mon père n'apprécia pas du tout cet incident.

— Qu'est-ce que tu veux ? Nous faire embarquer ? Tous ? Contiens-toi, bon sang !

— C'est plus fort que moi. Je ne peux pas m'en empêcher, je les hais.

— Tout le monde les hait, et tu ne vas pas, à toi seule, les bouter hors de Belgique. Alors je t'en prie, tiens-toi tranquille. Pense aux enfants.

Elle promettait, en toute bonne foi. Ce qui ne changeait rien à son emportement.

Exit la Teutonne. Mais maman eut bien vite une nouvelle cible. Une Belge, cette fois, une voisine qui habitait notre rue.

Cette jeune femme, qui avait probablement besoin d'argent, accordait facilement ses faveurs à des officiers allemands, lesquels, pour lui rendre hommage, passaient devant nos fenêtres. Bien que ma mère n'ait rien d'une ragoteuse, elle ne pouvait s'empêcher de voir leurs petits manèges qu'elle commentait sur un ton parfaitement audible par tout le voisinage, à commencer par les Allemands en poste dans le hangar d'en face.

— Tiens, s'exclamait-elle au passage de la jeune femme, tiens, voilà la poule aux frisés.

La ville était régulièrement bombardée.

— À la cave, criait maman affolée, tandis que Jeannette et moi traînions les pieds, inconscientes du danger. Les combats aériens nous fascinaient, et la nuit nous mettions notre nez à la fenêtre pour bien voir les balles traçantes. On trouvait ça très beau.

Un matin, l'air soucieux, papa annonça :

— Je crois qu'il serait raisonnable que nous partions rapidement, avant que les choses ne s'aggravent. Je ne veux pas vous exposer davantage, les enfants et toi.

— Partir ? Et pour aller où ? demanda maman, surprise.

— Chez un de mes clients, un encadreur pour lequel je travaille depuis longtemps. Nous avons de bonnes relations, c'est un type honnête et gentil. Lorsqu'il a quitté la ville avec sa famille, il y a une quinzaine de jours, il m'a dit : « Vous pouvez venir nous rejoindre, avec ta famille. Ma maison est petite, mais elle vous est grande ouverte, vous serez à l'abri et sûrs d'avoir de quoi manger. »

C'est ainsi que nous prîmes la route d'Overijse, petit village à une trentaine de kilomètres, sur la route de Louvain. Là, j'ai compris le sens de la solidarité.

C'était vraiment très généreux, de la part de cette famille que nous ne connaissions pour ainsi dire pas, de nous offrir l'hospitalité. D'autant que leur maison, une sorte de cabane améliorée, était vraiment très petite. Nous avons cependant joyeusement cohabité. J'ai découvert la liberté et les plaisirs de la campagne que je ne connaissais qu'artificiellement, par ma récente expérience avec ma mère lorsque nous partions « smokeler ». J'avais certes fait quelques petites promenades à bicyclette, avec mon père, avant la guerre, mais elles étaient bien timides.

À Overijse, les oiseaux chantaient dans les arbres, les fraises des bois embaumaient, nous cueillions le raisin noir sur la vigne et je faisais des galipettes dans la luzerne, les ronces déchiraient mes jupes et griffaient mes mollets... Toutes ces découvertes enchantaient la gamine de douze ans que j'étais. Mieux encore, il y avait les parties de pêche auxquelles m'initia bientôt Servaz, un ami du fils de nos hôtes. Nous étions d'autant plus complices qu'il était un peu amoureux de moi et faisait tout son possible pour me faire plaisir et me distraire.

Nous nous levions très tôt le matin, vers 4 heures, pour aller pêcher le goujon dans l'étang voisin. Tout un art ! Et un travail pour lequel je n'étais sans doute ni assez patiente ni assez appliquée. Il fallait monter les lignes, passer l'appât autour de l'hameçon, et ce n'est pas sans un certain dégoût que je voyais ce petit ver rouge se tortiller.

— Tu lui fais mal, disais-je à Servaz.

— Penses-tu, rétorquait celui-ci, fier de la supériorité de son savoir. Les vers sont des invertébrés. Ils n'ont pas de nerfs. Pas de nerfs, pas de douleur.

Et, gentiment, il s'occupait de ma ligne et de mon hameçon que je n'avais plus qu'à lancer à l'eau. Jouant de mon atout séduction, je le remerciais d'un grand sourire en l'appelant « Ver de vase », inversion de son nom, Servaz. Ce dont il ne se vexait pas le moins du monde, il était sous le charme, je pouvais en profiter. Je ne m'en privais pas.

Je n'étais pas un pêcheur très doué. Trop de choses me sollicitaient. Je commençais bien par surveiller, avec application, mon flotteur qui dansait doucement sur les clapotis, mais, dès que passait un martin-pêcheur ou une libellule, hop ! C'en était fini de mon application. Fascinée, je regardais leurs évolutions et, livré à lui-même, mon bouchon flottait à la dérive. Ver de vase me rappelait à la réalité.

— Fais donc attention ! Concentre-toi sur ton bouchon, et rien d'autre.

— Et toi, occupe-toi du tien, de bouchon. Comme si tu ne regardais rien d'autre !

— Ma chère, ce serait faire un affront à la déesse de la Beauté que de ne pas te regarder.

— T'as pas fini de te moquer !

— Je ne me moque pas, tu le sais très bien.

— Arrête, tu parles trop, tu vas faire fuir le poisson.

L'étang était poissonneux et, bien que je ne sois ni très douée ni très appliquée, les goujons et autres ablettes venaient taquiner mon bouchon. Quel bonheur de le voir soudain s'agiter ! Je ferrais alors d'un coup sec et crac ! Mon fil s'emmêlait, tandis que l'hameçon allait s'accrocher dans l'herbe des fourrés. Ver de vase, avec l'angélique patience de l'amoureux transi qui se ferait tuer pour la belle de ses pensées, démêlait alors ma pelote tandis que je tenais sa ligne.

Mais ne me croyez pas si maladroite, il m'arrivait, de temps à autre, de sortir un poisson de l'eau. Le premier eut de la chance. J'étais tellement excitée, trépignant et hurlant de joie, agitant ma canne à pêche, qu'il réussit à filer. Tant mieux, j'ai toujours éprouvé beaucoup de difficulté au moment de décrocher la pauvre bête qui se tortillait au bout de mon hameçon.

Vers 8 heures, le soleil brillait, et ses rayons commençaient à nous réchauffer. Nous enlevions vestes et cache-nez et sortions notre pique-nique – du pain imprégné d'un beurre légèrement fondu et recouvert de chocolat. À 11 heures, nous rangions notre matériel pour prendre le chemin du retour, non sans faire honneur aux mûres bien juteuses qui bordaient le sentier. Et, très fiers, nous rentrions à la maison.

— Alors, les enfants, c'est grâce à vous que l'on mange aujourd'hui ? ne manquait pas de demander mon si gentil père.

— Sûr, monsieur, regardez plutôt, répondait Ver de vase en soulevant le couvercle du panier pour faire admirer notre prise.

— Bravo, mais videz-les bien.

— Les vider ?

Maman, à qui revenait généralement la corvée, s'empressait :

— Jamais de la vie ! C'est si petit qu'on mange tout, là-dedans.

— Ah, non, madame Cooreman, faut les vider. C'est dégoûtant, rétorquait l'encadreur.

N'osant pas le contrarier, maman s'exécutait de mauvaise grâce. Mais la bonne humeur collective l'emportait, et c'est avec gourmandise que nous dégustions les petits poissons raidis et dorés par leur bain de friture bouillante. Ils étaient succulents, et il ne me semble pas en avoir jamais mangé d'aussi bons depuis cette époque bénie – pour moi seule, sans doute.

D'autant que, et je le regrette, je n'ai plus jamais eu l'occasion de pêcher. Cela aurait pourtant été une jolie parenthèse, une respiration bien méritée dans la vie trépidante que j'ai menée depuis.

En revanche, de façon tout à fait inattendue, j'ai – oh, très rapidement – revu mon ami Servaz, alias Ver de vase. Un jour, lors d'une tournée au Canada, à la fin d'un concert, un grand et bel homme est venu me saluer.

— Vous ne me reconnaissez pas ?

— ... Euh !...

Je suis toujours gênée dans ces cas-là. Impossible de dire non, difficile de dire oui...

— Je suis Ver de vase.

— Oh, mais oui !

Je n'ai pas osé lui sauter dans les bras. Ce que je n'avais d'ailleurs jamais fait du temps de notre enfance. Nous nous sommes serré la main. Mais sa visite m'a fait chaud au cœur et m'a permis de revivre des souvenirs que je croyais à jamais oubliés.

Cette très courte partie de ma vie, certes pas l'une des plus éclatantes, n'en est pas moins l'une des plus chaleureuses. Dommage qu'on ne soit pas restés plus longtemps à la campagne. Par ailleurs, Dieu merci, elle allait être bientôt finie, la guerre !

Bientôt allait prendre fin cette sorte de vacances que furent les semaines passées à Overijse. Ne me jugez pas cynique en parlant de « vacances », j'étais jeune et je cultivais cette insouciante légèreté qui accompagne la fin de l'enfance. Aussi, c'est sans état d'âme que je dis adieu à nos amis lorsque mes parents décidèrent qu'il était temps pour nous de rentrer à Bruxelles.

# 5

Je suis retournée en classe, mais surtout, surtout, j'ai repris mes cours de danse. Mon activité favorite consistait à participer à des « radio-crochets », avec d'autant plus d'enthousiasme que j'en sortais la plupart du temps bonne gagnante.

« Radio-Crochet », cela dit bien ce que cela voulait dire.

Celui qui était quelque peu hésitant, qui ne faisait pas preuve de tempérament, bref, celui qui n'accrochait pas le public d'emblée, à peine en scène, hop ! Il se faisait « crocheter », c'est-à-dire virer, dans la foulée. S'imposer était d'autant plus difficile que ces fameux « crochets » se déroulaient généralement dans ces grandes brasseries dont la Belgique a le secret. Des lieux chaleureux, certes, mais davantage faits pour partager les rires et la bière que pour communier, dans un silence religieux, à la découverte de nouveaux talents.

Moi, j'adorais ça, à commencer par les répétitions auxquelles je me précipitais avec mes partitions et qui étaient, en fait, une forme de sélection. Ne montait pas en scène qui voulait. Il fallait d'abord passer le cap des éliminatoires. Pour cela, tout comptait : la voix, bien sûr, et la présence en scène, mais aussi le choix de la chanson que l'on allait interpréter tout autant que la manière de s'habiller.

Je me souviendrai toujours du « radio-crochet » organisé par la firme Decca, au palais des Beaux-Arts, à Bruxelles. Nous étions en 1944, un peu avant la fin de la guerre, les Allemands étaient encore là.

Un concours d'autant plus important qu'il était ouvert à trois catégories de candidats. Vingt dans chacune d'entre elles : les professionnels, les semi-professionnels et les amateurs dont j'étais, avec la fougue de mes seize ans. Le jury était composé de personnalités parmi lesquelles Jean Delettre, auteur de chansons à succès, grâce à qui je fus repêchée aux éliminatoires. Et pour cause ! Je chantais *La Petite Américaine* – ne m'en demandez pas plus, je me souviens à peine de quelques notes et autant de mots – alors que, je viens de vous le dire, les Allemands étaient encore là ! « Ce n'est encore qu'une gamine, intervint Jean Delettre. Mieux vaut s'intéresser à son talent, à son tempérament qu'au choix de sa chanson, même s'il peut sembler maladroit dans le contexte. » Non seulement je fus du lot des dix candidats retenus mais, mieux encore, la seule dans la catégorie amateur.

Enfin le grand soir ! Pour gagner, je me voulais sublime, et j'avais mis pour cela tous les atouts de mon côté. Jugez plutôt : coiffée à la Veronica Lake – l'incontestable star vampante de l'époque –, mèche blonde et crantée dissimulant un œil, je portais un tailleur jaune canari, avec une veste très longue à liséré rouge dont dépassait à peine le petit bout de jupe qui s'arrêtait au-dessus du genou. C'était quelque chose !

Et je me proposais d'interpréter :

*Ils ont l'air dégoûté*
*Tous ces petits agités*
*Oh, ils sont zazous*
*Ils sont zazous !*

accompagnée par un adorable pianiste avec lequel je m'entendais très bien.

En attendant, j'étais dans les coulisses avec ma mère, pour laquelle il n'était pas question de laisser sa gamine traîner seule dans ces lieux de perdition. En plus, il faut bien le dire, tout cela l'amusait beaucoup.

Mais, ce fameux soir, le temps passait, l'heure tournait, et mon tour ne venait pas. Tandis que j'attendais patiemment dans les coulisses, maman s'énervait :

— On va rater le dernier tram.

— Mais non, maman, calme-toi. On a encore le temps.

— Le temps ? Ça m'étonnerait bien. Tu sais l'heure ?

Oui, je savais. Je savais aussi qu'elle n'avait pas tout à fait tort, lorsque à minuit moins le quart – ouf ! – ce fut enfin à moi d'entrer en scène. J'interprétai *Les Zazous*, avec l'insolence et le dynamisme de mon âge, et, sous les applaudissements, je regagnai bien vite les coulisses où, sans plus attendre, ma mère me saisit vivement par le bras :

— Encore deux minutes, et le dernier tram sera passé !

Nous l'avons attrapé, de justesse mais attrapé tout de même, ce dernier tram. Incroyable, c'est seulement aujourd'hui que je le réalise, mais maman courait alors aussi vite que moi ! Nous roulions tranquillement vers la maison lorsque, encore essoufflée, j'osai avancer :

— Maman, tu ne crois pas qu'on aurait tout de même pu attendre les résultats ?

— Et rentrer à pied ?

Réponse imparable, à laquelle je ne trouvai rien à rétorquer. Le montant de la somme qu'aurait représenté un retour en taxi ne m'effleurait même pas. Une folie à coup sûr.

Il était encore tôt lorsque, le lendemain matin, mon charmant pianiste frappa à la porte. Je lui ouvris, étonnée :

— Qu'est-ce qui se passe ?

— Qu'est-ce qui se passe ? Elle est bien bonne, celle-là ! Et toi ? Je peux te retourner la question, qu'est-ce qui t'a pris de t'enfuir comme une voleuse, hier soir ?

— J'avais mon tram.

— Elle avait son tram ! Non, mais, elle est folle ! Son tram ! Et les résultats ? Tu t'en moques ?

— Non, mais... Alors ?

Je lui demandais cela tout naturellement, sans le plus petit pincement au cœur, la moindre angoisse. Bien sûr que j'étais fière et heureuse lorsque je gagnais, mais perdre ne me mettait pas au trente-sixième dessous. J'avais la tête sur les épaules, et un réalisme que je tenais de mes parents et de leur éducation.

Je dansais et je chantais tout naturellement, j'aimais ça. Mon « public » aussi apparemment, puisque j'avais toujours droit à des applaudissements. C'est le hasard, le seul hasard, sur lequel s'est probablement pointée la baguette magique des bonnes fées qui présidaient à ma naissance. Il fit bien, le hasard. Attention, je le souligne, ce qui n'en signifie pas moins un travail quotidien et acharné. Cet état d'esprit explique pourquoi je ne soupçonnais pas encore, à l'époque, ce que pouvait être le trac. Innocente. Inconsciente. Et bientôt très contente !

J'étais Léonie Cooreman, une gamine qui aimait rire et chanter et qui ne se préoccupait guère de son avenir. Léonie Cooreman aurait pu tout simplement être une très bonne épouse (et je l'ai été, du moins je l'espère) et chanter dans sa salle de bains (ce que je continue de faire régulièrement). Elle aurait également pu être une secrétaire appliquée (oui, j'ai l'amour du travail bien fait) qui aurait fait marrer ses copines, jusque dans les bureaux les plus sinistres, sous l'autorité d'un petit chef de service.

Cela pour vous expliquer mon état d'esprit lorsque mon charmant pianiste-accompagnateur sonna à ma porte ce matin-là.

— Alors ?

— Alors ? Tu as gagné.

— J'ai gagné ? Tu es sûr ?

— Oui. Tu as gagné, et, hier soir, après que tous les candidats furent passés, au moment d'annoncer les résultats, on t'a cherchée partout.

— C'est vrai ? Tu ne te moques pas de moi ?

Je le secouais, tandis qu'il s'entêtait :

— Tu as gagné !

Soudain galvanisée par la nouvelle, sautant comme un cabri, je lui ai posé un baiser sonore sur la joue. « J'ai gagné, j'ai gagné »...

— Qu'est-ce que tu as gagné ?

Je piaillais si fort que mes parents étaient sortis dans la cour.

— Hier soir... Le concours... J'ai gagné...

C'est tout ce que je pouvais répondre, tout en continuant de sauter de joie.

Maman s'est tournée vers papa :

— Jean, ta fille a gagné. Tu vois bien qu'elle est la meilleure.

— Tu as raison, Maria, Léonie est la meilleure.

Nous nous sommes pris tous les trois par la main avant d'entamer une sorte de danse du scalp. « Léonie a gagné... Léonie est la meilleure... Elle a gagné... » Au grand dam de mon ami pianiste qui est parti, épaules voûtées, murmurant : « Drôle de famille ! » Ce que nous entendions bien rester.

Donc, j'avais gagné. Et pas rien ! Le concours Decca était une ouverture. Sur les autres « crochets », bien sûr, et, mieux encore, sur l'entrée dans la profession d'artiste. Ce succès ne pouvait que m'engager à poursuivre dans cette voie. Je l'ai suivie avec enthousiasme.

La guerre à peine terminée, comme pour fêter mes seize ans, me voici la lauréate d'un nouveau « crochet » qui m'ouvre pour huit jours les portes de L'Ancienne Belgique, le music-hall des music-halls bruxellois. Plus qu'une aubaine, une chance exceptionnelle à laquelle aucune candidate « crochet » n'aurait pu résister. Je n'ai pas résisté.

Il faut que je vous présente L'Ancienne Belgique. Un établissement hors du commun. Je vous ai déjà parlé des fêtes « breughéliennes ». Eh bien, à L'Ancienne Belgique, l'atmosphère était encore plus breughélienne que nature.

À la salle, immense, il convient d'ajouter, outre un parterre, une galerie à droite et à gauche. Les grandes tables en bois étaient entourées de sièges, également en bois, sur lesquels les spectateurs prenaient place et commandaient d'énormes chopes de bière blonde et mousseuse, derrières lesquelles ils disparaissaient avant de les déguster lentement.

Hommes, femmes, enfants… On y venait en famille. Les femmes discutaient entre elles, tout en incitant leurs rejetons au calme, tandis que les hommes reprenaient les refrains en chœur, entre deux gorgées de bière, histoire de s'assouplir la voix. La salle était toujours comble, un public chaleureux certes, mais tout aussi attentif et critique. Ça ne rigolait pas ! Le candidat, s'il ne s'imposait pas d'emblée, se faisait « crocheter » vite fait. Ce qui était d'autant plus dur que le lieu n'était pas vraiment confortable.

Pas de coulisses pour reprendre son souffle, jeter un coup d'œil à la salle, essayer de comprendre comment réagissait ce public d'un soir. La loge, l'unique loge, était en sous-sol, et c'est par un petit escalier que, sans transition, on se trouvait propulsé sur scène. En revanche, lorsqu'il vous adoptait, le public de L'Ancienne Belgique le faisait d'office, sans restriction.

C'est l'accès à ce temple de la chanson que me donnait ma récente victoire, après accord toutefois de M. Mathonet, son propriétaire, qui signait les contrats.

Pour moi, jeune et naïve, tout était simple, gagné d'avance. Je n'avais qu'à me rendre à L'Ancienne Belgique pour avoir mon contrat. Ce que je fis, le lundi matin suivant, escortée de maman comme il se doit.

Une secrétaire nota mon nom avant de nous introduire dans une salle où plusieurs personnes attendaient déjà, le regard dans le vide, chacun ignorant les autres, sûr de sa réussite. Pour moi non plus, cela ne faisait aucun doute. J'avais gagné un crochet dont la récompense était une semaine à L'Ancienne Belgique.

Je n'avais qu'à attendre mon contrat. Ce que nous fîmes, maman et moi, comme les autres d'ailleurs, durant plus de deux heures au bout desquelles nous vîmes débouler M. Mathonet. Il traversa rapidement la salle, sans la moindre attention pour aucun de nous, et s'engouffra dans son bureau. Il allait nous appeler, et il était temps car je sentais bien que maman commençait à sérieusement s'énerver. Elle ne disait rien, mais depuis un certain temps déjà elle s'agitait de plus en plus sur sa chaise. Après une bonne dizaine de minutes, la secrétaire s'adressa à la cantonade :

— M. Mathonet ne peut pas vous recevoir à cette heure-ci, il vous faudra revenir la semaine prochaine.

Maman, qui était vraiment en rage, saisit son sac en maugréant quelques paroles sur le mode « se moquer du monde », « pas de respect des gens », « faire perdre son temps aux autres »... et nous prîmes le tram pour la rue de Molenbeek.

Le lundi suivant, même scénario. La même secrétaire nota mon nom, nous fit signe d'entrer dans la salle où attendaient déjà plusieurs candidats. Tout en s'asseyant, maman marmonna qu'elle ne patienterait certainement pas aussi longtemps que la dernière fois. Au fil des minutes, son agitation redoublait. Je redoutais un esclandre, sachant combien elle devenait difficile à maîtriser lorsqu'elle était en colère. Et alors, je n'aurais plus qu'à dire adieu à mon beau contrat.

Une heure, puis bientôt deux s'écoulèrent. Lorsque M. Mathonet fit son entrée, comme un diable jaillissant d'une boîte, maman se leva, bondit sur lui et, l'attrapant par le revers de son imperméable couleur mastic :

— Alors, monsieur Mathonet, c'est pour quand que tu me reçois ? (On tutoie facilement, en Belgique.)

— Mais, mais..., balbutia-t-il.

Pétrifiée, je me recroquevillai sur ma chaise en pensant : « Cette fois, ça y est, c'est fichu », tandis que, dans un étrange silence, M. Mathonet, interloqué, ajoutait, à la stupéfaction des autres candidats :

— Tout de suite, madame, je vous reçois tout de suite. Entrez dans mon bureau.

L'audace de maman avait payé. Cinq minutes plus tard, lorsque nous sommes sorties du bureau mon contrat à la main, inutile de vous préciser que j'avais la tête un peu plus haute et le dos moins rond que les minutes précédentes. J'avais eu chaud. Maman et son tempérament avaient marqué à vie M. Mathonet. Par la suite, je ne l'ai jamais rencontré sans qu'il me demande :

— Et comment se porte votre charmante maman ?

Premier contrat, premier travail, premier cachet. Je n'étais plus seulement « amateur », Nini Cordy faisait son entrée dans la vie professionnelle, et dans le temple du music-hall belge, qui plus est ! L'équivalent de l'Olympia de Paris.

Une bonne école. Engagée pour huit jours, j'y suis restée huit semaines, travaillant à un rythme endiablé, car on ne soufflait guère à L'Ancienne Belgique ! Les artistes devaient participer à l'ensemble de la revue dont le programme changeait chaque semaine. Ainsi, moi qui n'avais pourtant qu'une chanson, j'étais de tous les tableaux. Les spectacles en matinée et en soirée, auxquels il convenait d'ajouter les répétitions, nous occupaient à plein temps, dans des conditions qui n'étaient pas vraiment idéales. Je vous l'ai dit, il n'y avait pas de coulisses mais une unique loge au sous-sol. Ce qui signifie que tous, et nous étions une bonne dizaine, nous devions nous habiller et nous déshabiller les uns devant les autres. C'est ainsi qu'à seize ans, lorsqu'un danseur se changea devant moi, j'ai découvert ma première paire de fesses masculines. Bon ! Voir des fesses, c'était une chose. De là à montrer les miennes, pas question ! Aussi, je faisais d'incroyables contorsions pour changer de costume en essayant de ne rien découvrir de mon anatomie, malgré les conseils pleins de sagesse d'un chanteur.

— Pourquoi te caches-tu ? Tu sais, on en a tant vu qu'on ne voit plus rien. Un sein ou un pied, pour nous, c'est tout comme.

N'empêche, c'est tout juste si je n'enfilais pas la robe que je devais porter au tableau suivant avant d'enlever celle que je portais au tableau précédent. Pudique, je me changeais derrière un rideau qui dissimulait mal un lavabo. Cela me prenait un certain temps et, du coup, je loupais régulièrement mes entrées. Pourtant, au bout de trois jours à peine de ce petit manège, qu'on voie mes fesses ou pas, ce n'était plus mon problème !

M. Mathonet avait un moyen simple mais efficace pour lutter contre nos retards : il les sanctionnait. Comptez plutôt. On était payés cent francs par jour. Un quart d'heure de retard ? Il retenait vingt-cinq francs. Une entrée loupée ? Moins cinquante francs. À ce tarif-là, on perdait vite sa pudeur. Et maman, qui continuait à venir me chercher chaque soir pour que je ne rentre pas seule en tram, maman n'y trouva rien à redire.

Déjà, je ressentais très agréablement cette sorte d'euphorie qui vous prend au moment d'entrer en scène, à l'instant de se trouver face à face avec un public dont on ne sait rien mais auquel on se doit de donner une émotion, du plaisir. Un public qui vous fait confiance et vous manifeste une forme d'amitié en venant vous applaudir – ou vous siffler –, mais c'est en quelque sorte pareil. Un échange, réussi ou non.

À L'Ancienne Belgique, grâce aux rythmes que nous imposait M. Mathonet – mais après tout, il fallait renouveler régulièrement le spectacle si on voulait que les clients reviennent –, j'ai découvert le plaisir des répétitions. Et aucun de ceux, comédiens, chanteurs, danseurs et autres, qui pratiquent un métier artistique avec la rigueur que cela suppose n'osera me contredire.

Ré-pé-ter... C'est chercher le bon ton, le bon temps... la précision. Boileau conseille : « Vingt fois sur le métier, remettez votre ouvrage. »

Ré-pé-ter, c'est ça. C'est, vingt, cent fois, faire le même geste, reprendre les mêmes notes, articuler la même phrase. C'est dur et grisant à la fois. On est là, à suer sang et eau, pour essayer de tirer le meilleur de soi. Aller jusqu'au bout, au fond, jusqu'à ce petit point, cette intonation, ce mouvement subtil qui sauront susciter l'émotion. Ré-pé-ter... C'est aussi la complicité et l'harmonie qui se tissent avec ses partenaires. Une drogue en quelque sorte.

Tenez, je vais oser vous le dire, mon rêve serait de ré-pé-ter des heures et des jours des textes, des chansons, des comédies musicales... que je ne jouerais pas forcément. Pour moi, les répétitions sont synonyme des joies de l'enfantement, c'est comme un sas dans lequel on se dégage lentement de sa propre personnalité pour prendre celle de « l'autre », ce personnage qui chaque jour vous habite un peu plus jusqu'à ce qu'on le rende vrai, concret et crédible. Car en fait, c'est ça, jouer la comédie, c'est, avec son corps, sa chair, son sang, sa voix, créer un être fictif né du cerveau d'un autre. Extraordinaire !

À L'Ancienne Belgique, j'ai commencé à en prendre conscience, en incarnant, pour les besoins des nombreuses revues, les personnages les plus différents les uns des autres. Là, en huit semaines, j'ai tout fait, de Colombine au fantôme ! Bonne sœur ou femme soûle, marâtre ou femme de chambre, je suis passée d'un personnage à l'autre sans avoir le temps de me poser de questions. Une sacrée école, dont j'étais la benjamine, bluffée par mes partenaires susceptibles de tout interpréter. Je revois encore la plupart d'entre eux, à commencer par Esther Deltenre et ses cent vingt kilos ! Avec Ritche, son partenaire qui était déjà vieux – à mes jeunes yeux sans indulgence –, ils se taillaient un solide succès en interprétant *Ramona*, un *Ramona* à leur sauce. Il y était question de radis noir que l'on croquait avec du sel. Heureusement, Saint-Granier, l'adaptateur de la version française, n'était pas dans la salle. De toute façon, je doute fort que Jean de Granier de Cassagnac (son vrai nom) ait compris le bruxellois. Tant mieux, car il aurait eu une attaque.

Deux autres chanteurs vedettes de L'Ancienne Belgique, surnommés « le couple chantant », enthousiasmaient les spectateurs par leur irrésistible drôlerie et le côté un peu léger et facile de leur répertoire dont le clou était – c'est inoubliable – une chansonnette qui ne brillait pas par son raffinement. Jugez plutôt, mais ne critiquez pas forcément ! C'était le reflet d'une époque où la gaudriole se portait bien. Pour preuve, leur auditoire reprenait volontiers en chœur avec eux :

*Pétronille, Pétronille*
*Elle danse, danse la java*
*La pauv' fille, la pauv' fille*
*Elle ne savait faire que ça !*
*Sa famille, sa famille*
*Rouspétait, pétait pendant c'temps-là…*

J'en conviens, ce n'était pas d'un niveau intellectuel très élevé, mais ça amusait à coup sûr.

# 6

À peine mon contrat de huit semaines à L'Ancienne Belgique terminé, j'en avais un autre en poche. À la Brasserie métropole, un grand lieu qui tenait plutôt du hall de gare que du cabaret. Nous étions en 1945, j'allais soudain découvrir un nouveau public : celui des G.I. Du coup, me voici devenue chanteuse de jazz, interprétant les standards américains et swinguant au rythme de l'orchestre que dirigeait un Hollandais, Eddie Delatte. Après l'atmosphère familiale de L'Ancienne Belgique, il était normal que ces grands jeunes gens, coiffés en brosse, mâchouillant du chewing-gum et s'exprimant bruyamment, me perturbent quelque peu.

Le premier soir, à l'instant même où j'entrais en scène, des sifflets exubérants saluèrent ma petite personne, prête du coup à filer en coulisse. À mes oreilles, les sifflets ne pouvaient être que réprobateurs. Erreur !

— C'est tout le contraire, m'expliqua Eddie Delatte. S'ils te sifflent, c'est que tu leur plais.

Apparemment, je leur plaisais même beaucoup. Et ce fut bientôt réciproque. Je me suis beaucoup amusée face à ce public joyeux et bon enfant, mais pas facile pour autant.

Entre deux chansons, les G.I. entonnaient volontiers quelques refrains à la sonorité anglo-saxonne et éructaient sans fausse honte les relents de leur trop-plein de « Gueuze Lambic » ! Avec la même simplicité, ils avaient une manière bien à eux de réclamer une chanson, en écrivant son titre sur le petit rond de carton sur lequel était posée leur chope de bière, avant de le lancer sur scène. Je n'avais qu'à me baisser pour ramasser le programme !

Tout cela était joyeux et bon enfant. C'est pourquoi je les trouvais bien sympathiques, ces grands gamins, dans leur application à essayer d'oublier les horreurs de la guerre qu'ils venaient de vivre. Et ce n'était pas fini.

De leur côté, ils appréciaient mon talent, si bien que les autorités américaines me demandèrent de chanter dans les camps. Je l'avoue, je me suis bien amusée au cours de cette expérience de music-hall aux armées. Là, plus encore qu'au Métropole, les G.I. manifestaient leur enthousiasme sans restriction, applaudissant et sifflant à qui mieux mieux, ce qui ne pouvait que me flatter, maintenant que j'en connaissais les raisons. Il n'était pas rare qu'un de ces grands gars m'attrape, telle une plume, pour m'asseoir sur ses épaules et me faire faire un tour d'honneur chez les guerriers. Maman, qui me suivait toujours – elle n'allait tout de même pas lâcher sa gamine seule au milieu des fauves –, surveillait de très près ces innocents petits jeux. Elle n'avait aucune envie de me voir tomber amoureuse d'un soldat, et encore moins partir faire carrière outre-Atlantique ! Elle fut vite rassurée, ma période « américaine » fut assez brève. Bien vite, un nouveau contrat, dans la brasserie La

Capitale, puis dans une autre, Le Palace. Il me rappela à Bruxelles, où je repris un répertoire plus proche de ce que j'avais l'habitude de chanter.

Mes succès ? Ceux de Lily Fayol, principalement, chanteuse fantaisiste française alors en pleine gloire. J'interprétais également *La Guitare à Chiquita*, dans un autre registre, *Il jouait de la contrebasse*, de Georges Ulmer et *Il aurait bien voulu*, de Loulou Gasté.

Puis vint le temps des tournées dans les grandes villes belges. Souvenir inoubliable, la visite éclair que je reçus dans ma loge, cette fin de matinée-là. Je chantais à Knokke-Le-Zoute, en apéritif-concert. Comment aurais-je pu deviner qui frappait à ma porte ? J'ai beau avoir la tête solide, j'ai eu un vrai « coup de sang » à la vue de la grande silhouette qui se profilait. Pantalon de flanelle grise et polo jaune canari, il avait, bien sûr, casquette en tête et canne à la main. En un éclair je reconnus l'homme à la soixantaine fringante qui me félicitait chaleureusement :

— C'est bien, ce que tu fais, petite. Continue, et je te promets une belle carrière.

Je ne sais trop ce que j'ai bafouillé. Je n'ai pas eu le temps de me remettre de ma surprise, il était déjà parti. J'ai couru derrière lui, sans pour autant chercher à le rattraper, simplement pour me prouver que je n'avais pas rêvé. Non, je n'avais pas rêvé, c'était bien lui, oui, cet homme qui marchait sur la digue à grandes enjambées, luttant contre le vent qui faisait flotter le bas de son pantalon et l'obligeait à maintenir sa casquette d'une main ferme, c'était bien Maurice Chevalier. Longtemps, je l'ai suivi des yeux...

Plus tard, lorsque nous nous connaîtrons mieux, ce marcheur invétéré – il disait volontiers que la marche était le secret de sa forme et de sa longévité – essaiera de m'influencer :

— Tu devrais marcher, petite.

— Pas le temps, monsieur Chevalier.

— Ce n'est pas une excuse, le temps, ça se trouve toujours, si on veut.

Lui, ainsi qu'il me l'avait promis, il trouva toujours le temps... Il assista à mes spectacles avec une étonnante fidélité. Il ne venait jamais aux générales mais toujours le dimanche, en matinée, avec le public. Nous éprouvions une réelle affection l'un pour l'autre. Il m'appelait son « petit soldat ». Je le considérais comme mon père spirituel.

Bien sûr, j'étais encore très jeune et je n'avais pas le métier que j'ai pu acquérir au fil des années, des répétitions et des représentations, mais pourtant mon attitude en scène n'était pas très différente de ce qu'elle est encore aujourd'hui. Pas question, vous vous en doutez, de me tenir bras ballants, plantée derrière un micro. Bouger, danser, faire des mimiques... tout cela est partie intégrante de ce que je suis. Déjà, à mes débuts, j'avais ce goût et ce sens de l'expression corporelle, à mes yeux l'indispensable prolongement au fait de chanter.

Je suis en train de me décrire comme une obsédée et une acharnée du travail, ce que j'étais, ce que je suis restée certes, mais je n'en étais pas moins une gamine et, comme toutes les adolescentes, j'aimais les jeux de mon âge, patins à roulettes et petits flirts innocents. Et encore ! Je dois le reconnaître, j'étais bien davantage attirée par les premiers que par les seconds. Baisers furtifs et serments d'amour éternels ne m'émouvaient pas outre mesure.

Ah, je n'étais pas comme ma sœur – je l'entends rouspéter d'ici, Jeannette, à la seule lecture de cette phrase. Mais, il ne faut pas l'oublier, elle était de six ans mon aînée, normal donc qu'elle ait été, plus que moi, intéressée par les petites choses de l'amour. Je n'y trouvais rien à redire. Ce qui, en revanche, m'agaçait prodigieusement, c'était de jouer les chaperons, maman oblige. Elle ne laissait son aînée aller au cinéma que si elle était escortée de sa cadette, moi en l'occurrence. Ce dont Jeannette se moquait bien. Un copain l'attendait à l'entrée de la salle, et ma présence ne les empêchait nullement de se bécoter tout au long de la séance. Qu'est-ce que cela m'énervait ! Je ne comprenais pas qu'on aille au cinéma pour s'intéresser à autre chose qu'au film. Et ils s'intéressaient vraiment à autre chose ! Passe encore. Ce qui me hérissait encore plus fortement le poil, c'était le comportement du fameux copain auquel on avait dit, histoire de l'appâter :

— Je vais au cinéma avec une fille, sa petite sœur ne la lâche pas. Viens avec nous, tu verras, elle est mignonne.

Si le malheureux garçon s'imaginait des atouts de séducteur, il perdait rapidement ses illusions. Visage buté, air peu aimable, pas un sourire, je répondais à peine à son « bon-jour » prometteur d'ivresses.

Les mains posées sur mes genoux, raide comme la justice, je me voulais tout entière absorbée par le sort des personnages sur l'écran. Le malheureux risquait-il un timide petit geste, une main sur la mienne, ou des lèvres qui tentaient d'effleurer ma joue ? Il se faisait remettre illico à sa place par un retentissant « Ça va pas, non ? » qui nous attirait tous les regards.

Je n'étais pas d'humeur « flirt ». Pas seulement parce que j'étais très jeune, je ne le suis pas devenue davantage par la suite. Question de tempérament, sans doute, à moins que la chanson n'ait absorbé l'essentiel de ma sève amoureuse. Qui sait ? L'essentiel de mon temps, en tout cas. Et cela a commencé très tôt.

Après mon passage au Métropole et les tournées en Belgique, j'ai bientôt élargi mon champ d'action en allant chanter pour les troupes belges stationnées en Allemagne. Nous leur offrions une comédie musicale, *Nono Nanette*, dont l'interprète principale était une Anglaise fameuse et très aimée dans son pays, Gladys Warland.

Cette fois, maman ne m'accompagnait pas, elle m'avait trouvé un chaperon dans la troupe. Tant mieux. Non que sa présence m'eût jamais pesé, bien au contraire, mais le voyage était loin d'être confortable.

Les temps étaient durs, juste après la guerre. Nous vivions dans des conditions qui ne sont même pas envisageables aujourd'hui. Lorsqu'on raconte ça à des jeunes, ils vous regardent avec de grands yeux écarquillés, comme si on leur parlait d'une époque préhistorique. Le fait est que nous nous produisions dans des salles glacées où seul un énorme poêle, avec un gros tuyau coudé, s'épuisait à diffuser une tiédeur timide. Comme nous débarquions de cars qui n'étaient pas chauffés, nous arrivions gelés. On le restait. Alors, on se bougeait en scène, je vous le dis !

La tournée était intéressante, malgré les ravages de la guerre toujours bien présents. À Cologne notamment, seule la cathédrale était encore debout. Impressionnant ! Du car, on voyait la ville dans son ensemble. Pas étonnant, elle était rasée. À Aix-la-Chapelle, c'était pareil.

Je me suis retrouvée à Paris, dans un grand hôtel proche de l'Étoile, à l'occasion d'un gala où se produisait également Jacqueline François. Elle faisait un succès terrible, *Mademoiselle de Paris* était sur toutes les lèvres.

*Elle rêve à des serments d'amour*
*Elle pleure et plus souvent qu'à son tour*
*Mad'moiselle de Paris.*

C'était charmant. Sur une musique de Paul Durand, un joli texte d'Henri Contet, un ancien ingénieur à la Compagnie des téléphones dont Piaf avait décidé de la vocation en lui commandant « d'office » quelques chansons.

Personne ne sait plus aujourd'hui qui était Henri Contet. Nombreux, en revanche, sont ceux qui, outre *Mademoiselle de Paris*, ont fredonné *Padam-padam* ou encore *Elle attendait son carrosse...*, avec Mireille et aussi Yves Montand. *Mademoiselle de Paris* résume bien le climat de l'immédiat après-guerre, charme léger et joie de vivre retrouvés.

Bref, j'avais quatre ou cinq jolies petites chansons et toujours quelques succès anglo-saxons, d'autant que je me défendais bien en anglais. J'ai toujours eu le goût et le sens des langues. Ma futée de mère, elle, avait eu l'intelligence de me faire donner, très tôt, des leçons d'anglais, estimant que ce qu'on nous enseignait en classe était insuffisant pour pouvoir s'exprimer correctement et être compris.

Était-ce un don ? du flair ? Le fait qu'elle n'ait pas eu la chance d'apprendre, d'avoir un bagage ? Bien m'exprimer en anglais m'a souvent été utile. Dix ans plus tard, en tournée aux États-Unis avec Bruno, j'ai, plus d'une fois, eu une pensée de reconnaissance pour le flair maternel. Grâce aux leçons que ma mère m'avait fait donner, je pouvais discuter avec une certaine aisance.

Ce serait peu dire que Bruno, mon mari, lui, qui ne supportait pas les « Ricains », ait mis un point d'honneur à ne pas parler leur langue. De là à la comprendre… Lors de ma tournée aux États-Unis, en 1956, tous les rendez-vous importants que nous avons pu avoir étaient immanquablement ponctués de :

— Qu'est-ce qu'il dit ?

Je traduisais.

— Il dit que…

— Dis-lui ça…

— Qu'est-ce qu'il dit ? reprenait Bruno.

Je répondais que…

Auquel il ajoutait :

— Dis-lui ça…

Je traduisais à nouveau, comme une litanie.

Sauf ce jour où…

Nous prenions contact avec le directeur de l'agence William-Morris, en vue d'une éventuelle tournée. Pour le moins décontracté, il nous reçoit, à l'américaine, calé dans son fauteuil, pieds sur le bureau. Tête de Bruno !

Le directeur parle, je traduis.

— Qu'est-ce qu'il dit ? dit Bruno.

Je traduis :

— Il dit que…

— Dis-lui ça, répond Bruno, jusqu'au moment où il s'énerve :

— Mais, bon Dieu, dis-lui que tu es formidable, c'est tout.

Voyez ma tête ! Entre timidité et pudeur, il m'était bien impossible de dire une chose pareille.

Je n'ai su que répondre : « Oh, papa, écoute... »

Oui, je l'appelais « papa », Bruno. Il avait dix-sept ans de plus que moi, et cela a commencé comme un jeu.

# 7

En attendant, à Bruxelles, les contrats s'enchaînaient tout naturellement. Était-ce mon enthousiasme, mon inconscience, ma méconnaissance de ce métier ou ma somptueuse naïveté ? Je ne me posais pas de question. Comme ça, je n'avais pas de réponse à trouver, il me suffisait de suivre ma route... et de tendre l'oreille.

J'appris ainsi que Jean Omer cherchait une meneuse de revue pour Le Bœuf sur le toit. Rien à voir avec celui de Paris, je vous le dis tout de suite.

C'était le plus beau cabaret de Bruxelles, il s'y pressait la clientèle la plus élégante. Il y avait un orchestre de huit musiciens dont un excellent saxophoniste, des Blue Bell Girls, des plumes et des paillettes bien sûr, dans un cadre extrêmement raffiné où Jean Omer recevait des vedettes internationales.

Un grand bar au fond, de jolies tables aux lumières tamisées étaient disposées autour d'une piste en verre que l'on faisait monter pour présenter le spectacle, ou descendre lorsque, en fin de soirée, une musique plus langoureuse invitait à la danse les clients qui avaient dîné au champagne. Tout ça était d'un chic !

Meneuse de revue, ça doit être marrant !

Rien ne m'effrayait, c'est vous dire mon inconscience. Et, tranquillement, je suis allée passer l'audition, la jeune fille plutôt ronde que j'étais n'ayant pas le moindre complexe à l'idée de se frotter aux Blue Bell, leurs centimètres en plus – j'arrivais à hauteur de leurs seins ! – et leurs kilos en moins. J'avais raison, j'ai été immédiatement engagée. Pas peu fière, Nini ! Du coup, je me suis sentie une « grande ».

Nous étions en 1949, je frôlais les vingt et un ans et la majorité. J'étais financièrement autonome et là, sans penser à la réaction de mes parents et surtout sans vouloir les froisser ni leur faire de peine, j'ai frappé un grand coup.

Un soir, au cours du dîner, je leur annonce comme une évidence :

— Ah, il faut que je vous dise, je vais me louer un studio.

Avec un bel ensemble, ils m'ont regardée, stupéfaits, c'était comme si le sol s'ouvrait sous leurs pieds. Un lourd silence suivit ma déclaration. Je crus bon de répéter :

— Je vais me louer un studio.

— Qu'est-ce que tu racontes ? Qu'est-ce qui te prend ? Mademoiselle n'est pas bien ici ?

— Mais si, vous le savez, je suis bien avec vous, et cela ne change en rien l'amour que je vous porte. Vous êtes et serez toujours mes petits parents chéris. Mais je gagne ma vie, et je trouve que j'ai l'âge de m'assumer et d'avoir un lieu à moi.

— Tu viendras quand même nous voir ? bafouilla papa, la voix soudain enrouée.

— Quelle question ! Évidemment que je viendrai vous voir, le plus souvent possible, vous le savez bien.

— On verra tout ça demain, dit maman.

Dans ma tête à moi, c'était tout vu. Pour elle, bien sûr, c'était différent, comme un déchirement : sa petite fille faisait ses premiers pas dans sa vie de femme. C'est ainsi que j'ai découvert non pas la liberté, je l'avais toujours eue, étant donné l'amour que mes parents me portaient, mais l'indépendance.

Je suis restée un an au Bœuf sur le toit où j'ai mené la revue avec beaucoup de plaisir et où, il faut le souligner, j'ai beaucoup appris, grâce au professionnalisme de ceux avec lesquels je travaillais.L'ambiance était agréable, comme le patron. Excellent musicien, rond et sympathique, Jean Omer menait son affaire avec intelligence et talent. Du coup, tout était facile, et la « petite » débutante prit tranquillement sa place au milieu des professionnels bien rodés. À commencer par les Blue Bell Girls.

Recrutées par une « dame de fer » avant l'heure, baptisée « miss Blue Bell », les Blue Bell Girls venaient d'Angleterre pour la plupart et travaillaient, travaillaient, travaillaient... Jusqu'à la perfection, avant de se produire au Lido de Paris, au Bœuf sur le toit de Bruxelles, ainsi qu'à Amsterdam ou à Berlin. Elles étaient belles, vraiment de très belles femmes, mais, mieux encore, de vraies artistes. Chapeau, miss Blue Bell !

Le cadre et le décor étaient également raffinés, je vous l'ai dit, avec un brin de modernité. L'orchestre était dissimulé par un rideau métallique, bonne idée, cela donnait un certain mystère au son. À moins qu'on ne tombe dans la farce, comme moi le soir où j'ai touché le rideau avec mon micro. Sans doute avais-je la main moite, on a entendu d'étranges craou-craou-crac... Secouée comme un prunier, j'ai soudain lâché le micro qui a valsé dans la salle. On a tous mis plusieurs secondes à s'en remettre.

Je me demande parfois si cette fameuse décharge d'électricité ne serait pas à l'origine de ma légendaire énergie.

L'équipe était sympathique, je me souviens de Maurice Charles, le présentateur, de Jeannot le trompettiste, de Brancato, avec lequel je faisais un numéro, « Le petit rat de l'Opéra », numéro pour lequel j'étais en tutu et sur les pointes. Il y avait aussi Monique, la présentatrice. Elle était très belle, elle le savait. Avec le recul, moi je sais qu'elle était très belle, mais vraiment nulle.

Bref, ce n'était pas le cerveau de Monique mais sa beauté qui attirait, au Bœuf sur le toit, Gilbert le dompteur.

Il était beau comme un astre, Gilbert. Ce brun aux yeux bleus, la star du cirque Knie, une grande famille de cirque, entrait dans la cage aux fauves vêtu d'un seul slip en panthère qui soulignait sa carrure comme l'étroitesse de ses hanches. Il ne craignait pas les coups de griffes. Excepté ceux de Monique, devant qui il perdait tout contrôle. Il en était fou !

Et moi, la petite, la rondelette, je jouais le rôle de la marieuse… avant Dolly, en passant à Monique les petits mots de Gilbert. Plus elle était lointaine, plus il était éperdu.

Après le spectacle, Gilbert attendait Monique, laquelle lui tenait la dragée haute et le provoquait volontiers en partant avec un autre admirateur. Je ne serai pas mauvaise langue.

Avant de nous séparer, nous autres artistes, nous avons l'habitude de boire un verre, de manger un morceau ensemble et, pourquoi pas, de danser, lorsqu'il y a de la musique. Histoire de passer plus facilement de notre univers professionnel à la vie privée.

Le cirque est un milieu très chouette, je n'allais pas tarder à le découvrir, généreux, ouvert. Souvent, après le départ de Monique, Gilbert restait avec nous.

Ce soir-là, il m'a invitée à danser. Tango, paso doble. Gilbert dansait bien, vraiment très bien. Le courant est passé.

— Quand tu es dans mes bras, je suis fichu ! m'a-t-il murmuré à l'oreille.

C'est ainsi que notre histoire a commencé.

Avec mon beau dompteur, j'ai découvert un autre monde. J'ai côtoyé des tigres, de très petits tigres, soyons honnête. Un petit tigre, c'est sauvage, mais facilement domptable. Une légère tape sur la truffe, il n'aime vraiment pas, il rentre son agressivité. Comme un chat ou un chien. Avec un gros tigre… Je ne suis pas sûre que ça marche. Je n'ai pas essayé !

Ouh ! J'avais bien fait, alors en toute innocence, de louer un studio. Car, maintenant que vous la connaissez, Maria, vous avez compris que ma mère n'était pas d'un tempérament à voir d'un bon œil l'idylle de sa fille avec qui-que-ce-soit. Un dompteur, qui plus est !

« Mais où est-ce qu'elle est allée se chercher un dompteur, notre Nini ? » Je t'entends d'ici, maman.

C'est vrai que, dans notre rue de Molenbeek, j'avais fort peu de chances de rencontrer un dompteur. Avec Gilbert, je découvrais l'amour. Gilbert, lui, découvrait les tigresses. Je reste persuadée que, de toutes celles qu'il a domptées, Maria n'a pas été la plus facile.

Moi coincée au Bœuf, lui en tournée à travers l'Europe, on ne se voyait pas beaucoup, mais on se retrouvait dès que notre emploi du temps nous le permettait. Je suis allée le rejoindre à Brighton, dans le sud de l'Angleterre.

L'été suivant, nous sommes partis en vacances sur une plage hollandaise. Scheveningen nous semblait le paradis. C'était compter sans maman. Elle a débarqué sans crier gare. Comment nous a-t-elle trouvés ?

Le grand jeu. Revolver au poing, elle menace Gilbert :

— Laissez ma fille tranquille.

Et, se tournant vers moi :

— Tu ne vas tout de même pas partir avec cet aventurier !

Elle se conduisait comme si je m'étais fait enlever. Il ne lui venait pas à l'idée que nous étions tous deux, Gilbert et moi, très heureux d'être ensemble.

Je ne sais plus comment il s'y est pris, mais, peu après, maman, sous le charme, rangeait son revolver dans son sac et discutait avec Gilbert, comme si rien ne s'était passé. Elle le trouvait tellement sympathique ! Moi, je n'en suis toujours pas revenue.

C'était « Calamity Jane », ma mère. Rien ne l'effrayait. C'est vrai, il lui en avait fallu, de l'audace, pour enlever sa petite sœur de l'orphelinat, et aussi un sacré courage pour élever ses six frères et sœurs. Elle avait beau être l'aînée, elle n'avait alors que treize ans. Maria était un animal sauvage, probablement aussi sauvage que les tigresses que Gilbert domptait.

Rien ne lui faisait peur. Elle avait eu la vie dure, d'où une volonté farouche de protéger les siens. Cela peut paraître étrange, mais cette femme qui n'avait pas été éduquée, qui avait poussé, comme ça, nous a élevés, nous ses enfants, dans la plus grande rigueur. Elle a toujours gardé une sacrée autorité sur nous, même adultes.

Avec Gilbert, nous nous sommes perdus de vue, c'était normal. Nos métiers, nos tournées, lui sa vie, moi le Lido et Bruno, dont je vais vous parler bientôt.

Restait une certaine tendresse. Des souvenirs de jeunesse. Le jour où j'ai appris qu'il était hospitalisé, je lui ai téléphoné. Nous avons pris rendez-vous et je suis arrivée, des livres plein les bras. Sa chambre était vide. « Il est en soins », m'a-t-on dit. J'ai attendu un certain temps, puis j'ai dû partir. Comme toujours, le travail m'appelait. J'ai laissé un petit mot, les livres. Nous ne nous sommes pas revus. Il est mort peu de temps après. J'ai regretté de ne pas avoir pu attendre plus longtemps. Le passé est le passé. Mais il arrive qu'il reste bien présent.

Jean Omer était certes un patron charmant, mais on travaillait dur au Bœuf sur le toit. En soirée, c'était normal. Dans la journée, on était également tenus à des répétitions intenses. On recevait des artistes de renommée internationale et nous nous devions d'être à leur niveau, afin d'offrir un spectacle homogène et d'une belle tenue. C'était stimulant. Amusant aussi, la plupart du temps.

Je ne voudrais pas avoir l'air de me vanter, ni d'avoir la grosse tête, mais ce n'est pas pour rien que les artistes sont reconnus, pas pour rien qu'ils tiennent l'affiche des années durant. Cela suppose beaucoup de travail, et aussi un tempérament. Et j'en ai croisé, des tempéraments, au Bœuf sur le toit.

Comment oublier les Peter Sisters ? Trois grosses... Non, pas grosses... Trois énormes dames du plus beau noir, dotées de voix splendides.

Ces grosses dames étaient d'une souplesse étonnante, elles avaient même une certaine grâce. Pour moi, elles ressemblaient à des « bulles ». On les croyait lourdes, elles étaient légères. Gaies et farceuses, avec ça. Toujours envie de rire, et le « truc » pour faire rire.

Elles étaient loin des classiques canons de la beauté, c'est vrai. Mais elles avaient du rythme et des voix sublimes. Du velours, du miel, avec un peu d'acidité ! De la douceur et du râpeux à la fois. Ça vous prenait les tripes. Virginia Vee, la benjamine, la plus petite, la moins grosse, Virginia était tout simplement envoûtante lorsqu'elle chantait *Summertime*.

Moi, je n'envoûtais pas. Je séduisais, ce qui n'était déjà pas si mal. Mon entrée était gaie et légère. J'interprétais, entre autres, *Tchikitin, kitin*..., un succès de Luis Mariano. Je n'avais toujours pas de répertoire à moi, l'idée ne m'effleurait même pas.

J'étais jeune et applaudie. Je gagnais ma vie. Tout était bien.

Petite pierre d'achoppement, je m'offre alors une super-crise d'appendicite qui évolue très vite en péritonite.

Je vous l'ai déjà dit, après le spectacle, on boit un verre et on mange ensemble, histoire de se dédouaner des contraintes du spectacle. Ce soir-là, j'avais particulièrement bien mangé, une pantuagrélique omelette, sur le coup de 2 heures du matin.

Deux heures plus tard, me voici tenaillée par un horrible mal de ventre. Non, je n'ai pas appelé maman, j'ai cependant fini par réveiller ma logeuse. Un médecin arrive, il diagnostique une péritonite. J'ai été immédiatement hospitalisée et opérée à chaud par un excellent chirurgien – je le connaissais un peu, il venait souvent au Bœuf sur le toit –, sous péridurale. À la pointe du progrès médical, les Belges ? Je ne sais pas. Mais une péridurale en 1949, c'était rare.

Je me revois encore, allongée sur la table d'opération et pérorant, pérorant... Jusqu'au moment où le chirurgien me cloua le bec :

— Tu es vraiment une fantaisiste, toi. Tu as une crise d'appendicite aiguë et je n'arrive pas à trouver ton appendice !

Tout en fourrageant dans mes intestins. Horreur... J'en suis tombée dans les pommes !

Chaque jour, j'avais les visites de mes copines. On rigolait bien. Mais on rigolait fort, et cela me faisait mal. Très mal. L'infirmière passait sa tête :

— Cordy, c'est fini.

Je ne comprenais pas ce qu'elle voulait dire. Au bout de deux jours de rigolade, elle a précisé :

— Cordy, c'est fini, les visites. In-ter-dit.

Huit jours plus tard, j'étais sur pied. J'ai repris mon numéro au Bœuf sur le toit. Je chantais toujours quelques chansons de Lily Fayol, que je n'avais jamais vue sur scène. *La Guitare à Chiquita*, *Don Carlo*. Et aussi *Il jouait de la contrebasse*, de Georges Ulmer. Mais je n'avais toujours pas fait la différence entre compositeur et interprète. Auteur ? Compositeur ? Qui était qui ? Qui faisait quoi ? Je m'en moquais bien. Je chantais, c'est tout.

Un soir, au Bœuf, on frappe à la porte de ma loge.

— Entrez.

— Bonsoir, je suis Francis Lopez. Je voudrais vous parler.

— Me parler ?

— Oui, vous chantez, *Tchikitin*, une de mes chansons…

Je ne lui ai pas laissé le temps d'en dire plus.

— Je chante une chanson de Luis Mariano.

— D'accord, vous chantez une chanson qu'interprète Luis Mariano. Moi, j'en suis l'auteur.

Où voulait-il en venir ? Il insiste.

— Vous chantez une de mes chansons, et vous la chantez fort joliment d'ailleurs. C'est pourquoi je vous propose un rôle dans l'opérette que je prépare actuellement, à Paris.

— Merci, monsieur. C'est très gentil, mais ça ne m'intéresse pas. Je gagne bien ma vie ici, je suis près de mes parents, j'ai beaucoup d'amis. Non, vraiment, Paris ne m'intéresse pas.

— Paris ne vous intéresse pas ?

Il avait l'air absolument sidéré. Il avait raison, mais il faut se replacer dans le contexte. Moi, Nini Cordy, je pouvais bien chanter *Tchikitin*, je n'en savais pas pour autant qui était Francis Lopez.

Le lendemain, je raconte en riant mon aventure à Jean Omer.

— Et elle rit ! protesta-t-il. Est-ce que tu te rends seulement compte ? Je crois bien que tu es folle.

— Je suis folle ? Et pourquoi ?

— Mais, enfin, Nini, est-ce que tu te rends compte de ce que tu viens de faire ? Sais-tu qui est Francis Lopez ? Le roi de l'o-pé-ret-te. (Il détachait les syllabes.) Et Mademoiselle, tout tranquillement, alors qu'il lui propose un rôle, Mademoiselle répond : « Non, merci, cela ne m'intéresse pas. » Tu es folle, Nini, je ne peux rien te dire de plus.

Lui, toujours si doux, si mesuré, semblait vraiment en colère. Je ne comprenais rien.

— Mais qu'est-ce que j'ai fait de mal ?

Il a pris la peine de m'expliquer ce que je venais de perdre. Avant d'ajouter, gentiment :

— Tu comprends bien, Nini, tu peux rester au Bœuf, autant que tu voudras, tu es chez toi, ici. Mais te garder ne serait pas honnête de ma part, ton avenir est ailleurs… Et puis, une petite Belge qui réussirait à Paris, tu imagines ?

Non, je n'imaginais pas ! Depuis, j'ai réalisé que j'étais ce soir-là face à un grand bonhomme. Jean Omer était un grand professionnel, mais il était, plus encore, un honnête homme.

Fataliste et optimiste, je n'ai cependant ressenti aucun regret. J'étais bien, au Bœuf. Je décidai d'y rester. Inch' Allah ! Je dois avoir un côté oriental.

On verrait bien... J'ai souvent balayé d'un revers de main désinvolte bien des propositions que d'autres auraient jugées intéressantes.

# 8

Miss Blue Bell Girls était une grande professionnelle, d'autant plus efficace qu'elle avait un mari extrêmement vigilant. M. Lebovici donnait toujours son avis. Il venait régulièrement voir les filles et surveiller la manière dont elles se comportaient dans les différentes capitales où elles étaient envoyées. Sous sa tutelle, elles ne se risquaient pas à boire un verre avec un client, si séduisant et insistant fût-il. C'est tout juste si elles osaient bouger un cil sans l'assentiment de leur mentor.

Sans éprouver le moindre complexe devant leur physique avantageux, ce n'était pas ma préoccupation première, je me suis très bien entendue avec cette brigade de filles qui, toutes, étaient aussi gentilles que jolies. Je ne les enviais en rien, consciente de la liberté dont je jouissais, comparée à leur vie, réglée comme du papier à musique et toujours sous une autorité constamment présente.

Je m'entendais également très bien avec miss Blue Bell, et ce, d'autant mieux que je ne dépendais pas d'elle. Sinon, il y aurait très probablement eu des frictions. C'est d'ailleurs à elle, dont je n'étais pourtant pas une des « filles », que je dois d'avoir été engagée au... Lido de Paris. Vous avez bien lu.

J'avais depuis longtemps oublié Francis Lopez et sa proposition, tout comme le sermon de Jean Omer et son paternel conseil. Pour ce qui était de la conduite de ma carrière, je ne m'étais jamais posé de question, et c'est avec toujours le même plaisir que je continuais à travailler au Bœuf sur le toit. Nous étions en mars, ou avril, je ne sais plus. La fin de la saison approchait, il allait falloir penser aux vacances.

Maintenant que ma mère avait fait amie-ami avec mon dompteur, nous pourrions nous retrouver en toute tranquillité. Le destin en décida autrement. Une fois encore, ce n'est pas mon ambition qui a guidé ma carrière. D'ailleurs, elle était satisfaite, mon ambition. J'étais sur scène, contente de faire ce que je faisais, contente des applaudissements qui me saluaient. Non par orgueil, loin de là, mais parce qu'ils étaient la preuve que ce que je voulais transmettre au public était bien reçu. L'échange, le partage, toutes choses qui suffisaient à me combler.

C'était ne pas tenir compte de ceux qui m'aimaient bien, appréciaient mon travail et faisaient tout pour ma réussite.

Hier au Lido, aujourd'hui à l'Olympia, je peux le dire, c'est bien davantage par la volonté des autres que par la mienne propre que je me suis trouvée propulsée sur le devant de la scène.

Cette année 1950, miss Blue Bell donna le coup d'envoi. Elle n'hésita pas un instant, lorsque Pierre-Louis Guérin, le directeur artistique du Lido de Paris, lui exposa son problème.

— Je cherche depuis un certain temps une meneuse pour la prochaine revue, et, j'ai beau auditionner, je n'arrive pas à trouver une fille qui me convienne.

— Allez donc voir à Bruxelles. Il y a, au Bœuf sur le toit, une petite Belge qui a un sacré tempérament. Cela m'étonnerait qu'elle ne vous plaise pas...

Clérico, le patron du Lido, est venu lui-même. Prévenu, Jean Omer me prend en tête à tête.

— Toi, Annie, tu entres en scène et tu fais ton boulot, mais surtout, surtout tu ne dis rien, je m'occupe de tout. C'est une chance exceptionnelle qui s'offre à toi, tu ne vas pas nous refaire le coup que tu as fait à Lopez.

Je n'ai rien répondu, mais je n'étais pas vraiment convaincue. Ainsi qu'il l'avait dit, Jean Omer s'est occupé de tout. Ce qui était d'autant plus désintéressé et généreux de sa part que, du coup, il lui fallait trouver une nouvelle meneuse de revue. Oh, je sais, personne n'est irremplaçable, mais on faisait du bon travail, on formait une bonne équipe, et le public était content. Le Bœuf ne désemplissait pas. Il a même discuté mon contrat, Jean Omer. Huit cents francs par jour, pendant un an, et un studio loué par le Lido.

C'est ainsi, grâce à lui, que j'ai quitté ma Belgique natale. Mais je baignais dans les larmes bien plus que dans la reconnaissance !

En quittant Bruxelles, je m'éloignais de ma famille et de mon grand flirt. À regret, ce qui était paradoxal, car je souffrais beaucoup de son côté possessif. Il était d'une jalousie maladive. Jaloux comme même ses tigres n'auraient osé l'être, mon dompteur, lui qui avait un succès fou et que les regards des femmes caressaient avec plaisir. Ce qui n'était pas pour lui déplaire, vous vous en doutez. Il pouvait s'offrir toutes les beautés.

Moi, je n'ai jamais prétendu être un « canon », mais j'étais mignonne, les seins haut placés et la silhouette souple. Alors, bien sûr, on me regardait, comme on regarde toutes les filles jeunes et pas trop moches. Ce qui le mettait hors de lui. Aux yeux des autres, Gilbert m'aurait voulue terne et sans la moindre trace de maquillage.

Une fois, peut-être deux, il est venu me voir à Paris avant de reprendre ses tournées. Puis Bruno est entré doucement dans ma vie et bientôt, entre Gilbert et moi, les relations se sont estompées.

Trop jeune, diront certains. Non, je n'étais pas trop jeune. La preuve, c'est pratiquement au même âge que j'ai rencontré Bruno. Nous avons vécu ensemble trente-neuf ans, sans jamais un instant de lassitude. Allez donc savoir, allez donc expliquer l'alchimie de l'amour. Pour ne pas parler de ses mystères. Avons-nous un destin tout tracé ? Et par qui ? Quelles autorités supérieures ? Dieu ?

Ai-je la foi ? Honnêtement, je ne sais pas. En revanche, j'admire ceux qui l'ont, et il m'arrive même, parfois, de les envier. Oui, j'aimerais bien avoir la paix que la foi procure. Ne serait-ce que pour ne pas me poser des questions auxquelles je suis bien incapable d'apporter la moindre réponse.

Je suis baptisée, j'ai fait ma première communion. Aujourd'hui, je ne prie plus. Sans doute parce que l'on m'a trop obligée à prier, enfant, chez les ursulines. Suis-je trop lucide ? Depuis ma petite enfance, éducation oblige, j'ai foi dans le travail : celui que je fais, celui des autres. Et je me conforte en me disant que ce n'est déjà pas si mal.

En matière de religion, c'est plus complexe. J'ai du mal à croire. On m'a prédit – qui et quand ? – que je me tournerai vers la religion, vers un certain mysticisme. Cela m'étonnerait. Mais pourquoi pas… Je pense souvent à ma petite maman, elle qui n'avait jamais pratiqué et qui, à la fin de sa vie, avait toujours sa statuette dans les bras. Comme je l'aimais, maman, comme je l'aime encore !

# 9

1er mai, fête du Travail… Ce devait être un signe, je n'ai pas arrêté depuis.

Pour la petite Cordy, ce 1er mai 1950 fut un jour marquant et, plus encore, le début d'une année charnière. Une année au cours de laquelle le fil de ma vie a, brusquement, pris une nouvelle direction. Enfin, direction n'est sans doute pas le mot juste. J'ai toujours voulu chanter et danser. Mais, à partir de ce 1er mai-là, il est certain que les choses se sont accélérées pour moi.

Je ne suis ni fétichiste ni nombriliste, je ne suis pas non plus une fan de muguet. Certes, j'aime ses jolies clochettes, et tout ce qu'elles signifient de promesses de bonheur. Toujours bon à prendre, le bonheur ! Et quand je retrace en pensée le déroulement de mon parcours, eh bien, oui, avec le travail, le bonheur était au rendez-vous. À commencer par celui que ce métier allait me procurer, et qu'il continue. Alors, c'est sûr, jamais je ne l'oublierai, ce 1er mai 1950 ! Même si ça commence à faire un bail. Heureusement, on ne voit pas le temps passer.

En revanche, je vois toujours aussi nettement, et avec toujours la même tendresse indulgente, la petite

Belge qui débarqua ce jour-là, gare du Nord, à Paris. Pas beaucoup de bagages, mais un contrat en main. Oui, j'étais engagée au Lido, le fameux Lido de Paris, avec ses Blue Bell Girls emplumées. Pas le temps de souffler, ni même d'avoir des états d'âme. Dieu merci.

Certes, avant de « monter » à Paris, pour reprendre l'expression consacrée, je n'étais déjà plus dans le confort du cocon familial. Je travaillais, je gagnais ma vie, j'avais mes amis et mon autonomie. Le rêve de toute gamine de cet âge, d'autant que la petite existence animée et joyeuse que je menais me comblait, comme je l'avais dit à Francis Lopez.

À Paris, je le savais, tout serait différent de Bruxelles où, malgré tout, j'étais toujours sous l'autorité de maman, et Dieu sait si elle en avait, de l'autorité, maman. Tout comme j'étais toujours sous la silencieuse affection de papa dont la seule marque d'autorité qu'il ait jamais manifestée à l'endroit de ses enfants était sa manie de l'exactitude. Je ne peux rien dire, j'en ai hérité, mais de façon plus souple, du moins je l'espère pour les autres.

Lui, mon père, il suffisait que l'on ait deux, allons, disons trois ou cinq minutes de retard pour qu'il nous fasse son numéro. Il ne disait rien, c'était pire. On aurait – et de beaucoup – préféré une remarque, histoire de pouvoir lui rétorquer quelque imparable réponse. Mais pas du tout ! Jamais il ne nous a fait ce plaisir. En revanche, il regardait le retardataire droit dans les yeux, tout en tapotant régulièrement le verre de sa montre. Clic, clic, clic... dans le plus parfait silence. Inoubliable. Il ne disait rien. Nous non plus. Mais le message passait.

Savez-vous qu'à quatre-vingts ans passés il avait encore le culot de nous faire ça, à mon frère, à moi et plus encore à ma sœur Jeannette qui a pris soin de lui durant ses dernières années. Clic, clic, clic, et on marchait.

Revenons à ce 1er mai 1950. Me voici un peu ahurie et nettement dépassée par ce qui m'arrive, par la rencontre avec la grande ville. Bruxelles, c'est sûr, est une capitale, mais à l'époque, plus encore qu'aujourd'hui, elle faisait bien provinciale comparée à Paris.

À Bruxelles, chanter, danser... C'était le travail.

À Paris, d'un seul coup, chanter, danser... c'était « la » consécration.

Consécration à laquelle la gamine tout juste débarquée de son train était particulièrement insensible ce jour-là. Bizarrement, la gare du Nord était déserte et silencieuse. De rares trains, d'aussi rares voyageurs, et pas le moindre taxi à l'horizon. Comment me rendre rue des Acacias, où se trouvait le petit studio que les directeurs m'avaient loué pour un an, durée de mon contrat ?

Il faut le préciser, à l'époque, les contrats étaient annuels. Aujourd'hui, étant donné le coût des costumes, des décors, sans parler des salaires et charges, pour être rentable, un spectacle monté au Lido doit tenir au moins trois ans. Fini donc le contrat annuel. J'ai débuté à une époque bénie. Des dieux ou du diable ? L'avenir nous le dira.

Me voici donc seule, valise à la main, devant la gare du Nord. J'aperçois une cabine téléphonique, j'y pousse ma valise, maman m'ayant prévenue :

— Méfie-toi des Français.

Je sors de ma poche le précieux papier sur lequel est écrit le numéro de téléphone à composer en cas de contretemps. Une sorte de « Sésame ouvre-toi... » : Élysées 20 72.

Vous ne vous en souvenez peut-être pas, mais, à l'époque, le cadran du téléphone était un rond en métal, posé sur un autre rond, en bakélite, blanc celui-là, sur lequel étaient inscrits lettres et chiffres. Le disque en métal comportait des trous grâce auxquels, d'un doigt, on le faisait tourner. Très peu pour le 1, nettement plus pour le 6 et encore plus pour le 9. Pour ne pas parler du 0 ! Nous, en Belgique, nous n'avions que des chiffres, pas de lettres.

Je compose avec application : é-l-y-s-é-e-s-2-0-7-2. Rien. Pas la moindre sonnerie. Je recommence. Toujours rien. Je recommence, é-l-y-s-é-e-s-2-0-7-2... encore et encore. Toujours rien, toujours pas de sonnerie, ni même un désolant : « Il n'y a pas d'abonné... » Et pourtant j'en étais sûre, c'était le bon numéro, j'avais pris tellement de soin à le noter.

Au bord des larmes, je me demande ce que je vais devenir, seule, abandonnée dans un Paris désert. Une idée me chatouille bien l'esprit... D'autant plus facile à réaliser que je suis toujours gare du Nord. Pourquoi, oui, pourquoi ne pas prendre le premier train pour... Bruxelles, bien sûr ? Mon Bruxelles où je ne me débrouillais pas si mal. Oui, pourquoi ne pas retourner dans le giron familial. Peut-être tout simplement parce que je redoute la réaction de maman. Pour ne pas parler de celle de Jean Omer. Mais alors, qu'est-ce que j'allais bien pouvoir faire ?

Penaude, empruntée, je sors de la cabine, poussant toujours ma valise du pied. Elle est lourde, bien que je n'aie pas une importante garde-robe. À la main, je tiens toujours serré le petit papier sur lequel est écrit le présumé numéro de téléphone du Lido. Des larmes plein les yeux. À cet instant de mon aventure parisienne, mon chagrin devient difficile à maîtriser.

Personne à l'horizon. Les quelques voyageurs qui étaient dans le même train que moi se sont dispersés depuis belle lurette. Je suis seule et je me sens perdue. C'est trop. Tant pis. Je rentre à la maison. Et même si ce n'est pas l'heure prévue, je me réjouis d'avance des petits « clic, clic, clic » que ne manquera pas de faire papa sur le verre de sa montre.

— Mais, pourquoi elle pleure ? Qu'est-ce qu'elle a, la petite demoiselle ?

Derrière son étal, la marchande de muguet m'interpelle gentiment. Pour un peu, je l'embrasserais. Sa compassion me fait chaud au cœur. Je pose ma valise et lui montre mon fameux petit papier tout en lui expliquant les raisons de mon désarroi :

— Je ne comprends pas, cela fait plusieurs fois que je compose ce numéro et je n'obtiens même pas de sonnerie. Je ne sais plus quoi faire.

— Vous êtes sûre d'avoir le bon numéro ? Faites voir.

— Oui. C'est Élysées 20 72. Je fais pourtant bien toutes les lettres une à une, puis les chiffres.

La marchande de muguet éclate d'un rire gentil.

— Toutes les lettres, « une à une » ? Pas étonnant que ça ne sonne pas ! Voyons, il faut seulement faire les trois premières lettres, e-l-y, puis les quatre chiffres. Venez, je vais vous le faire, votre numéro.

Elle abandonne son muguet, fait tourner sept fois le cadran, attend quelques secondes avant de me passer le combiné et de regagner ses clochettes tout en dodelinant de la tête :

— Ces jeunes ! Tous les mêmes, et ça croit tout savoir…

« Allô... », une voix masculine, celle du gérant de l'immeuble de la rue des Acacias, me réconforte. Que je ne m'inquiète pas, ce n'est pas étonnant de ne pas trouver de taxi un 1er mai, que je ne m'éloigne surtout pas de la cabine téléphonique, il prend sa voiture et il vient me chercher. D'ici à un quart d'heure, il sera là. Ouf ! Me voici rassurée, la première étape est passée. Sereine, j'attends ce gentil gérant. Il arrive bientôt, au volant d'une décapotable qui m'éblouit.

J'ai dit au revoir à la marchande de muguet et je suis montée dans la voiture, en route pour ma nouvelle vie. Il s'en était fallu de peu que je ne rentre à la maison.

Allons, Nini, arrête de tergiverser. Tu es à Paris. Profite plutôt de ta chance. Mon chauffeur occasionnel m'a rapidement amenée rue des Acacias, une petite rue qui donne dans l'avenue de la Grande-Armée, où j'ai aussitôt pris possession de mon territoire. Pas mal comme adresse, pour une débutante. En plus, je pouvais me rendre au Lido à pied, ce dont je ne me suis jamais privée, dès le premier jour.

Il était encore tôt, j'ai vidé ma valise et rangé mes affaires avant de me changer pour aller conquérir ce nouveau monde qui m'attendait. Je voulais faire le meilleur effet, aussi ai-je enfilé un petit pull vert (je ne suis pas superstitieuse, nous en reparlerons) agrémenté d'un foulard noué à la gavroche comme c'était la mode dans les années 50, sur une jupe portefeuille que je trouvais être le fin du fin de l'élégance. Des escarpins à talons donnaient une dernière touche chic à ma tenue.

Je n'ai jamais été une folle de fringues. Chez moi, je suis bien en collants, pull-over trop grand et chaussures de toile. En scène, changement radical, je danse sur des talons aiguilles et mes costumes toujours parfaitement ajustés sont faits dans les tissus les plus élégants. J'adore cette contradiction subtile entre sophistication et décontraction.

Mais, pour l'occasion, j'avais fait un sérieux effort et je me sentais digne de ce premier rendez-vous au Lido, de ma première rencontre avec Pierre-Louis Guérin et M. Fraday, les directeurs artistiques. Ne me demandez pas pourquoi on parlait toujours du premier, Guérin, en avançant son prénom : Pierre-Louis, tandis qu'on donnait immanquablement du « Monsieur » au second, Monsieur Fraday. L'un avait-il plus de poids que l'autre ? Des années plus tard, je n'ai toujours pas la réponse.

Le vert de mon petit pull a dû faire frissonner d'horreur les danseurs et les habilleuses que j'ai croisés ce jour-là. Chez les artistes, la superstition est de rigueur. On ne porte pas de vert, on n'offre pas d'œillets, et jamais, au grand jamais, on ne prononce le mot « corde » sur un plateau. Je ne suis pas superstitieuse, et il vaut mieux. Sinon, comment aurais-je pu faire carrière avec un nom comme le mien ? Cord-y ! Un nom qui aurait dû être tabou ! Je ne m'en suis pas si mal portée. Goût du paradoxe ? Sans doute, et c'est pourquoi, malgré mon mètre soixante, j'ai sans complexe fait mon entrée au royaume des très grandes. Car elles le sont, les fameuses Blue Bell. Grandes, très grandes ! Je n'en avais pas conscience mais, au milieu d'elles, je devais avoir l'air d'un bouchon !

Ce qui ne m'a pas empêchée d'être très vite très bien acceptée dans cette tribu de girls et de boys. J'arrivais dans le sillage de miss Blue Bell et cela a tout de suite collé entre nous. Douze filles et huit garçons pour un fabuleux plateau, sacrément moderne pour l'époque. Dès que le spectacle commençait, l'importante scène montait doucement, jusqu'à dominer les spectateurs qui étaient encore en train de dîner. Je n'ai toujours pas compris comment ce lieu, si bas de plafond, avait pu abriter une piscine, ce qui suppose des – tout au moins un – plongeoirs. Ils ont dû se taper les fesses au plafond plus souvent qu'à leur tour, les plongeurs !

Les coulisses, en revanche, étaient très larges et profondes. Nous étions installés à l'étage, Ted, mon partenaire, deux autres boys et moi. Le climat entre nous était très professionnel, mais plus encore amical, gentil et spontané. J'ai eu de la chance, c'est ainsi que cela s'est toujours passé au fil de mon long parcours.

Lors de mes débuts au Lido, j'avais déjà une certaine expérience du métier. Un tour de chant bien rodé, puisque je m'étais frottée au public dans plusieurs salles en Belgique et aussi en Suisse et au Luxembourg où j'avais déjà fait plusieurs tournées. Certes, je n'avais pas de répertoire à moi, mais je savais faire rire, ce qui n'est pas, convenons-en, donné à tout le monde.

Au Lido, donc, j'ai immédiatement établi de très bons contacts avec ceux, garçons et filles, danseurs ou habilleuses, avec lesquels j'allais travailler. Une exception toutefois, et pas des moindres, le chorégraphe. Don Arden avait une idée toute faite de la *leading lady*, sorte de prototype autour duquel il construisait son spectacle. Il ne s'occupait pas de savoir si elle était grande ou petite, mince ou dodue (ce qui était mon cas), gaie (encore mon cas !) ou triste : il suivait son idée. Et comme nous ne nous connaissions pas, que nous ne nous étions jamais rencontrés, qu'il ne savait absolument pas comment je pouvais être physiquement et que mon tempérament lui importait peu, il a, sans tenir compte de ce que j'étais, construit un spectacle autour de moi. Enfin... à partir de ce qu'il imaginait devoir être « bien » pour la revue. Quelle que soit la *leading lady*.

J'ai eu soudain la désagréable impression que mon comportement allait devoir se modifier, j'allais être jugulée, ce qui ne me convenait guère. Je devais me glisser dans un moule pour lequel je n'étais pas faite. Finie, la gaieté communicative. Don Arden voulait me faire descendre un escalier lentement, glamour, glamour, j'en ris encore aujourd'hui. Alors que pour moi, un escalier, même s'il n'a que cinq marches, ça se descend en courant, quitte à me ficher par terre – ce qui m'est arrivé plusieurs fois. Immanquablement, le public s'écroulait de rire. Moi aussi.

Avec le recul, je le reconnais, Don Arden n'avait pas tout à fait tort. Mais je n'étais pas encore prête à entendre, qu'il vienne de lui ou d'un autre, le moindre murmure de raison. J'étais semblable au jeune poulain qui vient de naître. Il sait à peine se tenir sur ses pattes que, déjà, il a envie de cavaler, en liberté, où bon lui semble, au risque de se casser la figure.

Ce Lido qui, au cours des premières semaines, m'a semblé être un véritable carcan était, en fait, une école sublime. Travail aidant, grâce à la rigueur de Don Arden, je suis devenue ce que je suis.

Ce premier soir, je m'apprête donc à rencontrer Pierre-Louis Guérin et M. Fraday. Intimidée, je me présente.

— Bonjour, j'arrive du Bœuf sur le toit à Bruxelles, je suis Nini Cordy.

Gloup ! Ce n'est pas exactement le bruit qu'ils ont fait, ces messieurs trop bien élevés pour cela. Mais ils le pensaient si fort qu'on pouvait presque l'entendre.

— Ah, oui, Nini Cordy ?

— Oui, Nini Cordy.

— Nous sommes contents que vous ayez bien voulu rejoindre le Lido. Tout se passera certainement très bien. À un détail près, votre nom...

Je les regarde, interloquée.

— Mon nom ? Qu'est-ce qu'il a, mon nom ?

De Léonie, jugé trop long, on avait fait Nini. De Cooreman, jugé imprononçable, on avait fait Cordy. Qu'est-ce qu'on pouvait faire de plus ?

Soudain intimidés face à tant d'innocence, Pierre-Louis Guérin et M. Fraday se regardent, l'un des deux – je ne sais plus lequel – prend alors son courage :

— C'est que, en France, Nini... pour une danseuse, ça évoque Nini pattes en l'air et les danseuses de french cancan de Toulouse-Lautrec. Bref, ce n'est pas dans le ton de la maison, c'est pourquoi il serait bon que vous changiez de prénom.

J'ai eu du mal à comprendre. Les Belges, « savez-vous », ont le sens de la plaisanterie, mais pas forcément celui de la gaudriole. Maintenant, je le reconnais, ils n'avaient pas vraiment tort, mes nouveaux patrons.

Et c'est ainsi que Léonie Cooreman est devenue Annie Cordy. Définitivement. Un nom qui m'a porté bonheur. Et ne m'a pas tenu rancune si, pour l'état civil, mais l'état civil seulement, j'ai un peu – que dis-je, un peu ? – j'ai sérieusement flirté avec un autre nom. Il faut dire qu'il était bien séduisant, ce François-Henri Bruno que j'ai aimé pendant près de quarante ans.

Annie Cordy fait donc son entrée dans la vie parisienne. Les premiers jours sont à mi-chemin entre le rêve et les vacances. La revue au programme a encore quelques soirées à donner avant que ne commencent les répétitions de celle de la prochaine saison à l'affiche de laquelle je serai. Une occasion inespérée de m'initier, de sentir le climat avant de prendre la relève. Ce fut le temps des découvertes, et je n'oublierai jamais cette soirée à laquelle m'avaient conviée mes deux directeurs artistiques. Je me devais de leur faire honneur. Je portais, sur une large jupe de satin rose, un bustier de satin noir agrémenté d'un grand foulard du même rose que ma jupe. Mes cheveux, blonds et longs, étaient coiffés de façon à donner un effet vaporeux. Comme toujours, j'étais perchée sur des escarpins à talons.

Dans la salle, ce soir-là, beaucoup de gens élégants et connus, dont, tenez-vous bien, Frank Sinatra. Le grand, le crooner en personne. J'en étais d'autant plus émue que ma chanson d'entrée en scène lors de mon futur spectacle au Lido était un de ses tubes : *Lady is a Tramp*. Je n'ai jamais été chasseuse d'autographes, mais, ce soir-là, je n'ai pas résisté, j'ai traversé la salle pour en demander un à Frank Sinatra. Il s'est exécuté gentiment tandis que mes mentors me présentaient : « Our new leading lady. » Ouh ! Sinatra ? L'aurais-je seulement reconnu dans la rue ? Pas sûr. Encore que… J'ai l'œil, et cela m'amuse toujours, lorsque je revois un vieux film, de reconnaître des seconds ou même des troisièmes rôles dont certains sont devenus célèbres.

Simple et charmant, Sinatra a offert sa signature, agrémentée d'un grand sourire à la *new leading lady* transportée de joie. J'aurais dû le garder, son autographe, mais, idiote que j'étais, je crois bien l'avoir jeté peu après. Il faut avoir vingt ans pour être aussi culottée et inconsciente.

# 10

Je voulais faire rire et on voulait me faire descendre un escalier. Ce qui me semblait la pire des punitions. Don Arden s'en moquait bien.

Dès les premières répétitions, j'avais pris conscience que mon travail au Lido n'aurait rien à voir avec celui que je connaissais. Au Bœuf sur le toit, je pouvais être moi-même et donner libre cours à mon tempérament. Je pouvais improviser si l'envie m'en prenait, et jamais une soirée ne ressemblait exactement à celle de la veille.

Au Lido, je découvrais, outre une autre salle, une autre façon de travailler et, le soir de la première, un tout autre public. À grand renfort de plumes et de paillettes, la revue déploya ses fastes devant le tout-Paris qui était, en fait, essentiellement composé d'étrangers. Les spectacles que présentait le Lido étaient coûteux, à cette époque on ne pratiquait pas encore la pré-vente de salles entières à des comités d'entreprise dont les adhérents arrivent par cars entiers.

Fort peu, mais somptueusement vêtue, plumes sur la tête et où vous pensez, bas à résille qui me rentraient dans les doigts de pied (oui, mais quelle jouissance, quand on les enlevait) et sourire aux lèvres, pour la première fois je descendis un escalier à un rythme majestueux.

On a beau dire que l'habit ne fait pas le moine, on n'a pas la même démarche avec une plume bien placée (ta plume, il faut la garder !) et perchée sur de hauts talons que décontractée, savates aux pieds.

La soirée fut superbe et très applaudie, ainsi que celles qui suivirent. Le Lido a toujours été une valeur sûre, avec un admirable savoir-faire. J'ai donc fait ce qu'on me demandait même si, parfois, j'avais des fourmis dans les jambes et la « rougne » dans le cœur.

Alors, je compensais comme je pouvais. J'avais fait copain-copain avec le cuisinier. À moi frites (je suis belge ne l'oubliez pas), spaghettis et autres bonnes choses... J'avais beau essayer d'être discrète, ma gourmandise n'échappait pas à René Fraday.

— Arrête, Annie, arrête de manger des pâtes et des patates. Tu vas grossir.

— Si vous voulez que la machine tourne, il faut bien que je mette quelque chose dans le moteur.

Il hochait la tête en levant les yeux au ciel.

— Quelle drôle de gamine tu fais.

Heureusement, il ne savait pas tout, René Fraday. Il aurait été horrifié s'il avait compté les petits gâteaux que je mangeais l'après-midi, lorsque nous faisions une descente dans un salon de thé avec les Blue Bell, au cours de nos expéditions de shopping. En 1950, les Champs-Élysées étaient une avenue beaucoup plus élégante qu'elle ne l'est aujourd'hui, et les salons de thé y étaient absolument sublimes. Je revois encore le raffinement des tables roulantes couvertes de succulents gâteaux que les serveuses poussaient jusqu'à nous. Qui aurait résisté ? Pas moi, en tout cas. Ces petites douceurs étaient un baume sur la mélancolie qui m'habitait, car ma famille me manquait.

Il me faut être honnête, je riais cependant beaucoup. L'ambiance était gaie, mes partenaires agréables, une bonne camaraderie et une grande courtoisie régnaient entre nous, même lorsque de petits incidents animaient cette atmosphère bien huilée. Pas de rivalités amoureuses, ni d'histoires de fesses. Et pour cause ! Si les filles, splendides, avaient matière à séduire, les « boys » qui étaient leurs partenaires étaient rarement d'une virilité agressive. Parfois, même, les rôles étaient inversés !

Ainsi ce soir où, à la fin d'un tableau, le garçon qui devait recevoir une fille dans ses bras plie soudain le genou. Du coup, la voici le cul par terre ! Folle de rage, et malgré son postérieur douloureux, la girl se rua à toute vitesse sur le porteur défaillant auquel il ne restait plus qu'une « sortie » possible, aller se réfugier dans les douches. Ce qu'il fit, tout en glapissant :

— Au secours, au secours ! Elle va me tuer !

Nous autres, sans cœur, on se tordait de rire. Je ne sais plus à quelle heure le malheureux a osé sortir des douches ; beaucoup plus tard, je pense.

Je peux toujours rire des mésaventures des autres. Mais si l'on me demandait de compter celles qui ont émaillé ma vie professionnelle, j'aurais du mal. Cinquante ans, c'est long !

Au Lido, tout changement, costumes ou décors, était extrêmement rapide. Les habilleuses avaient un travail d'autant plus stressant que tout devait être parfait, jusque dans les moindres détails. Nous étions nombreux, dans un espace limité, et se changer entre deux tableaux relevait souvent de l'exploit. La précipitation accentue la brusquerie des gestes, et une couture, ça craque vite, j'en sais quelque chose.

Que s'est-il passé, ce soir-là ?

Musiciens en fond de scène, quatre danseurs évoluaient autour de moi. Il y avait Bill, Jack, un troisième dont j'ai oublié le nom, et le « top », Georges Reich, avec ses faux airs de Jean Marais. On ne s'est pas perdus de vue Georges et moi, on se retrouve chaque été à Vallauris, avec toujours le même plaisir et la même émotion. C'est mon grand pote.

Ce soir-là, je chantais *Faites vos jeux, messieurs*.

Dernières notes, les lumières s'éteignent quelques secondes, le temps pour moi d'enlever ma jupe et d'apparaître en justaucorps et collants, pour entamer avec conviction : *Moi, j'ai du 't'ça*, à l'instant même où les lumières se rallument.

Pas le temps d'entamer quoi que ce soit ! Un « crac » sournois le long de ma colonne vertébrale. Ma fermeture à glissière est en train de se défiler. Bien sûr, j'ai paniqué :

— N'allumez pas, n'allumez pas...

Ce dont les électriciens n'ont tenu aucun compte. J'ai bien été obligée d'attaquer ma chanson, sans beaucoup de « t'ça », il faut le dire, tandis que dans mon dos les musiciens étaient écroulés de rire.

J'ai terminé *a cappella*, puisque ces messieurs riaient trop pour pouvoir continuer à jouer, et je suis sortie de scène, à reculons, les mains agrippées à mon justaucorps plus si « juste », et qui ne demandait qu'à glisser, sous... les applaudissements des spectateurs hilares. Ah ça, ils ont bien ri ! Moi pas, même si aujourd'hui ça me fait rire. Je ne suis plus dans l'urgence.

Cette situation ridicule en a bientôt entraîné une autre. Est-ce la vue des rondeurs de mes fesses qui a soudain mis en appétit un des Noirs américains du groupe vocal avec lequel je n'avais que de lointains rapports, du style « Bonjour... Bonsoir » ? À partir de ce soir-là, il est soudain devenu assidu. Je sortais de ma loge, il était là. J'entrais en scène, il était toujours là. Je sortais de scène, je butais sur lui. J'entrais dans ma loge, il m'y suivait... Moi, toujours aussi sauvage, ce comportement commençait à m'agacer sérieusement, et j'opposais un « N-O » bien scandé à chacune de ses tentatives d'aller plus loin. Il était têtu. Moi aussi : « N-O ».

Cela a duré près d'un mois. Jusqu'à ce qu'il ait compris que « N-O » voulait dire la même chose en français qu'en américain ! Ce soir-là, il m'a saluée, non sans humour :

— Ice Box (« réfrigérateur ») Cordy !

Nous avons éclaté de rire et, du coup, nous sommes devenus bons copains.

Peu de temps plus tard, lorsque le « marchand de peinture » commencera à se glisser dans ma vie, c'est avec un joyeux clin d'œil et un sourire sans rancune que mon copain chanteur américain saluera, toujours avec humour, ma sortie du Lido :

— Good Night, Ice Box Cordy ! ! !

Le marchand de peinture... Comment aurais-je pu seulement soupçonner qu'il allait tenir une telle place, en fait toute la place, dans ma vie ?

Un jeudi, je ne l'ai pas oublié, après le spectacle, alors que je m'apprêtais à rentrer tranquillement me coucher, une voiture décapotée monta sur le trottoir et une voix grave me demanda, sur un ton qui, sans être autoritaire, n'aurait pas admis un refus, je le sentais bien :

— Je vous raccompagne, Annie ?

Ça tourne vite, dans ma tête. Mais je me raisonne. Arrête, Nini, ce ne peut pas être un kidnapping. Qui voudrait te kidnapper ? Et pourquoi ?

La voix me plaît, je regarde le conducteur. Tout ce que je n'aime pas. Cigare et lunettes noires. Avec ses lunettes noires, surtout la nuit, il se prend pour qui, celui-là ? Je reconnais un habitué des coulisses du Lido. Plutôt sympathique. Nous ne nous étions encore jamais parlé, mais souvent croisés dans la salle où se faisaient les raccords. Il me saluait d'un signe de la main auquel je répondais, ou pas, selon le temps qu'il me restait avant d'entrer en scène. De là à me faire draguer sur les Champs-Élysées, qu'est-ce qu'elle dirait, Maria ?

— Merci. J'habite tout près.

— Raison de plus !

Il m'a raccompagnée par le chemin des écoliers, mais il ne m'a pas draguée. La petite Belge, bientôt fascinée, a découvert Paris en une nuit.

Au Lido, comme partout... personne ne regarde rien, mais tout le monde voit tout.

Dès le lendemain, ils étaient tous bien trop contents, mes girls and boys :

— Tu sais qui c'est, le marchand de peinture ? C'est le cousin de Clérico. Le cousin du patron, quoi !

Ce dont je me moquais complètement. Je n'étais sensible qu'à sa belle voix grave et bientôt plus, sans aucun doute, malgré son éternel cigare et ses lunettes noires qui n'étaient pas vraiment « my cup of tea ».

— On s'y fait, me répondait-il, imperturbable, lorsque je lui en faisais la remarque.

« On s'y fait… on s'y fait… » Il avait beau dire, ce fumeur de tabac hollandais, j'ai eu du mal. Du mal… mais pas le choix. J'ai bien essayé de lui dire que « sa fumée, ce n'était pas bon pour ma voix ». L'argument s'est immédiatement retourné contre moi :

— Je n'ai ni besoin, ni envie, d'une femme qui fasse la « rigolote ». (Ouais, c'est ainsi qu'il considérait mon travail !) Tu peux arrêter de chanter.

Sacré Bruno ! Et cela ne faisait que commencer. Six mois après notre première escapade nocturne, nous nous sommes installés dans un appartement du 12e arrondissement, boulevard Soult, près de la Porte Dorée.

Bruno travaillait beaucoup, faisait de fréquents voyages à l'étranger puis, petit à petit, il s'est détaché de ses propres affaires pour s'occuper de plus en plus des miennes. Il n'était pas au départ un homme de spectacle, mais il a su le devenir. Il avait du flair, et un solide bon sens. Il était fréquent qu'il nous mette en garde, lorsqu'on riait avec les musiciens, avant de se congratuler.

— Attention ! Ce n'est pas drôle du tout. Ça vous fait peut-être rire, mais ça ne fera rire personne d'autre que vous.

— Et pourquoi donc ?

Il décortiquait, expliquait, avant de lancer en conclusion :

— Si vous voulez vous taper un bide, vous n'avez qu'à continuer dans cette voie.

Il savait nous convaincre, d'autant plus facilement que, la plupart du temps, il avait raison.

# 11

Ça passe vite, un an. Mon contrat au Lido touchait à sa fin, il fallait envisager l'avenir. J'aurais probablement pu signer pour une nouvelle année, mais, même si le climat était agréable, même si je m'entendais bien avec les filles, je n'étais pas plus à l'aise qu'à mon arrivée. Ce n'était pas mon univers.

— Le Lido ? Je ne vois pas ce qui te déplaît et surtout ce que tu pourrais faire de mieux, me disait régulièrement Bruno.

— J'ai envie de reprendre mon tour de chant.

— Son tour de chant, écoutez-la ! Quelle cabotine tu fais !

« Je n'ai absolument pas besoin d'une femme qui fasse la rigolote » a été la formule de Bruno jusqu'à ce qu'il comprenne que, moi, j'avais besoin de m'exprimer en faisant ce métier. Je ne me sentais pas la vocation de femme au foyer, malgré mes efforts pour lui être agréable. Il faut dire qu'ils n'étaient pas toujours couronnés de succès, mes efforts. Un soir, histoire de lui faire plaisir, il avait invité des amis à dîner, je décide de me lancer dans la confection d'une tarte aux cerises. À mes fourneaux ! Je suis la recette avec application, je respecte parfaitement le temps de cuisson et je sors fièrement du four.... un plat noir de boulettes calcinées. J'avais tout simplement oublié de mettre la pâte sous les cerises.

Les invités n'ont pas fait de commentaires, Bruno non plus. Il a hoché la tête :

— Tu as raison, tu devrais peut-être reprendre ton tour de chant. Mais, puisque tu veux travailler, travaille vraiment. Ne te contente pas d'à-peu-près. Sois la meilleure.

Moi qui n'avais aucune ambition et ne voyais que le plaisir de pratiquer ce métier, je ne me doutais pas de ce qui m'attendait ! Il y avait de la détermination chez cet homme. La condition était posée, l'accord conclu, et, à partir de là, il ne m'a jamais fait de cadeau.

Grâce au Lido, Bruno avait des relations. Notamment Jo France et Jean Deschamps. De vieux copains, ils faisaient du ski ensemble, propriétaires du Bal à Jo et du Moulin Rouge, où ils m'accueillirent gentiment.

J'y suis allée avec mes éternelles petites chansons. Quand j'y repense, je me dis que j'étais bien innocente pour aller, au Moulin-Rouge, chanter *Quand c'est aux autos de passer...*, mimiques à l'appui, *Il jouait de la contrebasse* et, histoire de relever un peu le niveau, *La Guitare à Chiquita*. Ça plaisait.

Ça ne devait d'ailleurs pas être si mal, car Jean Deschamps, à moins que ce ne soit Jo France, a dit à Jacques Daubigny :

— La petite amie d'un copain passe en ce moment au Moulin, tu devrais venir la voir. Elle a du tempérament.

Jacques Daubigny était le bras droit de M. Trives, directeur de l'une des plus importantes agences artistiques de Paris, imprésario de Tino Rossi, Eddie Constantine, Bourvil et bien d'autres. Il est venu m'auditionner au Moulin-Rouge.

Ce soir-là, comme tous les autres, Jacques Daubigny était accompagné d'une toute petite, toute brune, toute jeune femme. Je l'ai trouvée d'autant plus sympathique qu'elle faisait presque le même métier que moi. Liliane Daubigny était « diseuse-réaliste », comme elle se définit elle-même.

Petite, brune et charmante, Liliane l'est toujours. Depuis cette première rencontre, nous ne nous sommes pratiquement pas quittés avec les Daubigny. Après m'avoir auditionnée, Jacques Daubigny accepta immédiatement de devenir mon agent. Il le restera tout au long de sa carrière. Et même plus : lorsqu'il a pris sa retraite, Liliane a pris la relève. Depuis 1951, elle est mon amie. Depuis 1981, elle est également mon agent.

Je le revois, Jacques, en 1951. Élégant et raffiné, dans ce milieu du show-bizz dont ce n'est pas forcément la qualité première, il évoluait, tranquille et quelque peu distant, le regard vif à peine dissimulé par de minces petites lunettes. On aurait dit un abbé.

Il m'a bien vite obtenu un contrat. C'est ainsi que je me suis retrouvée au Théâtre des Variétés, à Marseille, un endroit qui comptait dans le domaine de la chanson. Je devais présenter le spectacle de Tino Rossi et, en lever de rideau, interpréter trois chansons. Le premier soir, après le spectacle, Tino me tire par la manche.

Pétrifiée, je me dis :

— Annie, c'est foutu. Il ne veut plus de toi.

Tout en me demandant :

— Qu'est-ce que j'ai pu faire ? Qu'est-ce qui lui a déplu ?

Un vrai suspense, tandis que le maître, de son accent corse à couper au couteau, précisait en détachant lentement chaque syllabe :

— Annie, c'est bien, c'est très bi-en, mê-me, ce que tu fais. Désormais, tu pe-ux en fai-re de-ux de plus.

— Deux quoi ?

— De-ux chan-sons.

J'étais ivre de joie.

Après l'entracte, c'était à moi que revenait d'annoncer la seconde partie et la vedette : « Ti-no Ro-ssi », ce qui suscitait immanquablement un déchaînement d'applaudissements. Le premier soir, pensant en avoir terminé, je suis tranquillement rentrée à mon hôtel. On est venu me chercher dans ma chambre pour me ramener au théâtre, où je me suis fait sérieusement attraper par M. Trives, l'imprésario de Tino.

— Dis donc, petite, qu'est-ce que tu crois ? Quand tu annonces, tu « désannonces ».

Je n'y avais pas pensé. On ne sait jamais ce qui peut arriver au cours d'un spectacle, et si Tino avait soudain, entre deux chansons, eu un malaise en coulisse, moi partie, qui l'aurait annoncé aux spectateurs ?

Penaude, j'ai reçu la leçon et j'en ai pris bonne note. Sans rancune, Tino sut bientôt me faire sourire à nouveau.

Entre ses *Tchi-Tchi*... et autres *Catarinetta Bella*, il arrivait qu'il me prévienne :

— Fais bien attention, Annie. Ce soir, je vais leur faire le grand gag !

Oh, Tino ! qu'est-ce que tu as pu me faire rire, avec ton grand gag. Le public aussi riait. Et pourtant, malgré toute l'admiration et l'affection que j'ai pour toi, il faut bien le reconnaître, il n'était pas vraiment terrible, ton « grand gag ».

Avec *Catarinetta Bella*, « tu dis en baissant l'oreille, *tchi, tchi...* », Tino rabattait de la main une de ses oreilles. Les soirs de grand gag ? Vous l'avez deviné, Tino s'offrait une variation en rabattant ses deux oreilles, *Oh, Catarinetta Bella, tchi, tchi*, tu dis en baissant les deux oreilles, *tchi, tchi*, ce qui ne manquait pas d'enchanter son public écroulé de rire. Y avait-il vraiment de quoi ?

Contrairement à ce que beaucoup pensent, c'était un joyeux, Tino. Il adorait chanter, et pas seulement en scène. N'importe où. Au restaurant, par exemple, il entonnait volontiers un refrain. Tout était bon pour faire la fête.

— Allez, on va manger un petit morceau et boire un petit coup.

De « petit morceau » en « petit coup », il prenait quelques « petits kilos ». Alors, chaque année, il faisait une cure d'amaigrissement et en perdait quatre ou cinq. Il fallait fêter ça :

— Venez, on va manger un petit morceau et boire un petit coup.

Ah, Tino ! Je l'aimais bien, et j'ai toujours regretté qu'on se soit perdus de vue.

C'est avec lui, en 1952, que j'ai fait mon premier « tour de France ».

— Pe-ti-te, je t'em-mm-mè-nne.

Le « Tour » et « Tino »... Sacrée école ! Une aventure aussi. Jamais je n'oublierai la place des Quinconces, à Bordeaux, le lieu le plus chic d'une des villes les plus « fermées » de France. Heureusement ! Sinon, je me demande bien jusqu'où elles auraient pu aller, les Bordelaises.

Aux Quinconces, quatre-vingt mille personnes attendaient. Tellement serrées, les unes contre les autres, qu'elles ne pouvaient applaudir que les bras en l'air, au-dessus de leur tête, tapant dans leurs mains, en scandant : Ti-no-Ti-no...

Du délire ! Les femmes étaient folles de lui. Une admiratrice plus habile que les autres a même réussi à soudoyer le garçon d'étage de l'hôtel dans lequel nous étions descendus. À l'heure du petit déjeuner, on frappe à la porte de la chambre de Tino :

— Entrez.

Ce n'était pas le garçon d'étage, mais l'admiratrice. Elle entre et, hop ! fait valser le plateau et se précipite sur Tino.

Comment avait-elle bien pu le retrouver, lui qui se déplaçait toujours dans une petite voiture banalisée pour déjouer ses admirateurs ? Sinon, cela aurait été l'émeute.

Cette même année, au mois d'août, je suis allée à Deauville, concourir pour le prix Maurice-Chevalier, avec la première chanson écrite pour moi. *À Compostelle*, de Luypaerts, m'a porté chance.

À moi le prix ! J'étais officiellement reconnue chanteuse fantaisiste. Je l'ai pourtant échappé belle et de justesse. Encore une idée à Bruno, ça ! À Deauville, il croise un de ses copains, Roger Lucchesi, un Corse. Bourrades amicales, poignées de main :

— Ça va, toi ?

— Ça ne va pas du tout, répond Lucchesi avec une tête d'enterrement. La chanteuse qui devait interpréter ma chanson et concourir pour le prix Piaf n'est pas là.

— On va t'arranger ça, dit alors Bruno, qui ne doutait de rien.

Il se tourne vers moi :

— Hein ? Annie, tu vas la lui chanter, sa chanson, à Roger ?

— Mais, enfin, tu sais bien que ce n'est pas mon registre ! Et puis je ne la connais pas, sa chanson.

Si je croyais m'en tirer à si bon compte...

— Tu as le temps, c'est pour après-demain.

Que répondre ? Me voici, du coup, interprétant :

*Tes yeux, ta voix, tes mains*
*C'est beau...*

Pas si mal, puisque je me suis retrouvée première ex aequo.

Encore un peu et je faisais carrière comme chanteuse réaliste !

Il était intéressant, ce concours de Deauville. Dario Moreno y avait été révélé et avait obtenu le prix Charles-Trenet pour son interprétation de *Printemps à Rio*. Renée Lamy, elle, avait emporté le grand prix en chantant :

*Elle roule, roule, roule*
*Dès qu'elle entre dans Paris*
*Elle chante, chante, chante*
*Le jour et la nuit*
*Car la Seine est une amante*
*Et Paris dort dans son lit.*

Une bien belle chanson, ma foi, qui est aussi une belle leçon d'humilité. Elle a traversé le temps, mais qui se souvient aujourd'hui de celle qui l'a créée ?

Comme tous les gens du métier, ce week-end-là, Lopez était à Deauville.

— Cette fois, je ne vous laisse pas filer, me dit-il. Avec Raymond Vincy, nous créons *La Route fleurie*, au théâtre de l'A.B.C., à Paris. J'ai un rôle pour vous. Où peut-on vous voir en ce moment ?

Il lui fallait l'aval de Vincy, le parolier, et aussi celui de la vedette, Georges Guétary, une énorme star, à l'époque.

Me souvenant du sermon de Jean Omer, j'ai répondu :

— Je ferai un tour de chant à Bobino en septembre, puis un autre au Moulin-Rouge, en lui précisant les dates.

— Ils iront vous voir.

À Bobino, la vedette était Adrien Adrius, avec en vedette américaine Félix Paquet, qui sera plus tard le secrétaire de Maurice Chevalier. Moi, toujours en « lever de torchon », j'interprétais mes trois mêmes petites chansons.

Je pensais souvent à la proposition de Francis Lopez, elle avait fait son petit chemin dans ma tête. Une opérette à l'A.B.C., cela commençait à m'intéresser. Mais Raymond Vincy et Georges Guétary ne venaient toujours pas.

— C'est à l'eau, ai-je pensé.

Pas du tout ! Vincy est venu à Bobino le dernier jour. Guétary, plus tard, au Moulin-Rouge. Très vite, les répétitions ont commencé.

Guétary avait pour partenaire Claude Arvelle, alors miss Cinémonde. Une fille adorable, épaisse comme une ablette. Lorsque Georges la serrait de trop près, je me disais toujours : « Attention, elle va casser. »

J'ai bientôt fait la connaissance de mon partenaire, André Bourvil. Les répétitions se sont déroulées dans un climat agréable. Guétary était une star, mais il n'en avait ni les caprices ni le comportement, même si face au couple vedette, Bourvil et moi, les joyeux comiques, nous nous sentions souvent la cinquième roue du carrosse.

Avec cependant une petite satisfaction… Le beau Grec à la voix de velours était certes l'irrésistible, l'incontestable jeune premier, mais Bourvil, lui, faisait rire. Ce qui créait une certaine rivalité, les jeunes premiers prenant facilement ombrage des rires que déclenchent les comiques. Ce n'était pas pour déplaire à Bourvil.

Guétary et Bourvil n'avaient rien en commun. Ils ont cependant su insuffler à notre petite troupe un climat chaleureux. Si j'ose m'exprimer ainsi, car leur principal différend était bien là : la chaleur.

Fils du soleil, Georges, le Grec, avait toujours froid ; André le Normand, lui, avait toujours trop chaud. Lorsque plus tard, après avoir créé et rodé le spectacle en tournée, nous nous sommes installés à l'A.B.C., les choses ont pris des proportions incroyables. Il y avait, en coulisse, un trou dans le mur qui donnait sur la cour, ce qui faisait une arrivée d'air frais. Georges faisait boucher le trou avec du papier que Bourvil, tout aussitôt, se pressait d'enlever. Des enfants ! Mais nous n'en étions pas encore là.

J'allais passer par les affres de la peur, la peur au ventre, c'est-à-dire le trac.

Le soir de la première, à Lyon, au Théâtre des Célestins, j'étais tétanisée. On rodait le spectacle en province avant de le présenter à Paris. Les répétitions s'étaient déroulées sans incidents, tout était bien huilé, je connaissais mes textes, et puis le spectacle ne reposait pas sur mes seules épaules. Ce n'était pas un tour de chant. Conscient de mon inquiétude, Bourvil avait la gentillesse de me rassurer :

— Tu vas faire un malheur, me disait-il régulièrement.

Ce qui ne l'empêchait pas de marmonner mezza voce, pendant les répétitions, après chacune de nos répliques :

— Tu trouves ça drôle ? Personne ne va rire.

Ce qui n'était pas vraiment fait pour me remonter le moral.

Bourvil était paniqué lui aussi, sa carrière était au creux de la vague, il lui fallait remonter sur la crête. Pour se rassurer sans doute, lui, toujours si discret quant à sa vie privée, avait fait venir Jeanne, sa femme et Dominique, son petit garçon. Son autre fils, Philippe, n'était pas né, à l'époque.

Qu'il était drôle, Dominique ! Il avait cinq ou six ans, pas plus. Je le revois débiter son quatrain avec le plus grand sérieux :

*Je m'appelle Dominique*
*Ma maman, c'est Jeanne-le-fric*
*Mon papa est un comique*
*Tout ça, c'est bien sympathique.*

Le soir de la première aux Célestins fut mieux encore qu'un bon coup d'envoi ! Le public a trouvé le spectacle follement drôle. On a dû jouer au moins trois fois. Chaque réplique déclenchait de tels rires que l'on ne s'entendait plus, il nous fallait la dire une autre fois et une autre encore, pour nous faire comprendre et arriver au bout de nos phrases.

*La Route fleurie* fut jouée trois années durant à Paris et en province. Fabuleux ! Ce qu'aucun de nous n'avait jamais supposé, même dans ses moments de plus folle euphorie. Quarante-six ans plus tard, *La Route fleurie* est encore à l'affiche. Bravo ! Beau travail.

Angoisse et succès partagés, cela crée des liens. Avec Bourvil nous ne nous sommes pas perdus de vue. Il avait un incroyable sens de la blague et adorait raconter de ces histoires qui déclenchent le rire, cet introverti, ce solitaire. À l'époque, je comprenais mal son attitude ; aujourd'hui, je pense qu'il avait besoin de recharger ses accus. Lorsque après le spectacle nous allions souper, il ne se joignait jamais à nous. Il mangeait rapidement, seul à une table, avant de filer se coucher.

Tu étais le meilleur des camarades, cher André. J'ai cependant une chose à te reprocher : tes grands pieds. Ouh ! Je ne risque pas d'oublier cet instant où tu as sauté sur mon petit pied à moi. Je suis restée quatre jours sans marcher !

Après, c'était devenu une sorte de réflexe : dès que Bourvil s'approchait d'un peu près, je reculais. D'autant que, avec ses petites vestes étriquées aux manches trop courtes, il n'en avait pas l'air mais il était baraqué et costaud. Bruno l'avait surnommé « le taureau ». Il avait une force et une énergie incroyables, ce paysan. Et ce que je dis là n'a rien de péjoratif. Paysan et fier de l'être, il était très attaché à sa Normandie natale. La preuve ? Son vrai nom était Raimbourg, André Raimbourg. Bourvil, c'était le nom de son village. Normand, comme Jeanne, sa payse qu'il avait épousée.

De ses origines, Bourvil avait gardé le goût de l'espace, le besoin de se dépenser physiquement. Souvent, lorsque nous étions en tournée, en arrivant à l'hôtel, il faisait demi-tour.

— Je rentrerai plus tard, il faut que je marche.

Et il partait, silhouette rapide qui s'enfonçait dans la nuit. Où allait-il ? À qui, à quoi pensait-il ? Je ne le saurai jamais. Ce blagueur impénitent était avant tout un pudique, et un secret.

# 12

Mon horizon professionnel s'élargissait. Je n'étais pourtant pas au bout de mes découvertes.

Après le tour de chant, après la comédie musicale, j'allais, début 1953, signer un contrat avec la Columbia et, du coup, enregistrer mon premier disque. Un 78 tours ! Avec, sur une face, *La Petite Marie*, sur l'autre ma chanson fétiche au grand prix de Deauville, *À Compostelle*.

Ce premier disque allait être suivi de beaucoup d'autres. Très vite j'ai enregistré : *Les Trois Bandits de Napoli*, *Le Bal des voyous*, *La Fille du Cov-Bois*, *Quand c'est aux autos de passer*, tout au long duquel je sifflais : « Allez… Roulez… »

Mon directeur artistique était Georges Lourier, et savez-vous qui était mon camarade de promotion ? Gilbert Bécaud. Oui, mon cher vieux Gilbert, qui venait de faire l'Olympia. Le music-hall a vécu une grande première, avec Gilbert. Dans leur enthousiasme, les spectateurs déchaînés ont cassé tous les fauteuils. Du jamais vu à l'époque !

En 1953, le marché du disque n'avait rien à voir avec ce qu'il est aujourd'hui, ni avec ce que l'on a pu connaître dans les années 60 avec le phénomène « yéyé ». Et pas seulement sur le plan technique. On était loin des chiffres de vente astronomiques qu'on atteindra par la suite. Encore que, sur ce point, *Léon* (sur l'autre face il y avait *Y en a, y en a pas*), enregistré en 1953, pourrait me faire mentir ! 150 000 disques vendus, un chiffre record pour l'époque, qui n'allait être battu que par le 1 800 000 de *La Bonne du curé*, vingt ans plus tard, en 1974.

La politique de vente et de promotion des disques n'avait rien de commun avec celle que l'on pratique aujourd'hui. De mon temps – j'adore faire cette parenthèse style ancien combattant... –, de mon temps donc, il fallait déjà avoir un petit nom, avoir fait ses preuves sur scène pour qu'une maison de disques s'intéresse à vous. Heureusement, nous, les jeunes artistes, étions nettement moins nombreux qu'aujourd'hui. On se faisait connaître par la scène mais aussi beaucoup par la radio, alors prédominante, avec des émissions d'un très bon niveau, animées par des gens de métier qui maîtrisaient bien la technique de l'antenne.

La télévision entrait timidement dans les foyers. Les émissions n'avaient pas la spontanéité, la vitalité et encore moins le côté incisif qu'elles peuvent avoir aujourd'hui. Le reportage en direct ? On ne connaissait pratiquement pas. Tenez, pour exemple, lorsque en février 1952, succédant à son père, le roi George VI, la princesse Élisabeth est devenue Élisabeth II, reine de Grande-Bretagne et d'Irlande, pas de Léon Zitrone pour commenter l'événement en direct ! Le public ne verra pas, sur son petit écran, la cérémonie à laquelle assistaient toutes les têtes couronnées de la planète.

Cependant, Jean Nohain préparait déjà son inoubliable « Trente-Six Chandelles », tourné en public. Combien de fois m'a-t-il invitée à participer à son émission, Jean Nohain ? Ce qui m'a permis de me faire connaître par un large public.

Il y a un monde du 78 tours des années 50 au CD des années 90. Entre les deux, j'ai vu naître le 45 tours, ainsi que le 33 tours. Rien de comparable non plus entre les techniques d'enregistrement de l'époque et celles que nous pratiquons actuellement. On ne connaissait que la prise directe, on ne peut plus artisanale, sur mono- ou bi-piste, avec d'énormes micros qui grésillaient. Dans des locaux baptisés pompeusement « studios », on enregistrait en direct avec vingt musiciens. Au moindre « couac », il fallait recommencer. On ignorait tout du mixage et des tables aux nombreuses pistes couvertes de boutons qu'il suffit d'effleurer d'un doigt délicat pour obtenir la quintessence des notes et des voix.

Tout, équipement, acoustique, sonorisation, et même la « vie » du disque, tout était différent. Les disques ne s'achetaient pas en grande surface, mais chez des disquaires. On en comptait trois à quatre par ville, selon leur importance, et, lors des tournées, on leur rendait visite. Ils organisaient des dédicaces, on parlait avec eux, on se faisait connaître, ce qui était parfois nécessaire. À l'occasion de la sortie de *Léon*, je me présente chez un disquaire en province.

— Bonjour, je suis Annie Cordy.

— Annie Cordy ?

Apparemment, il ne savait pas qui était Annie Cordy. Je précise alors :

— C'est moi qui chante *Léon*.

— Ah…

Il appelle sa femme :

— Viens voir qui est là ! La petite qui chante *Léon*.

*Léon*, c'est l'histoire d'un homme qui est parti acheter des allumettes. Sa femme l'attend, elle le pleure et se console en buvant un petit coup. Eh bien, ça ne ratait pas, on échangeait quelques phrases et, immanquablement, le disquaire me proposait :

— Vous prendrez bien un petit quelque chose ?

Je déclinais. Si je les avais écoutés, j'aurais été ronde tous les soirs.

À peine terminé ce premier enregistrement, 1953 allait me faire un autre cadeau en me faisant découvrir les plaisirs des tournages de cinéma. Tout d'abord avec *Boum sur Paris*, un film de Maurice de Canonge avec une pléiade d'artistes : Piaf, Mouloudji, Gréco et bien d'autres… À chacun sa chanson. La mienne : *Bonbons, caramels…*

Puis j'ai eu une magnifique surprise. Persuadée que c'était une plaisanterie, j'ai tout d'abord haussé les épaules lorsque Jacques Daubigny, dont ce n'était pourtant pas le genre, m'a dit :

— Sacha Guitry prépare un film, *Si Versailles m'était conté*. Il a un rôle pour vous et voudrait vous auditionner.

*Si Versailles m'était conté*, un superbe générique. Ils étaient tous là, aux côtés du maître, et pas des moindres : Jean-Louis Barrault, Aimé Clariond, de la Comédie-Française, Gaby Morlay, Charles Vanel, Orson Welles, Tino Rossi et Édith Piaf, Michel

Auclair, Claudette Colbert, Jean Marais, Nicole Courcel, Danièle Delorme, Daniel Gélin, Gérard Philipe, la jeune Brigitte Bardot, ainsi que Lana Marconi, la cinquième épouse de Sacha Guitry, auprès duquel elle se plaignit :

— Il est bien banal d'être votre épouse.

Pour toute réponse, elle eut droit à un de ces mots du maître :

— Sans doute, mais vous, vous serez ma veuve.

Il a tenu parole.

Plus encore qu'un grand auteur et metteur en scène, Sacha Guitry était un grand monsieur. Quelque peu boudé pour de sombres raisons après la guerre, il retrouvait soudain tout l'éclat de sa notoriété et de son talent. *Si Versailles m'était conté* fut considéré par la critique comme un « authentique chef-d'œuvre ».

Moi, je n'étais pas peu fière, mais plus encore intimidée, la première fois que j'ai rencontré le maître. Il avait de l'élégance et de la prestance. Je le revois, silhouette bien droite, avec sa grande cape noire, son feutre à large bord et sa canne. Il s'exprimait tout naturellement dans un français recherché et toujours avec la plus parfaite courtoisie, donnant du « Mademoiselle » à toutes les femmes sur le plateau, qu'elles soient vedettes ou habilleuses.

Avec mon partenaire Clément Duhour, qui était également le producteur du film, nous formions un couple de cabaretiers tenant échoppe près du Petit Trianon. Ma participation ? Un tout petit bout de texte et une charmante chanson, *Y a bal ce soir à Trianon.* Le matin même du tournage, dès 8 heures Sacha Guitry était sur le plateau.

— Mademoiselle, c'est à vous, allez-y.

Comme je semblais hésiter, il m'encouragea gentiment :

— C'est à vous, mademoiselle, allez-y.

J'ai échangé mes quelques répliques avec Clément Duhour, puis j'ai interprété ma chanson.

— C'est très bien, mademoiselle. Reprenons comme ça.

— Comme ça ?

Je n'ai pu dissimuler mon étonnement.

— Oui, comme ça. Je vais vous indiquer quelques déplacements, c'est tout, et ce sera parfait.

Il était tellement précis, concis dans ses explications qu'à 10 heures du matin ma prestation était terminée, ma séquence en boîte. Je suis cependant restée toute la journée sur le plateau et Sacha Guitry a pris le temps de bavarder avec moi, me conseillant :

— Étant donné votre tempérament, vous devriez vous intéresser aux rôles de Réjane, et les reprendre.

Ne sachant pas qui était Réjane et quels étaient ses rôles, j'ai pris un air entendu avant d'avancer timidement :

— C'est que, voyez-vous, maître, je n'ai jamais suivi de cours de comédie.

Sa réponse tomba immédiatement, comme un couperet :

— Sachez-le, mademoiselle, on n'apprend pas la comédie. On naît comédien, du verbe *naître*.

Par la suite, j'ai revu Sacha Guitry chez lui, avenue Élisée-Reclus, dans son élégant petit hôtel particulier qui donnait sur le Champ-de-Mars. Un jour où nous parlions métier, il m'a dit son admiration pour ceux du music-hall et aussi pourquoi il les aimait. À cause de leur discipline de fer.

Plus tard, beaucoup plus tard, je me suis souvenue de son conseil : « Mademoiselle, vous devriez vous intéresser aux rôles de Réjane... » C'était en1981, lorsque j'ai repris le rôle de Madame Sans-Gêne. Entre-temps, j'avais appris qui était Réjane !

Sacha Guitry avait une intelligence aiguë, qu'il exprimait volontiers par des mots d'esprit qui font toujours recette aujourd'hui.

— Des mots d'esprit ? Bof, les prétendus mots d'esprit de Guitry ne sont jamais que le reflet de sa méchanceté, ai-je souvent entendu.

— Non, de sa clairvoyance, était alors ma réponse.

Tourner avec le maître ne m'avait pas éloignée de mon public, ni de la chanson, nettement plus populaire. Mes disques se vendaient bien, très bien même, à la grande satisfaction de Georges Lourier, qui s'occupait de moi. Columbia, du coup, eut envie de me pousser. On décida de me faire connaître en province autrement que par le disque. Traduisez : « me faire voir ». C'est alors que débutèrent mes « galas-galères ».

Je dis ça pour faire un jeu de mots ! Je les ai adorés, ces galas qui ont jalonné ma carrière. Combien en ai-je fait ? Je serais bien incapable de vous le dire. D'ailleurs, le chiffre serait tellement important que vous ne me croiriez pas. Moi-même, j'aurais peut-être traîné les pieds si j'avais su dans quelle aventure non-stop et de longue durée je m'engageais.

Je jouais toujours dans *La Route fleurie*, ce qui me laissait peu de choix, hormis mon jour de relâche, le lundi. Va pour le lundi ! Restait à trouver un compère qui soit libre ce jour-là. Le hasard, toujours lui...

Columbia avait sous contrat une vedette qui jouait alors au Châtelet *Le Chanteur de Mexico* – vous avez deviné de qui il s'agissait –, dont le jour de relâche était le lundi. C'est ainsi que je me suis retrouvée à Roubaix, en première partie de Luis Mariano.

Je ne le connaissais que de réputation, ce fameux chanteur d'Irún dont les femmes raffolaient. Ses spectacles étaient toujours d'énormes succès et, même si j'étais « la petite qui monte », me retrouver avec une telle star m'inquiétait. Je m'en suis ouverte à Bruno.

— Est-ce que tu ne penses pas que...

— Je pense que c'est très bien. Ceux qui ne te connaissent pas viendront voir Mariano. Ils te découvriront, à toi de leur prouver ce dont tu es capable, m'a-t-il répondu, tranquille.

Jacques Daubigny étant du même avis, je n'avais qu'à m'exécuter. Combien de fois n'ai-je eu qu'à m'exécuter ? Pauvre Nini !

En fait, tout cela me plaisait bien. Cela m'a même beaucoup plu, dès ce premier soir, à Roubaix.

Première partie : An-nie Cor-dy. Applaudissements qui me font chaud au cœur, le public répond, je décide de le séduire, j'y vais à fond. Et ça marche, ça marche même très bien, j'ai eu un vrai triomphe. Ouf ! Quel soulagement, quelle joie, quel bonheur !

Entracte.

Seconde partie : Lu-is Ma-ria-no. Ovations. Je me dis : « C'est normal », pas envieuse pour autant. J'ai toujours été lucide et, fort heureusement pour moi, je le suis restée, encore aujourd'hui. Ce soir-là, j'aurais eu quelques petites raisons de me prendre la tête comme un ballon. Je ne dirai pas que Luis n'a pas été bon. Ce serait idiot, Luis était toujours bon. Mais, était-ce la fatigue ? Le manque d'enthousiasme ? Le besoin de s'économiser ? La veille il était au Châtelet, le lendemain il y serait à nouveau. Il a chanté, bien sans plus et surtout sans flamme. Cela, si indulgent soit-il, le public le sent et ne le pardonne pas.

Face à Cordy, Mariano n'obtint qu'un demi-triomphe. Inquiète, je dis à Bruno :

— Tu vas voir, il ne va plus vouloir chanter dans nos prochains galas.

En fin de soirée, au moment de se séparer, Mariano me dit à nouveau :

— Dis donc, Annie, c'est vraiment formidable ce que tu fais. On devrait envisager quelque chose ensemble. Pourquoi pas une opérette ? Ça te dirait, une opérette ?

Comme une sotte, je ne sus que répondre :

— Oh, oui. Une opérette, ce serait bien.

On s'est quittés avec regret. Il y avait bien à l'horizon une petite étincelle, l'espoir de travailler à nouveau ensemble, ainsi qu'il venait d'en lancer l'idée. Mais c'était sans doute une proposition comme ça, en l'air.

L'avenir allait me prouver le contraire.

# 13

Pour ce qui est des galas, il y en a un dont nous avons longtemps parlé, Bruno, Liliane, Jacques Daubigny, Granier, mon pianiste, et moi. Et cela nous arrive encore.

En fait, c'était plutôt un « entre » galas, pour être précise, ce que je suis à un point tel que la précision est la première de mes qualités... ou le pire de mes défauts, cela dépend de mon interlocuteur.

Ce soir d'août était le dernier de plusieurs spectacles que j'avais donnés au Théâtre de Verdure de Nice. Le lendemain, je devais chanter à Saint-Malo. Vous voyez ? La France en diagonale. Aujourd'hui, ça ne paraît pas insurmontable. Mais, en 1953, il n'y avait pas d'autoroutes, et, malgré l'optimisme de Charles Trenet, on n'était pas aussi « heureux » qu'il voulait bien le chanter, sur les nationales bordées de platanes et jalonnées de villages embouteillés.

Après le spectacle, pas question de se coucher, il fallait rouler toute la nuit si on voulait être à Saint-Malo dans les temps. Aussi, sur le coup de 1 heure du matin, on s'empile tous les cinq dans la Buick. Bruno au volant comme toujours, moi entre lui et Liliane, Jacques Daubigny, à droite, contre la portière. Seul à l'arrière, Granier ne se prélassait pas pour autant, coincé parmi les nombreux bagages entassés au cours de la tournée d'été. Granier, Jacques et moi, on sommeillait. Liliane bavardait avec Bruno, histoire de le tenir éveillé. Vers 3 heures du matin, quelque part entre Aix-en-Provence et Avignon, Bruno avise un de ces routiers, nombreux à l'époque, où l'on pouvait se restaurer à n'importe quelle heure du jour ou de la nuit. Il s'arrête.

— Tout le monde descend ! J'ai besoin d'un petit café.

Jacques et moi, on aurait pu continuer à dormir, mais Granier et Liliane étaient bien contents de pouvoir se dégourdir un peu les jambes.

— Cinq cafés, commande Bruno, avant d'aviser sur le comptoir un camembert fait à cœur. Il ne résiste pas.

— Et un camembert !

Avec ce petit ballon de rouge sans lequel un camembert ne serait pas un camembert, il mange son fromage avec délectation.

— Le meilleur de ma vie !

Il ne craignait pas l'exagération. Gourmand, il mange une autre portion, puis une autre et encore une autre. Camembert terminé – vous avez bien lu, il était comme ça, Bruno, oui, il a mangé tout le camembert –, cafés avalés, on reprend la route.

— Ça va, Bruno ? s'inquiète Liliane.

— Très bien. Vous avez peur que j'aie du mal à digérer ?

Il démarre, tandis que nous nous rendormons paisiblement jusqu'à ce que Liliane hurle : « Bruno ! »

Furieuse, je me tourne vers elle :

— Non, mais ça va pas ! T'es pas un peu folle de crier comme ça. Tu nous as réveillés.

— Vous avez bien failli ne jamais vous réveiller, a-t-elle répondu d'une voix sourde tandis que Bruno arrêtait la voiture, avant de descendre « éliminer » dans le fossé.

Éliminer ? Oui, telle était la philosophie de Bruno : « Quand on a eu une forte émotion, il faut pisser pour éliminer. » Liliane avait-elle eu un pressentiment avant de remonter en voiture ? Pourtant Bruno conduisait comme toujours, vite et bien, sans donner le moindre signe de fatigue ni de distraction. À l'instant où il apercevait une voiture, il faisait des appels de phares et se rabattait sur la droite. Régulièrement, Liliane posait sa question, toujours la même :

— Ça va, Bruno ?

Et obtenait la même rassurante réponse :

— Ça va.

Automatisme, à coup sûr. En conducteur chevronné qu'il était, il faisait illusion, mais en fait il somnolait ferme.

Quarante-cinq ans plus tard, Liliane a toujours dans les yeux les lumières du camion en face de nous. Appels de phares de part et d'autre, tout ce qu'il y avait de plus normal, mais cette fois, s'il répond, Bruno ne se rabat pas. Le camion fonçait. Bruno aussi. Liliane a hurlé ! Instinctivement, il a fait une embardée sur la droite. On l'avait échappé belle. Tout ça par gourmandise ! À cause d'un camembert, et de la somnolence qu'entraîne la digestion, nous avons failli arrêter définitivement les tournées.

Je n'ai pas perdu pour autant ma confiance en Bruno au volant, j'ai toujours bien plus travaillé que je n'ai somnolé, en voiture. Incroyable, le nombre de chansons et par la suite de textes que j'ai appris en roulant.

Quelques mois plus tard, en 1954, je suis toujours *La Route fleurie*, mais je flirte à nouveau avec le cinéma. Je participe à un court métrage avant de retrouver mon ami Bourvil dans *Poisson d'avril*, de Gilles Grangier. Autour de nous, des comédiens chevronnés : Pierre Dux, Denise Grey, Louis de Funès, Jacqueline Noëlle... Mon rôle était celui de l'épouse de Bourvil et, si j'ai oublié de quelle espèce était ce *Poisson d'avril*, je me souviens en revanche fort bien d'une scène au cours de laquelle nous étions supposés manger du poisson. Combien de fois avons-nous dû la refaire ? Je ne sais pas. Mais trop, beaucoup trop. Le poisson, il devait être « raccord », commençait à sentir de plus en plus mauvais. Pendant des mois, les seuls mots de sole, colin, saumon et autre maquereau me faisaient marcher au plafond.

J'aime beaucoup ce mode d'expression qu'est le cinéma et, même si les premiers films auxquels j'ai participé étaient plutôt légers, comme mes rôles, je n'en ai jamais eu honte.

Bourvil était dans le même état d'esprit. Plus tard, lorsqu'il fera une carrière dramatique et sera, enfin, reconnu comme un grand, il se souviendra avec amusement de cette période où il faisait des « bourvilleries », pour reprendre son expression.

— Tu sais, mes « bourvilleries », ça arrangeait tout le monde. À commencer par le scénariste et le metteur en scène qui faisaient appel à moi. Un film sans construction rigoureuse, des dialogues mal ficelés ? « Ça ne fait rien, on dira à Bourvil de faire le guignol ! »

Il affirmait :

— Tu verras, Nini, tu verras, un film dramatique, c'est bien plus facile.

— Comment ça, plus facile ? Tu veux rire !

— Non, non, tout est écrit, prévu, construit. Tu n'as qu'à suivre la trame, dire les dialogues...

— Je ne suivrai rien du tout. Tu me vois, Dédé, tu me vois, moi, dans un film dramatique ?

— Très bien. Je te vois même très bien. On en reparlera.

Il avait raison, on en a reparlé. Il m'a tout de même fallu patienter un certain temps.

En attendant... Je n'étais encore que « Le plus attrayant petit clown féminin du music-hall français », au dire de mon père spirituel, Maurice Chevalier.

Ma carrière se déroulait bien. Je n'avais pas une minute à moi, les propositions s'enchaînaient avec une diversité qui n'était pas pour me déplaire. Une chance, ce sera comme ça toute ma vie.

C'est alors que Jacques Daubigny et Bruno ont estimé que, malgré une bonne presse et un certain succès personnel, je m'engageais dans une impasse. À leur avis, et ils n'avaient pas tort, rester plus longtemps dans *La Route fleurie* me ferait oublier d'un public plus large que je venais tout juste de conquérir et, par là, perdre les bénéfices des spectacles, des disques comme des télévisions qui m'avaient propulsée sur le devant de la scène.

Ils contactèrent alors Bruno Coquatrix, qui accepta de me prendre en vedette américaine du spectacle d'Eddie Constantine. Youpi ! Voici « Cordy » en lettres de néon au fronton de l'Olympia.

Oui, mais il y avait un os. C'est-à-dire un contrat.

On n'est jamais assez attentif lorsqu'on signe un contrat, de quelque nature qu'il soit. On s'engage en fonction de l'instant présent, sans projeter ce que pourrait proposer l'avenir. J'étais coincée, le contrat qui me liait à *La Route fleurie* stipulait « pour la durée de la pièce ».

— Ce n'est pas grave, je m'arrangerai, dit Bruno, tranquille et sûr de lui.

Mais les propriétaires de théâtre ne sont pas des philanthropes, et c'est normal. Ceux du théâtre de l'A.B.C. n'échappaient pas à la règle. Ils étaient deux. M. Ledoux avait 52 % des parts, Mitty Goldin 48 %. Ils avaient deux points communs : ils étaient l'un et l'autre également près de leurs sous, se prenaient, l'un comme l'autre, pour « le » patron. Aussi, quand on voulait obtenir quelque chose, soit on allait voir Goldin :

— Voilà, on aurait besoin de ça, mais M. Ledoux ne veut pas...

— C'est d'accord, répondait invariablement Goldin.

Soit on allait voir M. Ledoux :

— Voilà, on aurait besoin de ça, mais Mitty Goldin ne veut pas...

— C'est d'accord, répondait tout aussi invariablement M. Ledoux.

Ce qui nous permettait d'arriver à nos fins.

Il y avait peu de personnel à l'A.B.C., où on travaillait comme en famille. La costumière étant débordée, c'est moi qui suis allée aux Galeries Lafayette chercher l'imperméable dont j'avais besoin pour une scène. J'en achète un, superbe, réversible blanc et violet, pour un prix très raisonnable, dix mille francs (ne vous affolez pas, c'était avant le franc lourd), et je reviens au théâtre où j'explique fièrement à Mitty Goldin que j'avais fait une affaire, que cet imperméable réversible, que... Je n'ai pas eu le temps d'en énumérer toutes les qualités.

— Oune affair-r-r-e ? me dit-il, sceptique, avec son ter-r-rible accent roumain. De toute manière, tou vas por-rter qu'un côté.

Ce en quoi il n'avait pas tout à fait tort, mais cela vous donne une petite idée de la manière dont Bruno fut reçu lorsqu'il a annoncé que je voulais casser mon contrat et reprendre ma liberté. On aurait dit qu'on les poignardait. Les discussions ont commencé, serrées.

À quelques jours de là, Bruno passe devant l'Olympia. Constantine était toujours annoncé, mais plus trace d'Annie Cordy. Il fonce chez Coquatrix :

— Qu'est-ce qui se passe ?

— Tu comprends... C'est compliqué... Annie est sous contrat, Constantine ne veut pas prendre le risque d'attendre plus longtemps, il nous faut chercher une autre vedette américaine.

Pas fou, Eddie ! Ça marchait fort pour moi et, il le savait très bien, lorsqu'elle a du tempérament, la vedette américaine empiète vite sur le terrain de la vedette.

Bruno voit rouge mais, comme il n'était jamais à court de solution, il pense à Idzkowski, journaliste à *France-Soir* et ami de Goldin. Il sait pouvoir le contacter par l'intermédiaire d'un autre Roumain, le Dr Czaskès. Ainsi, de Roumain en Roumain, tout s'est fait très vite.

— La liber-rté d'Annie, mais bien soûr-r, a dit Goldin en empochant mon chèque de dédit d'un million quatre (anciens francs).

Un million quatre ! Moi, j'avais dû toucher trois nèfles !

Quelques semaines plus tard, en 1954, je fais mon premier Olympia, dont je garde de merveilleux souvenirs. Lever de torchon : Maria Candido, vedette américaine : Annie Cordy, vedette : Eddie Constantine.

Les **3 C**, pour plagier la publicité d'une marque d'imperméables qui faisait fureur à l'époque : « C.C.C.... la pluie frappe sans entrer. » Nous, nous formions un joyeux trio qui n'engendrait pas la mélancolie.

Qu'est-ce que je chantais ? *Les Trois Bandits de Napoli*, *Léon*, *La Fille du Cov-Bois*, avec une poêle à frire en guise de banjo, et *Pour les jolis yeux de Suzie*, charmante chanson que j'animais en jouant avec une petite ombrelle en dentelle.

Le soir de la dernière, vous le savez, il est de tradition d'improviser et surtout de se faire toutes les niches possibles. J'entame *Pour les yeux de Suzie*. J'aurais dû me méfier, mon ombrelle me semblait plus lourde que d'habitude. À l'instant où je l'ouvre, il en tombe des carottes, des oignons, des poireaux... Et de ma poêle à frire-banjo ? Eh bien, il est tombé un nuage de farine. J'étais blanche de la tête aux pieds, le public a bien ri.

Je chantais aussi *Jolie fleur de papillon*, une chanson dont j'aime toujours le rythme style dixieland, d'autant plus qu'il m'évoque un joli souvenir. Bruno et moi étions en vacances dans l'Esterel, dans un délicieux petit hôtel à pic sur la plage que l'on gagnait par un chemin escarpé, ou par un petit téléphérique, selon l'humeur. Jean Dréjac est venu passer deux jours avec nous. Ce matin-là, Bruno descend à la plage par le sentier, tandis que Jean et moi prenons le téléphérique... qui tombe en panne. Nous voici suspendus dans les airs. On parle, on plaisante et ce poète de Dréjac s'enthousiasme :

— Oh, Annie, regarde les fleurs, regarde les papillons... et bientôt se met à fredonner :

*Jolie fleur de pa-pa-pa,*
*Jolie fleur de papillon...*

Le temps d'une panne, une chanson était née.

Le téléphérique n'est pas reparti. Nous sommes redescendus sur la terre ferme le long d'un filin. Ça ne s'oublie pas.

La musique rythmée de Jean Constantin a redonné un souffle neuf au dixieland. Dans la foulée il a écrit *Mets deux thunes dans l'bastringue*, un succès.

À cette même époque, j'interprétais une charmante chanson 1900, de ces petits textes apparemment innocents qui sont souvent à double sens : *La Biaiseuse.*

*Je suis biaiseuse chez Paquin*
*Je biaise du soir au matin...*

Jusqu'au jour où, nous étions à Bruxelles, on entend dans la rue, sur notre passage : « Oh, la biaiseuse, t'as vu, la biaiseuse ! » Ce qui a fortement énervé Bruno.

— Tu arrêtes ça tout de suite.

Je ne l'ai plus jamais chantée. Mais cela m'a fait plaisir lorsque, des années plus tard, Marie-Paule Belle l'a reprise.

Le temps de quelques galas, d'un nouveau passage à Bobino, un an après mon premier Olympia m'y voici à nouveau pour un tour de chant. En vedette, cette fois !

En vedette américaine, un orchestre cubain avec, à la batterie, l'extraordinaire Tony Benett. Ça y allait ! Tellement, que le public s'enfuyait à l'entracte. Il avait la tête comme un ballon. À l'époque, le public n'avait pas l'habitude des sonorités à outrance. Encore un peu et je me faisais bouffer par la vedette américaine ! Qui, en fait, était cubaine.

Après l'entracte, il fallait assurer. Vous vous dites, Annie Cordy, pas de problème, elle n'a peur de rien, le trac, elle connaît. Détrompez-vous, elle connaît l'angoisse, celle de ne pas être à la hauteur, la peur, celle de décevoir, tout cet amalgame de sentiments qui fait que notre cœur semble taper le 200 à l'heure. C'est ça, le trac, qui, heureusement, vous lâche quand, tout à coup, face au public, vous êtes soudain heureuse, heureuse de « partager ».

# 14

Opérettes et galas, enregistrements et tournages, tout s'enchaînait, et, si je n'avais pas le temps de souffler, je ne pouvais que m'en réjouir. Heureusement, Bruno aimait conduire. On a sillonné la France en large et en travers, on a avalé des kilomètres, usé des pneus et des voitures. On aimait. Si bien qu'après un spectacle généralement suivi d'une dédicace, lorsque nous reprenions la route, lui au volant, moi à son côté, on se regardait et on soupirait :

— Ouf ! Enfin chez soi !

Pas tranquilles pour autant ! Je n'ai jamais compris ce qui se passait, mais Bruno, lui toujours si prévoyant et organisé, Bruno était un abonné de... la panne sèche. Il lui est même arrivé, une seule fois il est vrai, de me faire le coup deux fois dans la même journée. Aussi moi, avec trente ans d'avance, j'avais inventé un petit truc pas mal du tout : un magnétophone à mini-cassettes qui aurait été fixé sur la jauge et se serait déclenché dès que l'essence atteignait un seuil critique. Ma voix aurait prévenu Bruno :

— Attention, Bruno, dix litres !

J'entends sa réponse d'ici :

— Ça va, on peut encore rouler.

— Bruno, cinq litres.

— J'ai compris, je m'arrête à la prochaine station.

Devant laquelle il serait passé sans même ralentir, jusqu'à ce que la voiture hoquette et que ma voix assène :

— Trop tard, Bruno !

Astucieux, hein ? Malheureusement, je n'ai pas fait breveter ma petite invention. Et ils ont été nombreux, partenaires et musiciens, à pousser, avec moi, la voiture dont Bruno gardait le volant.

Il y avait aussi de bons moments, à commencer par nos petits déjeuners « casse-graine ». On partait de Bièvres tôt le matin, vers 6 heures, une tasse de café avalée. Quelques heures plus tard, loin de Paris, on attaquait une petite route de campagne ou de montagne, et on avait les crocs ! On s'arrêtait dans un village pour acheter du pâté, du saucisson, un bon pain craquant, une bouteille de rouge et on reprenait la route jusqu'à ce qu'on trouve une rivière, le bord d'un torrent. Là, on déballait notre pique-nique et on saucissonnait joyeusement. On aimait ces petites parenthèses simples et tranquilles, dans le tourbillon qu'était notre vie, on en avait besoin.

À cette époque j'interprétais, entre autres, une chanson que j'aimais beaucoup. Elle me l'a bien rendu. J'ai enregistré *Oh ! Bessie* qui me valut, à ma grande joie, le grand prix du disque de l'académie Charles-Cros 1955.

Cette même année, je fus contactée par Robert Dhéry. Il préparait *Bonjour sourire*, avec Henri Salvador, Louis de Funès, Jean Carmet, Christian Duvaleix. Une joyeuse équipe, ce n'est rien de le dire. Je nous revois encore, tous en pyjama, pour le

En fait, j'étais beaucoup moins sage et appliquée que j'en avais l'air. *(D.R.)*

J'ai treize ans et je danse *La Mort du cygne*, dans la troupe des « Ambrosinettes ». *(D.R.)*

Ça y est… je fais l'artiste. Nous sommes en 1948. *(D.R.)*

Entre Maria et Jean, mes chers parents *(D.R.)*

Complices et également fie l'un de l'autre. Papa et moi dans les rues de Bruxelles. *(D.R.)*

On a bien travaillé, on s'est bien amusés, avec mes « Berluron ». Allez savoir pourquoi j'appelais toujours ainsi mes musiciens ! *(H. Goldstein)*

Qui a dit que je n'avais pas le sens de la pirouette ? *(D.R.)*

Me voici, en 1957, de retour des États-Unis, avec « New York » dans les bras. *(D.R.)*

1967, en U.R.S.S. la critique me baptise le « Popov en jupon ». *(D.R.)*

Luis Mariano savait parler aux… vaches. Il lui proposait une pomme, et Marguerite accourait ! *(Roger Berson)*

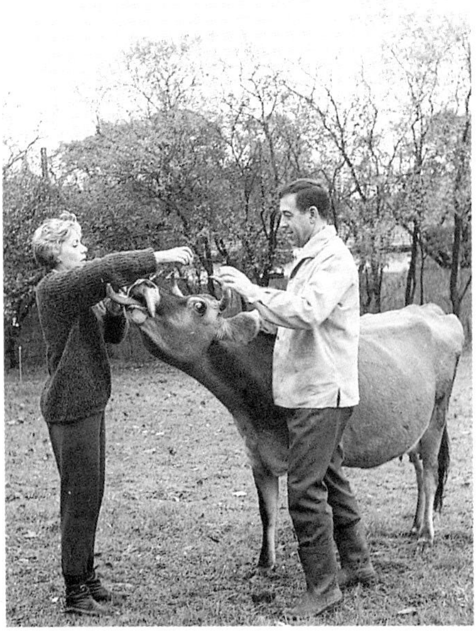

Un romantisme toujours à la limite du fou rire… Luis et moi dans *Visa pour l'amour*. *(Bernand)*

« La bonne du curé » avec son petit tablier. Un raz de marée qui me valut un disque d'Or en 1975. *(D.R.)*

Quel personnage, « Dolly » ! Sa fantaisie a enthousiasmé la France entière et m'a valu le « prix Triomphe de la comédie musicale ». *(D.R.)*

Uniformes et joyeux lyriques, dont « Ça ira mieux demain ». C'est *Nini la chance*, nous sommes en 1976. *(Bernand)*

Ce que tu as pu me faire rire, Bruno ! *(D.R.)*

Au côté d'un Napoléon superbe, Raymond Pellegrin, je suis *Madame Sans-Gêne,* en 1981. *(Christian Denis)*

Avec mon cher Bourvil, entre nous, Marco Perrin, en 1965 à l'Alhambra, pendant les répétitions de *Ouah ! Ouah ! (D.R.)*

Avec Jean Gabin, nous avons tourné *Le Chat,* sous la direction de Pierre Granier-Deferre, en 1971. *(Interpress)*

Avec Mort Shuman, nous tournons *Rue haute,* sous la direction d'André Ernotte. Un film difficile et fort. *(Patrizia Beguin)*

Bruno encore, Bruno toujours...
*(J. Andanson / Sygma)*

tournage d'une scène dans la fameuse roseraie de Bagatelle. Du rire et des farces. Ah ! il ne faut pas que j'oublie une précision qui a son importance. Robert Dhéry étant tombé malade avant le début du tournage, son assistant a pris la relève. C'est ainsi que j'ai tourné sous la direction de Claude Sautet. Il n'avait pas encore la gloire, mais déjà le talent, le film n'a pas fait un tabac pour autant. L'équipe, en revanche, a fait plus d'une farce.

À mon programme également, un tour de chant à Bobino en mars, un autre à l'Olympia en novembre. Trouvant que j'avais du temps à moi (!), Bruno et Renzuli, un tourneur marseillais sympathique et drôle avec lequel il s'était lié d'amitié, m'avaient concocté une tournée d'été dont je me souviens encore. Cent galas en quatre mois. Vas-y, Nini ! Heureusement que j'avais du souffle et de la voix, ça m'a servi. On a écumé la France. Fêtes votives d'Apt, corso fleuri, fêtes de Pamiers, fête des Bêtises de Cambrai, des Pognes à Valence, de la Bière à Maubeuge, sans compter les arènes de Nîmes, douze mille personnes en plein air... J'en ai vu, du pays, et aussi des bleds perdus.

On ne naviguait pas tout à fait au radar, mais souvent avec une carte d'état-major. Le mal qu'on a eu pour trouver Jouarre, un hameau près de Lézignan ! On tournait, on tournait, Bruno s'énervait, lui qui aimait arriver sur les lieux suffisamment tôt pour avoir le temps de les découvrir, de prendre nos marques et de bien nous installer. On demandait dans les villages :

— La route de Jouarre, s'il vous plaît.

— Jouarre ? Heu, non, j'vois pas.

Personne ne connaissait.

— Dans le temps, j'ai bien connu un gars qui s'appelait comme ça, mais il est plus dans la région, nous a même répondu un pépé à moustaches.

À force de tourner, on a tout de même fini par trouver. Quoi ? Rien. En tout cas, pas grand-chose. Autour d'une place déserte en terre battue, une cave coopérative, cinq maisons et trente-cinq habitants.

— Et où va chanter Annie Cordy ? s'inquiète Bruno.

— Ici, répond le responsable, placide, tout en désignant la place de terre battue.

— Ici ?

Il a bien failli en avaler son cigare, papa.

Les gens du hameau ont sorti de la coopérative des tonneaux sur lesquels ils ont posé des planches. Cordy n'avait plus qu'à monter en scène.

Quel folklore ! On se changeait généralement chez l'habitant. Un soir, il pleuvait tellement qu'on a dû me porter de la maison dans laquelle je venais de m'habiller et me maquiller jusqu'à la scène improvisée. Heureusement, sans ça, adieu, mes jolies petites chaussures argent.

Pas question de sono ni de retour ! On gueulait littéralement pour être entendu dans le fond, quant aux projecteurs, ne m'en parlez pas. Imaginez plutôt une grosse ampoule vissée dans ce qu'on appelait une « casserole ». En fait une large coupe de métal qui faisait office de réflecteur... fixe. Poursuite ? Connais pas. Si je bougeais trop, je n'étais plus dans la lumière. De l'artisanat pur et dur.

Cela me rappelle combien Théo Sarapo m'avait fait rire, à l'époque, en me racontant l'aventure « lumineuse » qu'il avait vécue dans un de ces patelins perdus. Il avait expliqué ce qu'il voulait au préposé à l'éclairage, précisant bien les points qu'il fallait éclairer.

— À ce niveau, il me faut une lumière rouge. Là une bleue, ici une blanche.

— Très bien.

À l'heure de chanter, que voit Théo ? Une superbe guirlande d'ampoules... bleu... blanc... rouge. La guirlande du 14 Juillet, qu'on avait sortie pour l'occasion !

Lorsqu'on arrivait dans l'après-midi, on était toujours un peu inquiets, tant c'était désert.

— Ce n'est pas possible, ils ne viendront pas, il n'y aura personne.

Ils venaient, et nombreux, s'il vous plaît. Oui, qu'il pleuve, qu'il vente, les gens venaient de partout. Ils faisaient des kilomètres en vélo, en char à bœufs, à pied... Pour rien au monde ils n'auraient manqué « la » fête qui avait lieu chaque année, à la même date.

Ce n'était ni mieux, ni moins bien. C'était une autre époque. Le spectacle était plus populaire, le public bon enfant. À Brunémont, dans le Nord, le gala devait se dérouler dans un immense parc pourvu d'une seule entrée. Pas question d'y accéder en voiture. Ce jour-là, exceptionnellement, nous étions en retard, et déjà le public arrivait, des hommes, des femmes avec quatre ou cinq gosses autour d'eux, à pied dans la boue. Bruno continue avec la Buick. Les gens se mettent gentiment sur le côté du chemin :

— Laissez passer, c'est Annie Cordy.

C'était touchant. Ce public qui allait à pied était fier que « son » artiste, cette « petite », représentative de son milieu, ait une belle voiture, signe de réussite.

Et le spectacle commençait gaiement, quel que soit le temps. Combien de fois ais-je chanté sous la flotte, surtout dans le Nord ? Tout aussi stoïque, le public applaudissait, chaleureux. On entourait la batterie de plastique pour la protéger et le spectacle continuait. C'était dangereux, il a fallu que deux musiciens qui jouaient de la guitare électrique soient électrocutés pour qu'on prenne des mesures. Entendez par là qu'il est devenu obligatoire d'abriter les musiciens et les instruments sous un auvent. Pas le chanteur.

À Colmar, la fête était plutôt sous le signe du vin blanc qui lui donnait son nom. Ah, cette fameuse Fête du vin blanc, le moins qu'on puisse dire, c'est qu'il y avait de l'ambiance.

Attention, ne pas confondre avec la fête du « petit » vin blanc de Nogent, dont je serai la reine en 1960.

À Colmar, pour, disons cent francs, on avait son ticket d'entrée pour le spectacle. Dans l'enceinte, vin blanc et bière coulaient dans des fontaines, à discrétion. Tentant !

Il y avait plusieurs débutants en première partie, sous la houlette de Johnny Stark, leur tourneur. Je passais en seconde partie. Face à la scène, un grand orchestre style bavarois, gilets rouges, boutons dorés, petits chapeaux et, pour les musiciens aussi, vin blanc à volonté. Deux d'entre eux avaient instauré une sorte de jeu. Lorsque l'un soufflait dans son instrument, il se levait, puis se rasseyait tandis que l'autre se levait à son tour. Ça a marché un temps jusqu'à ce que, vin blanc aidant, ils s'écroulent ensemble !

Musiciens, public, la plupart étaient ronds ce soir-là. Bruno et Johnny Stark n'étaient pas en reste. À 2 heures du matin, ils jouaient encore à la pétanque, cuits, tous les deux !

Cette même année 1956, j'ai retrouvé Luis Mariano, à la demande de Richard Pottier qui adaptait à l'écran l'opérette de Francis Lopez et Raymond Vincy : *Le Chanteur de Mexico*. Je n'avais pas été de la distribution du Châtelet, mais, à côté de Luis dans le double rôle d'un chanteur à succès et de sa doublure, je me suis d'autant plus vite intégrée à l'équipe que je retrouvais également André Bourvil. Avec nous, Tilda Thamar et un sacré personnage, Pauline Carton. Comme l'opérette, la comédie musicale fut un succès.

De cette époque débuta, avec Luis, que j'appellerai bientôt Loulou, une solide amitié qui ne s'est jamais démentie. Et pourtant, les conditions de tournage ne furent pas toujours faciles, en Espagne. San Sebastián, Madrid... sous un soleil de plomb. Près d'Irún, son pays natal, on s'arrêtait dans des auberges pour se désaltérer. Les tables étaient en plein air, heureusement, car Luis s'était mis en tête de nous apprendre à boire à la régalade, avec des outres en peau. Ça coulait, ça coulait, on en avait partout, ce qui l'amusait beaucoup, Loulou. Il faut dire qu'il avait l'amusement facile, gai, imprévisible, il était toujours de bonne humeur et prêt à faire des blagues. Richard Pottier a dû tourner certaines scènes plusieurs fois, Mariano faisant toujours une plaisanterie qui déclenchait l'hilarité générale. Rien n'entamait jamais sa bonne humeur. Même ce jour où il avalait une bonne quantité de moustiques chaque fois qu'il ouvrait la bouche pour chanter.

Dans le quotidien, comme en représentation officielle, rien ne le démontait. Invité par Franco, qui lui demande de chanter *Fandango du Pays basque...*, Mariano ne se souvient plus des paroles espagnoles. Difficile à avouer...

— Je m'en suis bien sorti, dira Luis par la suite. Sans bien ouvrir la bouche ni articuler, j'ai marmonné sur la musique *Fandango-fandango-fandango-fandango...*

— Pas terribles, les paroles, fut le commentaire de Franco.

Dans le boulot, Mariano ne se plaignait jamais, quelles que soient les conditions de travail. Mais, une fois hors de scène, il savait se défouler et se moquait bien des contraintes.

Je ne l'ai jamais vu aussi remonté et déchaîné que lors de ce voyage à Londres où, avec Georges Ulmer, nous sommes allés participer à une émission de télévision en direct : « Café Continental ».

Ulmer représentait le Danemark et chantait... *Pigalle*.

Luis représentait l'Espagne, avec... *Le Chanteur de Mexico*.

Moi ? La Belgique, avec... *Les Trois Bandits de Napoli*. Après tout, pourquoi pas !

Nous avions rendez-vous à l'aéroport. Luis devait être accompagné d'un journaliste et de Patchi, son secrétaire-chauffeur qui avait également la responsabilité de sa maison. Au moment d'embarquer, ils n'étaient pas là. Pourquoi ont-ils raté l'avion ? Ils ont dû prendre le suivant. Et là, toujours gamins, ils s'amusent à souffler dans le sac réservé à... comment dit-on ça poliment ? Je ne sais pas, trouvez vous-même. Ils soufflent dans les sacs et les font éclater.

Mauvais temps, trous d'air, le voisin de Luis a le mal de l'air. Plus de sac. Il vomit... sur la veste de Mariano. Sans râler, Mariano se lève pour aller nettoyer son vêtement, croise l'hôtesse qui servait le café. Nouveau trou d'air, et hop, le café se renverse sur sa veste. Je n'y étais pas, mais je n'affirmerais pas que sa légendaire bonne humeur ait résisté très longtemps. Ce n'était pas fini.

À l'arrivée, à cause de son retard qui compromettait le timing, Luis se fait froidement accueillir par les responsables de l'émission. Commencent alors les répétitions, qui ne se déroulent pas très bien et durent plus longtemps que prévu. Ce que Mariano prend très mal. Il avait accepté de se rendre à Londres pour une seule raison : s'acheter des « saussures » ! En aurait-il le temps ? Il semblait que non. Soudain de méchante humeur, avant même que l'émission commence, il échangea des propos aigres-doux avec l'équipe réalisatrice. Ne me demandez surtout pas dans quelle langue. Puis il se tourna vers moi et la sentence tomba :

— Nini, zé z'anglais sont de vrais cons. Ils m'emmerdent. Zé ne foutrai plus zamais les pieds ici.

Pour se venger, Luis, que le présentateur avait annoncé, en insistant fortement, comme le séducteur adoré de toutes les femmes outre-Manche, s'amusa à loucher de la première à la dernière note de sa chanson. Elles ont dû s'en poser, des questions, les téléspectatrices anglaises, quant au pouvoir de séduction du « Chanteur de Mexico ».

Il n'a plus jamais été invité !

# 15

56 encore, 56 toujours. Depuis le temps que j'en parle, on pourrait croire qu'elle a duré dix ans, cette fameuse année 1956. D'autant que je n'en ai pas fini avec elle.

Vous souvenez-vous ? Même si vous n'étiez pas né, vous avez entendu parler de ce mariage de conte de fées célébré le 19 avril 1956. Non, non, ce n'est pas une plaisanterie, ce n'était pas le mariage d'Annie Cordy.

Tout avait commencé au cours du précédent Festival de Cannes lorsque, pour les besoins d'une « couverture », un magazine à gros tirage avait organisé une rencontre « spontanée » entre un prince et une ravissante star. Ils ne pensaient certainement pas si bien faire, ceux qui alors tiraient les ficelles.

Le 19 avril suivant, l'interprète préférée de Hitchcock, la plus que ravissante miss Grace Patricia Kelly, devenait S.A.S. la princesse de Monaco.

La principauté était en fête. Drapeaux aux fenêtres, étendards en haut des mâts, carabiniers aux insolents plumets rouge et blanc, musiciens casqués d'or. Pour ne pas parler des invités, Frank Sinatra, ami très proche de la mariée, la Bégum, l'ex-roi Farouk, tout le gotha, princes et princesses, sans oublier le représentant du président de la République française, François Mitterrand.

Ce fut une superbe cérémonie-spectacle bénie par l'archevêque de Monaco, M$^{gr}$ Barthe, ainsi que par le père Tucker, dont on disait qu'il était la cheville ouvrière de ce mariage.

La mariée était resplendissante. Sa somptueuse robe de tulle de soie sur laquelle brillaient des milliers de petites perles était l'œuvre de l'une des plus célèbres costumières de la M.G.M., Mrs. Helen Rose.

Et Annie Cordy, dans tout ça ? J'étais invitée. Tout simplement invitée, avec Roger Pierre, Jean-Marc Thibault, Eddie Constantine et Marlene Dietrich... et quelques autres, à animer les festivités qui ont commencé trois jours avant la date officielle du mariage.

Là, au cours d'un dîner, je fus remarquée par un grand imprésario américain, lequel me proposa illico de faire une tournée en Amérique. Ce qui me fit sauter de joie, comme un cabri, d'autant que Bruno était d'accord. Vous avez bien lu, Bruno, lui qui ne voulait jamais sortir de l'Hexagone, Bruno était d'accord.

On devait faire Paris-Rio, avec escale à Dakar. Ce à quoi on s'est préparés. Enfin, *je* me suis préparée. Bruno, qui allait régulièrement en Afrique, était en règle pour ce qui est des vaccins. Moi ? Immigrée de ma Belgique natale, naviguant entre la France et la Suisse, je n'étais pas vaccinée contre la fièvre jaune. Pas question d'y couper. Mon cher D$^{r}$ Czaskès, vous vous souvenez, ce médecin d'origine roumaine qui a facilité ma rupture de contrat avec le théâtre de l'A.B.C., a-t-il voulu me préserver au maximum et, pour cela, forcé la dose ? J'ai eu une réaction très violente, cuisse enflée et forte fièvre, plus de 40° lors de l'escale à Dakar. Le médecin est formel :

— Pas question de vous laisser voyager dans cet état.

— Pas question ? Je m'en moque, demain soir je dois chanter à Rio, au Copacabana.

J'y étais, à l'heure dite. Et j'ai fait mon tour de chant. Heureusement, je n'avais pas à exhiber mes cuisses. Car, si l'une était montrable, de l'autre je ne vous dirai rien. Rouge, enflée, scarifiée. Ça commençait bien.

Du Brésil, nous avons plus souvent vu les quatre murs d'un cabinet dentaire que le fameux pain de sucre. Bruno souffrait d'une terrible rage de dents. Et, tenant à ce que cela se sache, il s'était déguisé en œuf de Pâques ! *No vergogna*, comme disent les Italiens, « sans honte », il s'était entouré le visage d'un foulard noué sur le sommet de sa tête. Quel joli couple nous formions, lui avec son foulard sur la tête, moi avec mes pansements sur la cuisse ! Nous devions être gratinés !

Sitôt débarqués, on s'est précipités chez un dentiste. Non pas à Rio, cela aurait été trop simple. Oscar Ornstein, directeur artistique du Copacabana, dit à Bruno :

— Tu sembles vraiment souffrir beaucoup, il te faut un très bon dentiste. J'en connais un, mais il est à São Paulo.

Qu'à cela ne tienne ! Une demi-heure d'avion, autant dire rien. Nous avons pris chaque jour le vol, Rio-São Paulo et retour.

Je dis « nous », évidemment, j'étais du voyage, je n'allais tout de même pas abandonner mon mari, lui qui souffrait tant. Il me disait régulièrement :

— Je vais mourir, c'est sûr.

Rien de moins sûr, heureusement. Mais ses souffrances me culpabilisaient, j'ai voulu les partager.

— Il faut m'arracher une dent, ai-je dit au dentiste.

Il m'a regardée, interdit :

— Vous arracher une dent ? Pourquoi est-ce que je devrais vous arracher une dent ? Vous souffrez ?

Tranquille, je lui ai répondu :

— Non. Je voudrais simplement savoir à quel point cela peut faire mal.

— Mais, madame, ce n'est pas une raison. Je ne vais tout de même pas vous arracher une dent saine pour que vous sachiez si…

— Regardez bien, j'ai certainement une petite carie.

Il a dû me prendre pour une folle complète. « Ah, ces Françaises… »

J'ai tellement insisté que, après avoir consciencieusement examiné ma mâchoire, il a porté son choix sur une dent saine, elles l'étaient toutes, mais qui avait poussé un peu de travers. Il l'a arrachée avec tant de délicatesse que je n'ai rien senti.

— Comment ça, rien senti ? Tu veux dire que tu ne sens rien ?

— Non, je ne sens rien.

Bruno s'énervait.

— Tu te moques de moi, ou quoi ? Tu n'as pas mal ?

— Non, je n'ai pas mal. Vraiment pas.

J'ai préféré clore là la discussion. Il était hors de question que je me fasse arracher une seconde dent saine.

Malgré ces petits imprévus, Rio de Janeiro m'a enchantée, au-delà encore du cliché carte postale que l'on connaît à travers le Christ géant surplombant la baie, bras grands ouverts. J'ai vu une école de samba magnifique où des danseurs répétaient des nuits entières, pieds nus sur la terre battue. J'ai croisé le regard sombre et vif des enfants que la faim tenaillait. J'ai découvert d'autres rythmes, d'autres musiques qui étaient autant de formes d'expression et qui m'ont marquée. J'ai été impressionnée par les contrastes de ce pays où richesse et misère se côtoient, comme si c'était naturel.

De grosses voitures stationnent dans de larges avenues bordées d'immeubles de marbre longés de trottoirs en mosaïque. À quelques rues de là, il y a également des voitures le long des trottoirs, mais cabossées, peinture rayée, hors d'âge. Quant aux maisons, elles ont bien quatre murs, mais pas de toit pour autant ! On vous explique : « Il ne pleut pas beaucoup. » Et partout, partout, même chez les plus pauvres, des antennes de télévision.

Et puis cette mer si belle et déchaînée dont les rouleaux vous happent avec violence. Je ne m'y suis pas hasardée, bien que je sois restée plus d'un mois au Copacabana. Mon tour de chant a très bien marché. Le public était chaleureux. Quant à la critique, élogieuse, elle n'a pas hésité à me qualifier de « Martine Carol de la chanson » et de « Maurice Chevalier en jupons ». Agréables souvenirs...

On a fait Rio-Cuba dans un si petit coucou qu'il a fallu quatre escales pour couvrir la distance. On riait d'autant moins qu'on ne nous a rien servi à manger, excepté à la fin, entre Miami et Cuba. Il était temps.

À Cuba, la température, accablante dans les rues, était glaciale au cabaret et dans les hôtels, où on pelait de froid à cause de la clim. Nous avons été reçus par l'ambassadeur de Belgique, M. Larose, un homme à l'élégance raffinée. Vêtu de blanc, il portait des chemises à plastron finement plissé et fumait de longs cigares qui ont dû faire envie à Bruno. Il en a acheté mais ne les a pas fumés, ils sont encore dans son bureau. Il trouvait le havane trop fort, et lui préférait le tabac hollandais.

J'ai bientôt découvert l'enfer du jeu, Las Vegas avant l'heure. Sans doute parce que je ne suis pas vraiment chanceuse, je n'aime pas les jeux de hasard. Bruno non plus, lui qui tapait pourtant le « carton » à qui mieux mieux. Tout le monde jouait, tout le temps et partout. Hallucinant ! Il y avait un loto national chaque jour, on pouvait gagner de beaux lots et même une Cadillac ! Quel univers incroyable. Dans les coulisses, il y avait une roulette et un jeu de craps pour les employés. À peine avaient-ils reçu un pourboire, qu'ils filaient illico le jouer. J'ai demandé à Bruno de négocier mon contrat et de le ramener à quatre jours, au lieu des douze prévus initialement.

Du coup, on s'est offert une semaine de vacances délicieuses, à se baigner dans des petites baies tranquilles, à manger des bananes et des poissons frits dans des cabanes au bord de la mer.

De temps en temps, le directeur du cabaret téléphonait :

— Le public réclame Annie.

— Arrête le Bingo, Annie revient, répondait Bruno.

Au Mexique, l'enchantement s'est prolongé. Avec ses plateaux arides au nord, ses immenses forêts au sud et les vestiges de la civilisation aztèque, le Mexique est, à mes yeux, le plus fascinant pays au monde.

Nous y avons rencontré Cantinflas, un personnage hors du commun, la grande vedette comique de l'époque. Aux côtés de David Niven, Shirley Mac Laine, Charles Boyer, Marlene Dietrich, Martine Carol, Fernandel, Buster Keaton, John Carradine..., il était l'un des premiers rôles de la superproduction que venait de réaliser Michael Anderson, *Le Tour du monde en 80 jours*.

Son comportement, comme sa moustache et plus encore sa maison, tout en lui et chez lui n'était que démesure. À commencer par cet arbre qui poussait au milieu de son salon.

— Le jour où je me prendrai pour un oiseau, je saurai sur quel arbre me percher, disait-il.

Servi par de nombreux domestiques attentifs à ses moindres désirs, il vivait dans un palais de marbre avec une salle de projection pour visionner les films dans lesquels il avait tourné, un fronton pour s'entraîner à la pelote basque et une bonne dizaine de voitures américaines, aux chromes étincelants, pour se déplacer. Mais il détestait se déplacer !

À Mexico, je passais dans un très beau cabaret, Le Versailles, toujours accompagnée de mon pianiste, Roland Granier. Travailler à 2 000 mètres d'altitude, ce n'était pas facile. Je me suis souvent demandé comment Granier pouvait tenir le coup, avec ses cent seize kilos. Cela ne lui coupait même pas l'appétit, qu'il avait pourtant féroce. Après avoir mangé une énorme portion de gâteau au chocolat, il appelait le maître d'hôtel :

— Est-ce que je pourrais en avoir encore ?

Une fois, deux fois, et plus... Le maître d'hôtel le servait avec un air chaque fois plus écœuré.

En 1960, Roland Granier, originaire de Roumanie, a eu une telle peur du communisme qu'il a choisi de vivre à New York. Sous le pseudonyme Roland Granier de La Fayette. Restons français. Cher Roland, que de bons moments nous avons passés ensemble ! Que la vie te soit douce, où que tu sois.

J'ai beaucoup taquiné Bruno, au Mexique. Dans la plupart des chambres d'hôtel, il y avait un petit panneau, sorte d'avis aux jeunes mariés fougueux, sur lequel on pouvait lire : « Pas d'excès S.V.P. Pensez à l'altitude. » Je me faisais un malin plaisir de commenter :

— Attention, Bruno, toi qui n'es plus si jeune...

— Sacrée gamine, je vais te faire voir mon âge !

À New York, changement de décor, le ton n'était plus à la plaisanterie. J'ai aimé New York, Bruno pas. Il était contre tout ce qui était « ricain », à commencer par la nourriture, qu'il trouvait immangeable même dans les meilleurs restaurants. Le matin, il se levait tôt, bien avant moi, et descendait prendre son petit déjeuner.

— Dors, je vais à l'Armée du Salut, disait-il.

C'est ainsi qu'il appelait le libre-service voisin, formule encore inconnue en France. Là, devant les vitrines de nourriture, il montrait du doigt ce qu'il désirait. Autant vous dire qu'il a eu l'air malin, le jour où il s'est aperçu que la serveuse était française. Elle, elle le croyait muet !

Je passais au Plaza, cabaret à l'atmosphère feutrée, où le public m'apprécia beaucoup. La presse aussi. De mon côté, j'ai beaucoup aimé la façon de travailler des Américains : pas de fausse susceptibilité, du professionnalisme avant tout. Ça me convenait parfaitement, j'y retrouvais la rigueur de Don Arden, le chorégraphe de mes débuts au Lido.

Je n'adhère pas pour autant à ce que je considère comme de la tyrannie de la part des syndicats américains. Dans ce domaine, en 1956, à New York, j'en ai fait, des découvertes. J'ai également perdu un temps fou !

Vous le savez, maintenant, en France, au cours des galas, mieux valait être susceptible d'improviser. Et pas seulement une chanson. Improviser un accessoire, une lumière, un élément de décor, et autres détails, sinon, pas de spectacle. Au Plaza, à New York, c'était tout le contraire.

J'étais venue avec un pianiste ? Grand bien me fasse. Je voulais que ce soit lui qui m'accompagne ? O.K. Mais, syndicats obligent, il me fallait tout de même payer un pianiste américain qui jouait aux cartes dans les coulisses.

Je voulais répéter et modifier les lumières en l'absence de la responsable des éclairages ? Pas question, il fallait attendre son retour.

Mieux encore, ce soir où, mon habilleuse n'étant pas dans la loge, j'ai demandé à la maquilleuse si elle voulait bien remonter ma fermeture à glissière. Non, ce n'était pas son boulot. Charmant.

Un autre soir, je casse le talon d'un escarpin.

— Est-ce qu'on peut le faire réparer ?

Regards étonnés, plus encore que si j'avais parlé d'un immédiat départ pour la Lune.

— Il serait plus simple d'acheter une nouvelle paire.

— C'est que je suis bien dans ceux-là.

J'y tenais tout particulièrement, ils étaient jolis et très confortables.

— No, *sorry*, on ne peut rien faire.

Et surtout, ils ne cherchaient pas. Heureusement, Bruno était là. Comment ? Je ne sais pas, mais il s'est débrouillé pour trouver un cordonnier, italien bien sûr, qui a réparé mon talon. En matière de chaussures, les Ritals, il n'y a que ça de vrai. Surtout à New York...

À la télévision, c'était encore pis. Les contraintes étaient draconiennes. Invitée dans le show d'Ed Sullivan, je ne faisais pas grand-chose, mais je devais changer de costume entre deux chansons. J'enlève ma robe, je m'apprête à la mettre sur un cintre. In-ter-dit. J'ai gardé ma robe sur le bras jusqu'à ce que l'habilleuse revienne. Je l'aurais volontiers étranglée. Et tous les autres avec elle.

J'ai eu d'autres surprises à la télévision ! Sponsor ? En France, on ne connaissait pas encore. C'est ainsi que j'ai découvert, sur le petit écran, que le spectacle auquel j'avais participé était une promotion pour pierres... tombales.

À New York, j'ai fait la connaissance d'Édith Piaf. Elle est venue me voir au Plaza. Nous sommes allés la voir au Carnegie Hall. Dans sa loge, elle semblait si abattue que je me suis demandé comment elle allait pouvoir chanter.

Elle a chanté, minuscule créature dont la voix, soudain, s'amplifiait, s'intensifiait, repoussait les limites du réel. Sacrée petite bonne femme dans sa robe noire. Le miracle se produisait.

Elle nous a invités dans l'appartement qu'elle avait loué pour la durée de son séjour à New York. Elle avait pensé à tout. Camembert et vin rouge. Il n'en fallait pas plus pour séduire Bruno. Il l'a trouvée « géniale ». Elle l'était.

Nous fûmes en revanche déroutés par les quelques grandes vedettes américaines dont nous avons vu le « show. » Chauvins ? Sûrement pas, mais nous avions une autre approche du spectacle. C'était un public de stars qui assistait ce soir-là au show de Frank Sinatra, accompagné d'un orchestre de cinquante musiciens. Smoking de rigueur, invités de marque, Judy Garland, Errol Flynn, qui sirotaient alexandra sur alexandra, je les revois encore, à deux tables de la mienne. Ils étaient « calcinés » avant même la fin du spectacle.

On attend... Un long moment jusqu'à ce que, un verre à la main, « Dieu » entre en scène. Dans ma naïveté, j'ai cru que c'était un gag, pas du tout, Sinatra était bien encadré de six gorilles ! Et là, il a commencé non pas à « crooner », mais à parler. De tout et surtout de rien : ses impôts, ses amours, sa santé, ses voitures... sous les regards admiratifs de son public. Près d'une demi-heure après son entrée en scène, finis, les bavardages, Sinatra annonce :

— Je vais chanter pour ma fille, Nancy.

Un spectateur enthousiaste lance :

— *Jealous lover !* C'était, cette saison-là, le grand succès de Sinatra, qui n'en tient aucun compte et déroule son tour de chant.

— *Jealous Lover !* lançait régulièrement le même spectateur.

Ça n'a pas duré très longtemps. Excédé par cette insistance qui aurait dû le flatter, Sinitra eut un geste imperceptible. Immédiatement, les gardes du corps se dirigèrent vers le gêneur et le sortirent de la salle sans autre forme de procès, et sans que personne manifeste la moindre indignation.

Peu après, j'ai reçu une invitation pour assister au récital de Judy Garland. *Le Magicien d'Oz*, *Place au rythme*, *En avant la musique*, *Débuts à Broadway*, *Parade aux étoiles*... J'étais folle de joie, Judy Garland était mon idole. Celle de l'Amérique aussi. Superbe, telle que je l'attendais, elle entre en scène. Elle va chanter. Eh bien, non ! Pas du tout. Elle a parlé... de ses amours, de ses maris, de ce qui se passait dans le monde, de ce qu'elle en pensait, puis elle s'est fait servir un thé, face aux spectateurs qui avaient ainsi l'impression de partager son intimité. Tenant sa tasse avec beaucoup d'élégance, petit doigt levé, elle a bu. Et après, après seulement, cela faisait près d'une heure qu'elle était en scène, elle a chanté une dizaine de chansons, pas plus.

À la fin de ce « tour de chant » parlé, les enfants de Judy, Liza Minnelli en tête, elle devait avoir dans les six ans, sont venus sur la scène, à l'heure des applaudissements.

Je me suis penchée vers Bruno :

— Quand on sera en France, à la fin de mon premier gala je te fais monter sur la scène.

— D'accord, dit Bruno. À une condition cependant : que tu fasses aussi venir ma sœur.

Pas question !

À New York, au Gala de la presse, les invités, dont Mme Roosevelt, Salvador Dalí..., étaient triés sur le volet. « Rien que des personnes à gratin », pour reprendre un « à-peu-près » de Bruno. Les artistes se succédaient nombreux, chacun faisant une rapide démonstration de son talent. Avant moi, oui, juste avant moi, Louis Armstrong ! Il ne lui fallut pas cinq minutes pour mettre le public en transes, après quoi, boudiné dans son smoking, il éclata de son grand rire rauque avant de me céder la place. Passer juste après Louis... je n'en menais pas large. En américain, j'ai baragouiné quelques phrases, avant d'entamer deux chansons et de terminer mon mini-show par une imitation d'Elvis Presley. Le lendemain, à mon grand plaisir, j'ai pu lire dans la presse : « Par le truchement d'Annie Cordy, Elvis Presley a fait ses débuts au Plaza de New York. »

Quelques jours plus tard, à l'occasion d'une réception donnée en présence des consuls de Belgique et de France, j'ai entendu annoncer : « Annie Cordy, la comédienne belge de la chanson française. » J'ai bien failli ne pas m'y retrouver moi-même.

Est-ce parce qu'ils sentaient que j'appréciais beaucoup leur côté « professionnel », toujours est-il que les Américains, eux aussi, m'aimaient bien. J'ai été très intéressée lorsqu'on m'a pressentie pour une comédie musicale, *Girls on High Heals*, une histoire de filles qui faisaient le trottoir, mais joliment, gaiement... Le contrat précisait « pour la durée du spectacle », ce qui m'a dissuadée. En Amérique, un spectacle peut se casser la figure au bout de trois jours si la critique l'assassine. Dans le cas contraire, il peut rester à l'affiche pendant des années. L'expérience que j'avais faite avec l'A.B.C. m'avait servi de leçon, je ne voulais pas me retrouver ligotée. De son côté Bruno estimait, à juste titre, que j'étais encore trop jeune dans le métier pour risquer une coupure de longue durée avec la France et, du coup, me faire oublier. Il a essayé de négocier un contrat de six mois, renouvelable. Les Américains ont refusé.

Fataliste et optimiste, je n'ai pas regretté. Tours de chant, opérettes, télévisions, fictions, j'ai écumé la francophonie sans jamais avoir le temps d'aller chanter ailleurs, si l'on excepte quelques télés en Allemagne et en Angleterre. Et pourtant, pendant plus de quinze ans, avec constance, les Japonais m'ont demandé de venir chanter chez eux !

Nous avons passé les fêtes à New York et Bruno prétendit qu'il n'avait jamais vécu pire Noël, à l'exception de celui qu'il avait passé en Allemagne lorsqu'il était prisonnier. Tout simplement parce que, le soir du réveillon, on nous a servi du Coca-Cola avec notre foie gras. Il faut dire que…

Heureusement, mon contrat au Plaza était à la veille de se terminer, à la grande satisfaction de Bruno. J'ai quitté New York sans grand état d'âme, même si j'ai beaucoup aimé ce rythme de travail, à l'exception toutefois de la contrainte imposée par les syndicats. De là à y faire ma vie, ma carrière ? Je ne sais pas.

Si Bruno avait aimé, j'aurais probablement dit oui à certaines propositions. Mais Bruno n'aimait pas. Et moi, j'aimais Bruno.

# 16

Après cette tournée aux États-Unis, dont je garde un magnifique souvenir, nous étions contents de rentrer en France.

Cette année 1957 allait être riche en événements, tant sur le plan du métier que sur celui de notre vie privée.

La famille s'était agrandie. Partis tous les deux, nous revenions à trois : il fallait maintenant compter avec New York de Mendès France, le petit caniche que Bruno s'était offert là-bas, histoire d'avoir de la compagnie et un interlocuteur auquel parler français (signe annonciateur de *Ouah ! Ouah !*) pendant mes soirées de gala, qu'il trouvait bien longues.

Nous cherchions une maison. Un ami de Bruno, qui travaillait dans les Domaines, lui signala un ancien relais de chasse de Madame Récamier, dans un charmant village, à une petite vingtaine de kilomètres de Paris. Immédiatement séduits, nous avons décidé de nous y installer. Depuis, Bièvres est resté notre port d'attache.

C'était une jolie maison basse, un rez-de-chaussée et un étage mansardé dont les fenêtres se découpaient dans le toit d'ardoise. Le rez-de-chaussée donnait sur une terrasse prolongée par un jardin de taille moyenne dans lequel s'épanouissait un gros bel arbre dont j'ai oublié le nom.

Pendant notre séjour aux États-Unis, Liliane Daubigny a supervisé les travaux. Elle s'en souvient encore ! C'était à l'époque du conflit avec l'Égypte, et, premier choc pétrolier, l'essence était rationnée. Mais, ayant pour habitude de prévoir les problèmes avant même qu'ils se posent, Bruno était propriétaire d'une station à essence que tenait son frère Georges, boulevard Davout. Liliane faisait un détour… et son plein.

Au printemps, nous avons quitté le boulevard Soult pour prendre possession de *Billet doux*, Bruno ayant baptisé notre nouveau home du sobriquet dont il m'affublait volontiers. À ce propos, je vais faire une parenthèse, une de plus, mais je me suis toujours demandé ce que pouvait bien être un « billet doux » dans l'esprit de Bruno, lui qui ne m'a jamais envoyé que des télégrammes on ne peut plus brefs : « Bien arrivé. Baisers »…

Bièvres est à moins d'une demi-heure de Paris, ce qui était parfait pour Bruno, qui n'avait pas d'horaires, puisque Paul Pivoteau, son bras droit, était au bureau. Quant à moi, depuis toujours, je pars travailler à l'heure à laquelle les gens « bien » rentrent chez eux.

À Bièvres, nous avons découvert la vraie campagne, tôt réveillés le matin par les oiseaux qui faisaient des allers et retours incessants entre l'arbre dans lequel ils nichaient et les fraisiers des quatre saisons qui prospéraient dans notre petit jardin, au grand plaisir de Bruno. Ce gourmand adorait les fraises. À tel point que, en 1939, sentant venir la guerre et les restrictions, il avait acheté une tonne de confiture de fraises de Plougastel, histoire de ne pas en manquer.

*Billet doux* allait devenir notre quartier général pendant les répétitions de *Tête de linotte* que Francis Lopez et Raymond Vincy m'avaient écrit sur mesure, lors de mon séjour aux États-Unis. Avec Jean Richard et Pierre Miguel, nous devions créer la comédie musicale au théâtre de l'A.B.C. à la fin de l'année. *Billet doux* était un quartier général idéal. Jugez plutôt : dans le salon, un grand piano pour travailler. Une cuisine bien équipée, histoire de casser joyeusement la croûte entre copains.

Pour ne pas parler des déjeuners en famille ! Celle de Bruno, la mienne et aussi certains amis proches, à commencer par Paul Pivoteau. Bruno et lui étaient partis à la guerre ensemble. Ils avaient été faits prisonniers ensemble et sont toujours restés très liés. Aussi, lorsqu'en 1952 Paul a eu une petite fille, c'est, tout naturellement, à moi qu'il a demandé de la tenir sur les fonts baptismaux. Annie fut ma première filleule. Quelques mois plus tard, ma sœur Jeannette m'offrit une nièce dont je suis également la marraine. Michèle est aussi ma fille de cœur. On se ressemble comme deux gouttes d'eau, et pas seulement physiquement. On se téléphone tous les jours, et même plusieurs fois par jour, et on se voit très souvent.

Depuis le départ de Bruno, c'est elle, la jolie jeune femme blonde qui m'accompagne à toutes les générales.

Le 3 février 1958, *Billet doux* fut le témoin d'un grand événement. Le « Oui » solennel qu'échangèrent François-Henri Bruno et Léonie Cooreman.

Encore une idée à Bruno, ça ! Il a beaucoup insisté, moi ça m'était bien égal. Après huit ans de vie commune, il y avait longtemps que je me sentais « engagée » et je n'avais pas besoin, pour me le rappeler, d'un papier qui d'ailleurs ne m'aurait pas empêchée de divorcer, si...

Ainsi, nous avons « régularisé », selon la formule consacrée, dans le plus parfait anonymat. Pas un seul journaliste ! Normal. Qui connaissait M. François-Henri Bruno ? Qui savait qui était Mlle Léonie Cooreman ? D'autant que, je tiens à le souligner, les Biévrois ont toujours été très délicats et discrets à notre endroit.

Paul était le témoin du marié. Je ne sais plus qui était le mien. Il me semble que c'était le maire. Mais un maire a-t-il le droit d'être le témoin de l'un de ses mariés ? Vous voulez peut-être savoir comment était habillée la mariée ? C'est tout juste si je me souviens d'une petite jupe de laine grise et d'un pull ras de cou.

En rentrant de la mairie, nous nous sommes arrêtés à l'épicerie pour acheter des tomates et une salade. Mais comme il voulait bien faire les choses, papa, on a dû fêter ça plus tard.

On a beaucoup ri, on a également beaucoup travaillé, à *Billet doux*. Sans horaires, sans jours fériés. À tel point que, malgré la bonne entente qui nous liait, Jeanine nous a quittés. Elle a cédé à l'ultimatum de son mari, M. Madesclair ! C'est pourtant lui, à l'époque où je cherchais une secrétaire, qui avait proposé à Bruno :

— Pourquoi pas ma femme ?

Nous nous sommes très bien entendus, avec Jeanine, jusqu'à ce que, quelques mois plus tard, irrité par nos horaires qui n'en étaient pas, il faut bien l'avouer, M. Madesclair me dise :

— Vous me rendez ma femme, sinon je divorce.

Jeanine partie, Arlette a pris la relève. Elle est toujours là, Arlette, discrète, efficace. Elle venait chaque dimanche, en matinée, à la représentation de *La Route fleurie*, accompagnée de sa petite sœur, Yamie. Assises au premier rang, elles applaudissaient à tout crin et nous avions fini par les remarquer. Peu à peu, Arlette s'est enhardie. Toujours suivie de sa petite sœur, elle est venue bavarder dans ma loge après la représentation. On s'est habitués à elle, vive, intelligente. Quand Jeanine est partie, Bruno a demandé à Arlette :

— Qu'est-ce que vous faites, en ce moment ?

Elle était disponible, célibataire, ouf ! Pas de conjoint pour poser un ultimatum, et... « cordiste », qui plus est.

Célibataire, Arlette l'est toujours. Elle ne veut pas que je parle d'elle, je respecte donc son souhait. « Cordiste », elle l'est restée, du moins je l'espère. On a fait un essai. Il s'est transformé. Trente-huit ans plus tard, Arlette est toujours là, avec moi.

Bruno et moi, nous avons habité *Billet doux* pendant près de trois ans. J'ai beaucoup aimé cette maison, notre première maison pour laquelle je garde encore aujourd'hui une certaine tendresse, l'appelant *Le Petit Bièvres*, par opposition à *La Roseraie* ou *Le Grand Bièvres*. Nous y avons emménagé en avril 1960, j'y suis toujours.

*La Roseraie* est riche de souvenirs, de grandes fêtes avec la famille, avec les copains et Bruno qui, entre deux parties de cartes, faisait des crêpes dans la vaste cuisine sur laquelle Bernadette règne depuis maintenant trente-cinq ans.

À l'époque où nous l'avons achetée, *La Roseraie* était découpée en petites pièces qui, toutes, avaient des vitraux. Pour moi, femme de lumière, c'était l'horreur. Bruno a fait casser les cloisons avant de confier la direction des travaux à une décoratrice, Micheline Curtet, qui a parfaitement compris notre désir de grandes pièces claires. Vous vous en doutez, moi, pendant ce temps, j'étais en tournée.

À l'extérieur ? La forêt vierge. Quatre hectares d'un terrain non entretenu au milieu duquel trônait, allez donc savoir pourquoi, cette maison de style colonial bordée d'une terrasse en bois. Pourri, il était, le bois, on passait au travers des lattes. Dommage, c'était joli.

Un magnifique espace, planté d'arbres centenaires, d'essences rares, un potager et aussi un verger avec noyers, cognassiers, pruniers, et des pommiers qui donnent toujours chaque année. Une pièce d'eau surplombée d'un saule pleureur pour le romantisme. Et, pour le folklore, une prairie sur laquelle se prélassait Marguerite, la vache, sans oublier Bijou. Gentil et innocent Bijou, un double poney impétueux, qui cavalait comme un fou derrière Marguerite, laquelle ne voulait rien savoir. Vache, double poney…

Bijou n'avait pas bien saisi la différence ! Pour lui, tout ça c'était du pareil au même, à partir du moment où il y avait un mâle et une femelle.

Si Marguerite, belle vache originaire de l'île de Jersey, aimait bien folâtrer dans la prairie et s'en contentait, le fringant Bijou, lui, sortait volontiers de la propriété. On l'attelait à une carriole et il trottait allégrement sur la route, alors bien moins fréquentée – inutile de le préciser – qu'elle ne l'est aujourd'hui. Brave Bijou, il lui est même arrivé, jour d'autant plus inoubliable que Luis Mariano était dans la carriole, de doubler une 2 CV. Vous n'imaginez pas l'enthousiasme de Luis, ni les encouragements qu'il prodigua à Bijou.

— Bravo, Bijou !

— Vas-y, Bijou, tu es le meilleur !

— Vas-y, Bijou, tu es le plus beau !

Debout dans la carriole, Mariano applaudissait avec enthousiasme, sous le regard étonné du conducteur de la 2 CV poussive. Il devait bien se demander s'il rêvait… ou si ces deux fous étaient bien Annie Cordy et Luis Mariano.

*La Roseraie* comportait également une maison de gardiens, que nous avons dû faire démolir lorsque les Ponts et Chaussées ont décidé d'élargir la route, et un poulailler dans lequel s'ébattaient des poules, des poussins et même des lapins… On ne les tuait pas, vous pensez bien. Ils mouraient de vieillesse. On mangeait tout de même les œufs.

Edgard, le jardinier, s'occupait de tout ce petit monde, sans oublier Roméo, le cochon d'Inde auquel il prodiguait les meilleurs soins. Gentil Edgard, je pouvais lui demander tout ce que je voulais, sa réponse était toujours la même :

— Oui, Madameneu… Oui, Madameneu…

Liliane, Bernadette, Arlette, Edgard… N'allez pas vous imaginer que j'avais une petite cour, je ne l'aurais pas supporté. J'étais déjà – et, Dieu merci, je le suis toujours – bien entourée. Cela a commencé avec Germaine. Adorable, Germaine. Elle était mon habilleuse à l'A.B.C lorsque je jouais dans *La Route fleurie* en 1952. Le jour où Germaine en a eu assez de la vie au théâtre et de ses horaires, Bruno et moi lui avons demandé si elle voulait bien venir s'occuper de notre maison. Elle voulait bien. C'était une belle femme, une Lorraine au grand cœur, généreuse comme le beurre qu'elle faisait dans une baratte, avec le lait de Marguerite. Douze litres de lait qu'elle battait, battait… Et nous, on dégustait. Pour Germaine, la meilleure des récompenses était une bonne tartine de ce beurre encore tout frais et recouvert d'un bon morceau de camembert qu'elle trempait dans son café au lait. Hum ! Germaine était calme et efficace, du coup, la maison devint un vrai paradis. Le paradis s'est prolongé avec Bernadette. Grâce à elle, il dure toujours. Au moment de venir travailler avec Germaine, Bernadette avait posé une condition :

— Je veux bien tenir la maison. Mais il n'est pas question que je fasse la cuisine. D'ailleurs, je ne sais pas cuisiner.

Face à tant de détermination, Bruno avait répondu : « D'accord, ce sera comme vous voulez », d'autant plus conciliant qu'il avait quelques souvenirs cuisants en la matière. À commencer par celui de cette cuisinière, complètement allumée et presque toujours soûle, qui hurlait et le traitait de « Rital » ou encore de « sale macaroni ». Le jour où la crise a atteint son paroxysme, au moment où les gendarmes sont venus la chercher, Bruno a préféré rester dans le jardin.

— Si je rentre dans la maison, je lui casse la tête.

Il avait de ces formules à l'emporte-pièce, si j'ose dire, Bruno !

Elle a bien changé, Bernadette, qui voulait bien s'occuper de la maison « à la condition de ne pas faire la cuisine ». C'est aujourd'hui un fin cordon bleu. Avec de l'imagination, en plus ! Certes, elle n'en est pas tout à fait au niveau de mon voisin et ami, Gérard Vié, aux Trois Marches, à Versailles (pour mon tour de taille, merci, Bernadette), mais elle est sur la bonne voie. À se demander s'il n'y aurait pas un micro-climat dans la région…

Lorsque je dis que Bernadette a changé, c'est seulement lorsque je parle cuisine. Je revois toujours la jeune fille qui est arrivée, le 15 juillet 1963. Un bail. Depuis, Bernadette a eu une fille, Stéphanie. Petite, Stéphanie, qui ne savait pas dire Annie, m'appelait « Maï ». Et bien sûr, Nicolas, son frère, né quelques années plus tard, m'appelle Maï, lui aussi. Des liens se sont tissés au fil des ans et Nicolas dit : « Maï, c'est comme ma tante. » Stéphanie vient d'avoir un bébé, voici Bernadette grand-mère, je n'y crois pas.

Ça ne change rien, grâce à elle, je continue, en toute tranquillité, à ouvrir la maison à ceux que j'aime. À tout moment, n'importe quand, Bernadette se met en quatre pour leur faire plaisir.

Cela n'a pas toujours été aussi facile. Bièvres, pour beaucoup, c'était le bout du monde, la campagne. Lorsque nous avons passé une annonce, afin de recruter quelqu'un pour aider Bernadette, nous n'avons essuyé que des refus, jusqu'à l'arrivée de

Mangà, une ravissante jeune Indienne, tout juste débarquée de son pays natal.

Vêtue d'un sari, un brillant dans une narine, elle mangeait avec ses doigts et saupoudrait tous les plats d'une poussière de curry. C'était très bon. À mon avis. Pas de celui des chiens. Féroce ne la supportait pas. Je crois que Vorace était encore plus agressif avec elle. Aujourd'hui, Mangà est intégrée. Elle travaille à Roissy. Je suis contente pour elle, mais j'ai parfois la nostalgie de cette odeur de curry, comme de cette douceur, qu'elle faisait flotter sur la maison.

## 17

De *Tête de linotte*, que dire ? Tout fut facile. La pièce avait été écrite pour moi par Raymond Vincy et Francis Lopez ! Je retrouvais le théâtre de l'A.B.C. et je découvrais des partenaires délicieux, Pierre Miguel et Jean Richard. Drôles, avec ça ! Jean Richard était un as de la petite histoire, celle qui fait rire à tous les coups. Il en connaissait des centaines, soigneusement répertoriées et numérotées dans un cahier d'écolier qu'il avait toujours sur lui. On ne lui demandait pas « telle ou telle histoire », mais « la vingt-trois » ou « la soixante-quatre ».

Étrange, Jean Richard, qui faisait ami-ami avec les lions dans la cage desquels il entrait tranquillement, se repliait sur lui-même si le public ne réagissait pas immédiatement. Deux ou trois répliques à plat, et il décrochait. Je l'encourageais tout en le pinçant :

— Mais bats-toi, bon Dieu, bats-toi !

Ce n'est pas parce que le public tarde parfois à s'enthousiasmer que tout est perdu.

Un soir, on a dû baisser le rideau au beau milieu de la représentation. Non, ce n'était pas à cause de Jean, ni à cause du public.

Une de nos partenaires, la fort belle Maria Lopez, divorcée de Francis, avait une vie sentimentale agitée, je peux le dire sans être mauvaise langue. Elle entretenait à l'époque une relation avec un homme au sang chaud et à la jalousie maladive, le bras droit de Pierrot le Fou, pour le situer. De quoi la soupçonnait-il ? On ne l'a jamais su, mais il la poursuivait dans les coulisses, revolver au poing, tandis qu'elle hurlait :

— Il va me tuer, il va me tuer…

Maria est partie en courant. Ils sont allés régler leurs comptes dans la rue, tandis qu'on baissait le rideau avant d'annoncer aux spectateurs qu'une comédienne venait d'avoir un léger malaise…

Peu de temps après, Maria revenue, on a repris la représentation.

À cette époque, Jean Richard était déjà marié avec la comédienne Annick Tanguy. Délicieuse, filiforme, et gourmande, avec ça, Annick ! Ce en quoi elle n'avait rien à envier à son mari. Pour savoir si Jean était passé dans ma loge, il me suffisait de jeter un regard sur les petites souris blanches, rouges, vertes et noires que je rapportais de chez un confiseur lorsque j'allais en Belgique. Jean raffolait des noires, celles en réglisse, qu'il avalait les unes après les autres. Il avait en revanche une aversion pour l'ail auquel il était allergique.

*Tête de linotte*, acte II, Jean Richard mange un cornichon. En fait un petit boudin vert, en pâte d'amandes. Un soir comme les autres, Jean croque la pseudo-cucurbitacée. Je le vois rougir, verdir, blêmir.

Barboucha, notre accessoiriste, avait cru malin de glisser une petite gousse d'ail dans la pâte d'amandes. La scène terminée, Jean, lui pourtant si gentil, a bien failli l'étrangler, le fameux Barboucha !

Aussi gourmande que son mari, Annick adorait les oursins. Elle pouvait en avaler plusieurs douzaines, ce dont elle ne se privait pas lorsqu'elle nous attendait aux Iles Marquises, délicieux restaurant de la rue de la Gaîté, où nous nous retrouvions après le spectacle. Il était tard, Annick digérait ses oursins en somnolant. Je la revois, assoupie avec élégance, le menton délicatement posé sur son index, ses longs cils ourlant ses paupières baissées. Lorsque nous arrivions près d'elle, Jean tapait dans ses mains, Annick se réveillait, sourire charmeur aux lèvres.

En ayant souvent fait les frais, Jean Richard se méfiait de la facilité à s'endormir de sa femme, où qu'elle se trouve. Ensemble, ils avaient joué *Bon appétit, messieurs*. Au début du deuxième acte, alors qu'ils étaient tous deux seuls en scène, Jean avait un long monologue durant lequel Annick, dans le rôle de la servante, se tenait debout accoudée au piano, là encore le menton joliment posé sur sa main. Près d'elle, une pile d'assiettes. Pour la tenir en éveil, Jean, qui marchait en long et en large, montait la voix lorsqu'il s'approchait d'elle. Ce soir-là, a-t-il trop haussé le ton ? Dans un sursaut, Annick fit tomber la pile d'assiettes qui se fracassa. À eux de faire comme si c'était écrit ! C'est l'art du comédien.

À cette même époque, Jean Richard a commencé à se passionner pour le cirque et les fauves. Tous ses cachets y passaient. Annick, dont il lui arrivait d'oublier l'anniversaire, comme cela arrive à la plupart des hommes, se révoltait gentiment :

— Tout est pour ton cirque, lui dit-elle un jour où il venait d'acheter un lionceau moyennant six mille francs. Et moi, alors ?

— Comment ça, toi ?

— Oui, moi, j'aimerais bien un cadeau équivalent.

— Mais bien sûr, ma chérie, dit Jean, que rien ne démontait. Demain, je t'achète la lionne.

Annick éclata de rire. Sa gentillesse et sa bonne humeur prenaient toujours le dessus. Bruno en a bien profité. Au théâtre, il n'aimait pas attendre dans ma loge ni dans les coulisses, où il n'avait rien à faire pendant que j'étais en scène, alors il l'entraînait au cinéma. Cette pauvre Annick, qui était enceinte, avait grossi de dix-sept kilos, avait du mal à se mouvoir et, bien sûr, elle s'assoupissait encore plus facilement que d'habitude. Ce en quoi Bruno n'était d'ailleurs pas en reste. Au bout d'un quart d'heure, il se réveillait en sursaut :

— Ce film est vraiment trop nul. On s'en va.

Sans rouspéter, Annick le suivait. Même refrain un peu plus tard. Ils faisaient en moyenne trois cinémas par soirée… sans voir un seul film !

Chaque soir, Jean prédisait :

— Tu vas voir, il va finir par me la faire accoucher dans un cinoche, ton mari.

Mais non, Bruno n'aurait jamais fait une chose pareille…

Nous sommes partis en tournée en Algérie, avec Jean Richard. Béret sur la tête, assis sur un pliant de pêcheur, il racontait des histoires. Moi, en seconde partie, je chantais !

Août 1958. Ce n'était pas vraiment le moment, barricades, manifestations… Après le soulèvement d'Alger, qui avait eu lieu le 13 mai, le « Je vous ai compris… » de Charles de Gaulle, au balcon du siège du Gouvernement général, le 4 juin suivant, n'avait pas apaisé les esprits pour autant. Ça pétait sec.

Constantine, Oran, Alger… Dieu que ce pays était beau, sinon tranquille. Je garde un souvenir ébloui du Jardin de verdure d'Oran. Dix mille personnes en plein air. Un public gentil et chaleureux. Courageux aussi ! Avant le spectacle, des soldats passaient des détecteurs de bombes sous les sièges. On n'était à l'abri de rien, mais les spectateurs venaient tout de même. Nous, on essayait de leur donner le plaisir qu'ils attendaient.

L'été dernier, à Cannes, un matin tôt sur la plage, une femme s'est approchée de moi, une belle femme, bien en chair, les cheveux passés au henné :

— Je vous ai vue au théâtre d'Oran.

Cela m'a vraiment fait plaisir.

À Alger la Blanche, au casino de la Grande Corniche, pendant mon tour de chant, paff ! poff ! ça pétaradait de tous les côtés. Je le dis sans vanité, j'ai eu un très gros succès, malgré un contexte qui était loin d'être humainement facile. Les uns voulaient garder « leur » pays. Les autres ne voulaient pas quitter « leur » pays. Que de déchirures.

Autre souvenir de cette tournée, le jour où un grand balèze à la crinière poivre et sel, et même plus souvent sel que poivre, m'interpelle.

— Bonjour, marraine.

« Marraine » ?

Vu l'âge de mon interlocuteur, j'ai un petit « gloup » intérieur, mais je ne montre rien. Je ne le reconnais pas, et, attendant qu'un éclair me traverse l'esprit, je souris gentiment :

— Bonjour…

— Vous ne me reconnaissez pas. J'étais à Bel horizon.

Ça y est ! Au cours de cette tournée en Algérie, j'avais été promue « marraine » de la base militaire Bel horizon, où je suis allée passer une journée. Je suis partie en hélicoptère banane, au-dessus des Aurès, les montagnes, les forêts et bientôt le désert. C'était superbe. Ils m'ont reçue comme une reine, ces jeunes soldats qui risquaient leur vie pour garder une Algérie française. Le soir, avant mon départ, ils m'ont offert des petites tortues, qui paraît-il, portaient bonheur. De retour en France, je les ai mises dans le bassin du *Petit Bièvres*.

Comme dit le poète, « Quelle connerie, la guerre ! » Combien en ai-je vu, lors de mes nombreuses visites dans les hôpitaux, de ces beaux jeunes gens qui ne demandaient qu'à vivre. Ce qu'ils faisaient d'ailleurs. Avec un bras, une jambe, une main… en moins.

En première partie du spectacle, il y avait un chanteur dont j'ai oublié le nom. Mais je me souviens qu'il était toujours en retard et nous, en l'attendant, on se gelait, tôt le matin dans un car brinquebalant et sans confort. Rien à voir avec les cars d'aujourd'hui. Comme les routes d'ailleurs. Jamais je n'ai vu autant de trous, de creux et de bosses que sur les routes d'Algérie dans ces années 60. Avec nous également, deux gentils acrobates hongrois qui faisaient un numéro de « main à main ». « Tête à tête » serait plus juste. Comment expliquer ? L'un se tenait droit, les pieds bien posés par terre. L'autre, s'aidant des mains, venait poser le dessus de son crâne sur le dessus du crâne du premier, corps également bien droit mais… pieds en l'air, lui. Cela supposait un sacré entraînement !

À la demande de Mme Bourguiba, notre producteur avait organisé un gala à Tunis. Alger-Tunis, la distance se franchit d'un coup d'aile dans un DC8 à moteur, avec des hélices comme des belles moustaches. Au moment d'embarquer, le commandant annonce :

— On ne part pas, le temps est trop mauvais.

Bon organisateur, le producteur proteste :

— Les artistes doivent être en scène à une heure donnée, si nous ne partons pas tout de suite, nous serons en retard.

Bon époux, Bruno rétorque :

— Je ne vais tout de même pas risquer la vie de ma femme pour faire plaisir à Mme Bourguiba.

Cette petite conversation, plutôt stérile, a duré un certain temps. Puis le commandant a annoncé :

— C'est bon, on peut décoller.

Certes, on pouvait décoller. Pour ce qui était de voler, c'était compter sans les trous d'air. Ouh ! le producteur, le chanteur, les Hongrois, moi... On a tous été malades. À l'exception de Bruno, qui avait l'habitude de voler dans des coucous en Afrique. De toute façon, il n'était jamais malade, quel que soit le temps.

Nous avions vraiment de sales têtes à l'atterrissage, on était verts, mais, vu notre retard, il n'était pas question de se reposer, même quelques minutes. Les pauvres Hongrois, ils étaient en lever de rideau, sont entrés en scène avec des mines de fantômes. Je les plaignais, surtout celui qui était tête en bas et pieds en l'air. Drôle de métier, tout de même, que le nôtre.

À peine de retour en France, le cinéma me fait du charme. Moi, je fais un petit saut en Allemagne pour tourner *Viktor und Viktoria*, avec Johannes Heesters et Johanna von Kozian, sous la direction de Karl Anton. Mon partenaire était Thomala, le comique numéro 1 de l'époque. Je n'avais que deux chansons, mais... en allemand. Ce n'était pas si facile à apprendre. Aïe ! j'ai souffert.

À Paris, j'ai repris *Tête de linotte* le soir. Dans la journée, aussi superbement « emplumée » que je l'étais quelques années plus tôt au Lido, je tournais *Tabarin* de Richard Pottier, avec un partenaire de choix : Michel Piccoli !

Le mois de mai arrivé, le théâtre faisait relâche. Alors, en guise de vacances, drôles de vacances, j'ai enchaîné avec une comédie joyeusement réalisée par Maurice Regamey. Nous avons tourné à Cassis, calanques célèbres et joli petit port au bord de la Méditerranée. Au générique de *Cigarettes et whisky et p'tites pépées*, outre Annie Cordy, il y avait Pierre Mondy, Pierre Doris, Christian Mery et une débutante, Nadine Tallier plus connue aujourd'hui sous le nom de Nadine de Rothschild !

Ce fut un tournage physiquement dur, sous son apparente légèreté, que l'histoire de ces jeunes sportives dont on menace de fermer le lieu d'entraînement. Nous, sans entraînement on faisait du cheval d'arçons au cours d'une scène. Vous connaissez les réalisateurs :

— C'est bon...

Soupirs de soulagement.

— On la refait.

Une fois, deux fois, cinq fois. Le lendemain, nous étions toutes littéralement « cassées », marchant péniblement, les jambes arquées. Il a fallu arrêter le tournage deux ou trois jours, le temps pour nous de retrouver une démarche plus élégante.

À la rentrée, j'ai repris *Tête de linotte* et j'ai tourné *Tête folle*, de Robert Vernay. Avec Micheline Luccioni et Guy Tréjan, ainsi que Jean Richard et Robert Destain, mes partenaires de scène. Toujours gentil et courtois, Guy Tréjan, pour les besoins du rôle, me fila cependant la plus retentissante des gifles que j'aie jamais reçues de ma vie. Venant de lui, qui aurait pu le prévoir ? J'ai vu trente-six chandelles, il en était tout penaud.

— Annie, excusez-moi, Annie..., répétait-il, tel un disque rayé.

Joue rouge puis bleue et enflée, bien que l'on m'ait appliqué une escalope dont on dit que c'est la plus efficace des thérapies, je n'ai pas pu tourner pendant deux jours.

Des années plus tard, en 1985, nous nous sommes retrouvés, Guy Tréjan et moi, sur le tournage de *Merci Apolline*, réalisé par Michel Wyn pour Antenne 2. Guy Tréjan devait à nouveau me filer une gifle ! Traumatisé qu'il était encore par la brutalité de la précédente, celle-là tenait plutôt de la caresse.

Après trois ans de succès, on a décidé d'arrêter *Tête de linotte*. J'étais enfin en vacances ! À mon programme, une « excursion » qui me séduisait bien, un petit souffle d'air frais. J'étais invitée à participer à une émission de télévision, vingt-quatre heures non stop, réalisée en public par Radio Canada, afin de recruter des fonds pour construire le Théâtre des Arts. Également invités, Sacha Distel et Guy Béart qui était alors une énorme vedette au Canada, les Canadiens appréciant beaucoup sa façon de « raconter » ses chansons, son style veillée.

Nous sommes partis tous les quatre, avec Bruno. Vol agréable, atterrissage parfait. À la douane, les choses se sont corsées. Pour moi du moins :

— Madame, vous ne rentrez pas, me dit un douanier, le plus aimablement du monde.

Je le regarde, interloquée :

— Comment ça, je ne rentre pas ?

— Vous n'avez pas de visa, vous ne rentrez pas.

— Mon mari et mes amis non plus n'ont pas de visa.

— Madame, votre mari et vos amis sont français. Vous êtes belge, il vous faut un visa pour entrer chez nous. Vous ne pouvez pas sortir de l'aéroport.

Quelle histoire ! Ce n'était d'ailleurs pas la première fois qu'on me faisait le coup. Déjà, lors de ma tournée en Algérie, à Sidi Bel Abbès, les douaniers m'avaient fait mille difficultés avant de me laisser sortir de l'aéroport.

C'est vrai, je suis belge, je ne l'oublie pas. De là à penser que je ne suis pas française...

Alors, bien sûr, ils m'ont laissée entrer. Encore un peu, ils ne me laissaient pas repartir. Comme par magie, l'émission non-stop de vingt-quatre heures s'est transformée en une tournée de cinq semaines. À raison de trois récitals par jour, j'en ai donné cent cinq ! L'organisateur de la tournée, M. Koudriatzeff, plus russe tu meurs, était si content qu'il répétait sans arrêt :

— Annie, je vous organise une tournée en U.R.S.S. Vous allez venir en Russie, il le faut.

— On verra, on verra, laissez-moi d'abord en finir avec le Canada.

J'ai vite été connue et même reconnue, c'est fou l'impact de la télévision. J'entends encore cette réflexion à mon propos, alors que je descendais la rue Sainte-Catherine, à Montréal :

— Regarde, regarde, celle qui fait tourner ses yeux.

J'ai adoré la façon de s'exprimer des Canadiens, même si cela peut surprendre parfois.

— Venez, madame Cord(z)y (c'est ainsi qu'ils prononçaient mon nom), je vous emmène dans mon char, me proposa cet homme charmant dont je ne sais plus s'il s'appelait M. Jonquille ou M. Jasmin. Ça ne s'invente pas !

Des fleurs, j'en ai vu, des fruits aussi. Un vrai parterre, qui bougeait doucement devant mes yeux lorsque j'étais en scène. Non, ce n'était pas en plein air. Simplement, mes spectatrices, qui s'étaient faites belles pour l'occasion, arboraient leurs plus beaux chapeaux ornés de roses, d'hortensias, de pivoines... ou encore de cerises, de pêches. C'était charmant. Tout comme ils étaient charmants, mes hôtes. Il y avait Jacques Lorrain, un comédien ami des Daubigny, Jean Rafa, chroniqueur sportif à la radio, né à Paris, dans le 14e, la même année que Bruno. Il a quatre-vingt-sept ans, nous sommes toujours en relations épistolaires.

Titre honorifique, j'ai été promue marraine de la Pétanque montréalaise.

Il est toujours intéressant de voir les réactions du public en fonction de sa culture, son passé, ses références. Les Canadiens firent un succès à *Mon frère*, chanson qui n'a jamais bien marché en France :

*... Quand tu en auras assez de vivre de chimères*
*De croire que sur la terre tout est bien mieux qu'ici*
*Tu reviendras chez nous, un bon feu t'y attend...*

Cinq ans plus tard, en 1965, lorsque je suis retournée au Canada, ils me la réclamaient à nouveau.

*... Tu reviendras chez nous, un bon feu t'y attend...*

Bruno s'était bien acclimaté au Canada. Il allait taper la belote avec des Français, M. Lelarge et ses fils, dont le restaurant nous semblait à la pointe de la modernité, chaque table ayant un téléphone relié à un standard. Le portable avant la lettre ! En 1965, Bruno retrouvera André et Raymond Lelarge, qui avaient ouvert un nouveau restaurant, Le 400. Leur cuisinier, Abel, était aussi joueur qu'eux. Après le spectacle, Bruno me raccompagnait à l'hôtel et filait les retrouver au 400, où ils jouaient toute la nuit. Un matin, en arrêtant la partie, ils ont découvert la ville sous un mètre et demi de neige. Absorbés par le jeu, ils ne s'étaient aperçus de rien.

J'ai eu la plus extraordinaire des propositions à Montréal, où les Canadiens chantaient mon énergie. « Avec le tonus qu'elle a, il faudrait inventer une "pilule Cord(z)y". » J'ai été contactée par un fabricant.

— Pourquoi pas, dit Bruno. Mais de quoi serait-elle composée, cette pilule Cord(z)y ?

La réponse fut évasive :

— Euh, de l'eau, du sucre et...

Cela ne semblait pas très dangereux, nous avons cependant préféré décliner la proposition.

# 18

Peu de temps après, dès 1961, j'ai retrouvé mon cher Luis Mariano dans *Visa pour l'amour*, au théâtre de La Gaîté Lyrique.

Dans cette comédie musicale, fille de diplomate, pour la première fois, j'étais supposée rencontrer l'amour avec Luis en peintre bohème. Il m'enlevait tout aussitôt, avec mon consentement, bien sûr. Romantique, non ?

Là encore, nous avons beaucoup travaillé comme nous avons aussi beaucoup ri. Quelle bonne humeur, quelle joie de vivre dégageait Luis ! Mais, au fait, pourquoi suis-je si modeste ? Quelle bonne humeur, quelle joie de vivre « nous » dégagions, serait plus juste.

Le théâtre de La Gaîté Lyrique était alors dirigé par Germaine Roger, une chanteuse lyrique qui, dans chaque opérette, se réservait un rôle. Pas n'importe lequel, celui de la jeune première, dont elle n'avait plus tout à fait l'âge. Qu'importe, *La Fille de Mme Angot*, c'était toujours elle !

Belle façade, belle scène, vaste plateau, La Gaîté Lyrique était un beau théâtre. Je n'en dirai pas autant des coulisses, comme ailleurs, exiguës et sans confort. Dans tous les théâtres où j'ai joué un certain temps, j'ai laissé une douche ! Avant moi, il n'y en avait pas. Quand je dis « tous », j'exagère, cela voudrait dire qu'il y avait l'eau courante dans tous les théâtres. Eh bien, non ! Au théâtre de l'Ambigu, il n'y avait pas d'eau du tout. C'est tout de même dommage de l'avoir détruit pour en faire une banque.

En me demandant d'être la partenaire de Luis Mariano dans cette comédie musicale née de leur duo à succès, sur une idée de Louis Sapin, Francis Lopez et Raymond Vincy prenaient un risque, risque qu'ils auraient d'ailleurs pris avec n'importe quelle autre interprète féminine. « Marianistes » dans l'âme, les fans de Luis, véritables mantes religieuses, s'élevaient systématiquement contre toutes ses partenaires féminines. Il était à elles, à elles seules et à personne d'autre.

Avec moi, cela s'est bien passé. N'étant pas un « canon », encore moins une « bombe » sexuelle, je n'étais pas une rivale à leurs yeux. Elles ont du coup très bien accepté cette fille rigolote qu'elles considéraient comme un copain pour Luis. Heureusement, sans cela, pas de *Visa* ! Ce qui aurait été dommage, nous avons fait un beau succès.

Nous avons joué trois ans à Paris, avant de partir en tournée. Pas mal, hein ? Surtout si on se souvient du climat d'insécurité qui régnait à l'époque, en pleine guerre d'Algérie… À Paris, il y avait de violentes manifestations, on cognait, on arrêtait, on plastiquait. C'était la grande période de l'O.A.S., d'où la création de brigades spéciales anti-O.A.S. que l'on appelait « les Barbouzes ». Une certaine nuit, celle du 18 janvier 1962, fut qualifiée de « Nuit bleue ». La réalité était beaucoup moins poétique. Cette nuit-là, dix-huit bombes ont explosé aux quatre coins de la capitale. Aux attentats répondaient des contre-attentats, le contre-terrorisme s'opposait au terrorisme. Cette guerre sournoise, non officiellement déclarée, semait la terreur. Malgré les risques auxquels il s'exposait, le public venait nous voir et nous applaudir. Ça fait vraiment chaud au cœur quand on y pense.

Ces années furent les plus belles, et sans doute les plus faciles, il faut bien le dire, de mon parcours professionnel. On s'entendait d'autant mieux, Luis et moi, qu'il ne se prenait pas au sérieux. Moi non plus, vous vous en doutez. Jamais la moindre note discordante entre nous. Si, par hasard, quelque chose n'allait pas, ce qui a dû arriver une fois, peut-être deux, pas plus, on se le disait immédiatement. C'était tout aussi immédiatement réglé. Nous n'avons jamais eu le moindre problème, la moindre rivalité, le moindre heurt, même pendant les galas de l'été, malgré des conditions de travail pas toujours faciles. Luis et Patchi, son secrétaire, Bruno et moi, tous les quatre tels les trois mousquetaires, nous nous entendions comme larrons en foire et avons vécu de mémorables soirées lorsque nous étions en tournée.

Ce soir-là, à Lyon où on mange si bien, pas question du sempiternel poulet froid-poireaux-vinaigrette acheté chez un traiteur qui faisait l'ordinaire des tournées. Nous décidons de nous offrir un bon petit souper après le spectacle et de l'arroser, comme il se doit, avec le beaujolais de l'année. Après quoi nous rentrons à l'hôtel à pied, histoire de digérer. À peine avions-nous marché quelques centaines de mètres que Bruno avise un bistrot à l'enseigne de La Tassée – on aurait dû se méfier –, encore ouvert malgré l'heure tardive.

— Que diriez-vous d'un petit digestif ?

D'un même élan, nous entrons tous les quatre dans le bistrot. Le patron s'écrie :

— Ah, madame Cordy ! Ah, monsieur Mariano ! Vous chez moi, quel bonheur, on va fêter ça.

Il nous entraîne illico à la cave pour nous faire goûter ses chiroubles. De 1955 à 1963, on n'a pas raté une seule année. On se sentait bien, plutôt gais, lorsqu'on a commencé à remonter, Patchi en tête, moi le suivant, Luis en troisième position, tandis que Bruno fermait la marche. Patchi trébuche, tombe sur moi, qui tombe sur Luis, qui s'écroule sur Bruno... On a tout de même fini par arriver à l'air libre, dans une rue qui nous semblait soudain bien étroite pour nos zigzags. Comment avons-nous regagné l'hôtel ? Je n'en sais rien, c'est la confirmation qu'il y a un dieu des poivrots. Là, chacun regagne sa chambre. Deux minutes plus tard, on frappe à ma porte. Luis était livide :

— Nini, ze trouve ma sambre, mais dans ma sambre, ze ne trouve pas mon lit.

— Arrête, Loulou, arrête.

— Viens voir, Nini.

Et nous voilà, tous les deux à quatre pattes en train de chercher son lit. On devait avoir l'air malin. N'empêche que Loulou avait raison : il n'y avait pas de lit dans sa chambre.

Soudain, éclair de lucidité, il saisit une poignée et sort alors du mur un lit... encastrable, par lequel j'ai bien failli être décapitée.

J'étais jeune et je n'y prêtais pas attention, mais je comprends avec le recul à quel point Luis était esclave de « ses » femmes qui lui vouaient une adoration démesurée sous la houlette d'une grande prêtresse prénommée Chimène. Du moins pour un clan ! Car il y avait non pas un, mais bien deux clans dont la rivalité dans la passion était telle que même la mort de Luis n'a pu les réconcilier.

Elles l'étouffaient, ces femmes ! À commencer par sa mère. Dieu sait pourtant combien elle l'aimait. N'empêche que... « Luis, un chanteur ne boit pas... Luis, un chanteur ne fume pas... Luis, un chanteur ne... », sermonnait régulièrement la vieille dame.

— Luis, ne bois pas, Luis, ne fume pas, Luis...

Il aurait dû répondre :

— Maman, ne m'étouffe pas.

Luis buvait vraiment très très peu et ne fumait pas du tout. Pour le reste, je doute fort qu'il ait jamais eu beaucoup de temps à consacrer à la bagatelle. Cher Luis, on t'en a prêté – ô combien ! – des histoires d'amour. As-tu seulement eu le temps d'en avoir ? Je n'en suis pas certaine.

Je sais que Luis a aimé, vraiment aimé, Carmen Sevilla. Il l'a beaucoup aidée, c'est grâce à lui qu'elle a fait sa carrière. On peut supposer qu'elle aussi l'aimait. Je ne sais pas ce qui s'est passé entre eux, mais Luis a beaucoup souffert de leur séparation. Oui, il en a vraiment souffert.

Moins possessive que sa mère, sa sœur, Maria-Luisa, lui vouait cependant la même admiration sans bornes. Moi, je l'admirais, sans plus, et surtout je lui fichais la paix. Sans doute l'une des raisons pour lesquelles il m'aimait bien, n'est-ce pas, Loulou ?

Dès la fin du mois de mai, les théâtres font relâche. En guise de « vacances », accompagnée de mes musiciens, Benny Vasseur et André Paquinet, j'ai mis le cap sur l'U.R.S.S. où, fidèle à son idée,

M. Koudriatzeff m'avait organisé une tournée de dix-huit récitals. Que de découvertes ! À peine débarqués de l'avion, nous avons pris un de ces bons vieux trains de bois avec des wagons-couchettes d'un autre âge, malgré tout confortable et tellement pittoresque. Un samovar trônait dans chaque wagon, on pouvait se faire servir une tasse de thé à n'importe quelle heure.

Nous avions deux interprètes. Gala nous escortait partout et donnait l'impression qu'elle nous surveillait. Anna, elle, m'appelait toujours « Koukalka », « petite chérie » ou « petite poupée », je ne sais pas bien. Sur scène, Anna traduisait trois à quatre de mes chansons, avant que je les interprète. Elle en traduisait trois à quatre, à nouveau, que je chantais... C'était un public formidable, très jeune, composé de beaucoup d'étudiants. Trente-sept ans plus tard, l'un d'eux m'écrit encore chaque année. C'était une nouveauté pour eux, cette femme qui chantait seule en scène et ne craignait pas de faire la rigolote. Ça a très très bien marché. J'ai eu des critiques enthousiastes, on me baptisa « Popov en jupon », c'est tout dire !

Très content de ce succès, Koudriatzeff voulait, sur-le-champ, signer une tournée pour l'année suivante. Les musiciens ont refusé tout net. « La Russie, une fois ça suffit. » Comme Bruno, ils étaient irrités par certaines contraintes matérielles, à commencer par les matrones qui régnaient sur chaque étage de l'hôtel et auxquelles il fallait demander la clé de sa chambre pour aller se coucher. Pas question d'amener une fille !

Côté restaurant, la lenteur du service était insupportable. On pouvait rester deux à trois heures à table à chaque repas. Pour ne pas manger grand-chose ! Quoi qu'on leur commande, les serveurs répondaient toujours, d'un air entendu :

— *Da, da...*

Pour revenir vingt minutes plus tard et nous opposer un *Niet, niet*, sur un ton sans appel.

On pouvait toujours rouspéter, ils s'en moquaient bien. Que faire, face à leur incroyable force d'inertie ? Un jour, deux jours de ce petit manège, Bruno a compris. Il sortait ostensiblement un dollar de sa poche, et, comme par enchantement, le service s'accélérait. Comme quoi !

Il ne m'en reste pas moins de superbes souvenirs. À commencer par la beauté de Leningrad, qui a retrouvé aujourd'hui son nom de Saint-Pétersbourg. Pour une fois, j'ai pris le temps de voir et d'admirer : l'urbanisme de la ville auquel plusieurs architectes français ont donné un peu de leur talent : à commencer par Leblond qui dessina la ville, à la commande de Pierre Le Grand en 1717, et auquel on doit la si belle perspective Nevski. Au musée de l'Ermitage, j'ai aimé les Rubens, les Manet, les Picasso de la période bleue, les plafonds richement décorés, les portes d'ébène habilement sculptées. Sans oublier les superbes parquets que nous foulions après avoir mis sur nos chaussures ces sortes de chaussettes qu'on nous donnait à l'entrée. Intelligente initiative, cela évite d'abîmer ces véritables œuvres d'art.

Nous sortions peu, allant de l'hôtel au théâtre en car, toujours escortés de Gala. Si le goût de la découverte nous avait entraînés trop loin, il nous aurait fallu une autorisation et une escorte – nous nous promenions avec à la main un petit papier sur lequel était écrit le nom de notre hôtel, incapables que nous étions de lire l'alphabet cyrillique.

J'ai vu des femmes exécuter des travaux réservés chez nous aux hommes. Bien sûr, elles conduisaient des camions, des autocars, ce qui est devenu banal, mais elles travaillaient également dans le bâtiment, la construction, la maçonnerie, la réfection des routes, comme dans les coulisses où, la plupart du temps, elles avaient la responsabilité des éclairages.

À Leningrad, je suis passée dans dix théâtres différents. Un par jour. À Bruno de se débrouiller. Lui qui pour toute langue ne parlait qu'un français à sa façon avait établi un code avec les préposées aux lumières. Bleues : Bruno levait un doigt de la main droite. Rouges : deux doigts de la main gauche. Blanches : trois doigts. Quand il fallait les combiner, Bruno levait la main et le nombre de doigts qui convenait. Ça marchait très bien. Mais, moi, de la scène, lorsque je voyais mon mari agiter ainsi ses mains en coulisse, j'avais l'impression qu'il était devenu sourd-muet.

Le lever de rideau se faisait à 19 heures 30 précises, sans jamais une seconde de retard. Ce qui, à Leningrad, m'a permis de donner, à 21 heures, une soirée corporative, à la demande d'artistes de toutes les disciplines et de techniciens qui m'ont fait une véritable ovation. Venant de gens du métier, c'était particulièrement émouvant, un souvenir inoubliable.

De Leningrad nous avons gagné Vilnius, en ex-Lituanie, où les choses furent plus faciles car la plupart des gens parlaient le français. Ils n'étaient pas bercés par la seule *Pravda*, avaient une autre forme de pensée, une autre ouverture d'esprit, et surtout, surtout, ils avaient connu la liberté. Alors, vous pensez, la France, pays des droits de l'Homme, qui venait à eux... À la sortie du spectacle, les spectateurs m'attendaient, une fleur à la main. Une seule, deux, c'était trop cher. J'en aurais pleuré d'émotion et de reconnaissance. De joie aussi.

Je suis revenue à Moscou pour une série de neuf soirées. Là aussi, l'accueil fut chaleureux et touchant. J'espère leur avoir apporté un peu de plaisir, à ces spectateurs enthousiastes qui par ailleurs manquaient de tout. Les gens faisaient la queue dans les rues, des heures durant, lorsqu'ils avaient entendu dire qu'à tel ou tel autre endroit on avait reçu des stocks de nourriture, de vêtements. Effrayant, tout était rare et hors de prix. Nous, nous avions des roubles, on pouvait en avoir une poignée contre un seul dollar, mais personne n'en voulait, à l'exception de ces femmes qui vendaient des boissons parfumées à la réglisse, dans la rue.

Bruno a préféré, et de loin, la Russie à l'Amérique, le caviar aux hamburgers. Il adorait *Icra* (« caviar »), le seul mot qu'il connaissait et commandait d'une voix tonitruante, après avoir froissé un billet d'un dollar dans ses doigts, avant de préciser dans son français bien à lui : « des en masse ».

« *Icra*, des en masse. » C'est sûr, ils ne comprenaient rien. Enfin... si, le petit froissement du dollar, nous étions alors rapidement servis. Cela nous changeait du poulet à la *kiev*, pas mauvais en soi, mais j'en eus vite assez de ce beurre chaud qui vous gicle à la figure dès que l'on met la pointe de son couteau dans la peau du poulet.

Grâce à la complicité de notre interprète, nous avons rapporté dix-sept, oui, vous avez bien lu, dix-sept kilos de caviar que nous avons payés en roubles ! Cela m'a quelque peu inquiétée.

— Bruno, et la douane ? On aura l'air malin, si on se fait piquer.

— T'inquiète pas, Nini.

Il en avait de bonnes. C'est dans mes robes qu'on a roulé les boîtes de caviar, dans mes accessoires et dans les étuis des instruments des musiciens qu'on les a dissimulées. Il y en avait partout… dans mes affaires.

Lorsque nous sommes arrivés à Orly, j'ai fait le dos rond. En passant la douane, je n'étais pas vraiment à l'aise :

— Alors, Annie, ils ont été gentils avec vous, les « Popov » ?

Sympa, les gars. J'aurais aimé les remercier, mais je me voyais mal ouvrant mes valises et farfouillant dans mes robes pour en sortir une boîte habilement camouflée.

À Bièvres, on s'est fait quelques soirées caviar à la louche, avec les copains. Ah, ça, il en a eu, « des en masse », Bruno !

À la fin de 1964, j'ai retrouvé avec bonheur la scène de Bobino où je n'étais pas passée depuis quatre ans. Ces retrouvailles sous le signe du succès confortèrent encore Maurice Chevalier dans son idée de me voir faire autre chose qu'un classique tour de chant.

— Annie, il faut faire un one-woman show, me répétait-il régulièrement depuis déjà quelques années.

L'idée ne me déplaisait pas, mais je me dérobais. Par timidité, je pense.

— Je n'ai pas le temps.

— Tu n'auras le temps que lorsque tu décideras de le prendre.

Je savais qu'il n'avait pas tort, mais j'avais sans doute un peu peur de l'inconnu. Mon tour de chant était bien rodé, j'offrais au public ce qu'il attendait, et puis un one-woman show, à l'époque, c'était quelque peu révolutionnaire.

Maurice Chevalier a cependant fini par me persuader, et je me suis lancée. Timidement pour commencer, car il me fallait définir ce que pourrait être un spectacle dont je serais le pivot, entourée de quelques musiciens. Je n'avais pas de metteur en scène, à moi d'inventer, imaginer, créer, concrétiser. Une fois surmonté le barrage de la timidité, l'imagination, le goût du jeu et l'amour de la scène prirent bien vite le dessus. Le spectacle s'est mis en place d'autant plus facilement que mes musiciens ont su se dépasser et accepter de sortir de leur rôle de musiciens purs et durs.

Entourée d'André Paquinet et Benny Vasseur, j'ai donné le coup d'envoi d'un récital intitulé « Annie Cordy en 2 actes et 32 tableaux », au théâtre Gramont, en février 1965. Mes deux « Berluron » – allez savoir pourquoi, je les appelais toujours ainsi – ont été formidables. Je les avais rencontrés à Cambrai, en 1959, au cours d'un gala, ces deux trombones qui jouaient en première partie. Un beau duo, bien qu'ils soient très différents l'un de l'autre. Benny donnait dans le jazz, tandis qu'André, plus académique, lui, lisait la musique, en bon fils de musicien ; son père avait fait partie de l'orchestre de Ray Ventura. Ils ont joué le jeu, ils ont même fait plus encore, ils ont dansé ! Ils ne sont pas nombreux, ceux qui peuvent se vanter d'avoir fait danser leurs musiciens. J'ai mis sur pied une continuité et nous avons travaillé sous l'œil critique de Bruno, qui ne nous passait rien.

Benny n'aimait pas beaucoup répéter, aussi avait-il trouvé une excuse, histoire de se défiler : « J'ai un dîner avec ma belle-mère », ce dont Bruno se moquait bien. On répétait, entre autres, le *Cow-boy*, une chanson de Jacques Mareuil très difficile à mémoriser, un vrai casse-tête car tout y est inversé, gestes à l'appui. Ce qui me valait un petit succès. À commencer auprès de Maurice Chevalier.

— Tu veux bien que je te la prenne ? me demanda-t-il.

— Bien sûr.

À quelque temps de là, je suis allée déjeuner chez lui à La Louque.

— Je m'y mets, dit-il.

Preuve à l'appui, nous avons posé pour une photo, un chapeau de cow-boy sur la tête. Peu après, Maurice me dit :

— Le *Cow-boy*, j'ai laissé tomber. Trop difficile !

Au programme également, un *Pas de deux* pour lequel, en tutu, j'étais accompagnée par André Paquinet, sur une chorégraphie de l'ami Jacques Chazot. J'avais un sketch avec Benny en valet de chambre, *S'il vous plaît, Bertrand*, et c'est en treillis de camouflage que j'interprétais *La Femme soldat*. Au fil de *La Marchande de journaux*, chanson mime, assise devant mon kiosque, je feuilletais un quotidien et commentais les articles que je faisais défiler – le sport, la boxe, la mode, la beauté. Quelques chansons 1900 également, pour lesquelles mes deux compères portaient une veste à carreaux et, clou du clou, notre déjà fameux *Choucrouten tango*. Pour faire plus vrai, les garçons, coiffés de chapeaux tyroliens, portaient des culottes de peau. *Das ist wunderbar !*

Nous formions un trio d'autant plus apprécié que ce genre de spectacle, une femme avec deux solistes trombones, était nouveau pour l'époque.

Nous sommes passés au théâtre Gramont pendant quatre mois, avant de partir en tournée en France puis au Canada en 1961, avec toujours le même succès et le même plaisir. Nous étions accompagnés par un formidable pianiste, Jean-Jacques Robert, concertiste très doué qui transposait admirablement les musiques, et aussi par Jean François, mon batteur. Je l'appelais mon frère, il respirait au même rythme que moi et me suivait à la triple croche. C'est ça, un musicien accompagnateur.

On a bien travaillé ensemble et on a beaucoup ri, sous la « tyrannie » de Bruno qui, tout en conduisant, disséquait le spectacle, et nous faisait ses commentaires : « Là, c'était bon, là c'était pas bon... »

— Comment ça, pas bon ? nous indignions-nous d'un bel ensemble.

Brusquement, il arrêtait la voiture :

— Descendez !

On s'exécutait. André et Benny sortaient leurs trombones, Jean-François ses maracas, Jean-Jacques tapait sur une cloche en guise de piano et on répétait sur les commentaires de Bruno.

— Là, il y avait ça et ça... Et là, il y avait un trou...

Même si le terme « trou » n'est pas à proprement parler un terme musical, il n'avait pas tort. Il ne faut jamais de blanc, mais que la musique prolonge les paroles. C'est là tout le secret d'un bon orchestrateur, d'un bon accompagnateur. Et Dieu sait si j'ai eu de la chance dans ce domaine. D'autant que je ne suis pas toujours facile à accompagner, je le sais, j'ai beaucoup de « conventions », comme on dit en jargon de métier. Traduisez : des arrêts, des reprises...

Pas toujours, c'est vrai. Si on prend l'exemple de *Tata Yoyo* ou *Cho Cacao*, la chanson défile au même rythme, on va droit devant. Mais vous me reconnaîtrez des chansons plus subtiles pour lesquelles il faut distiller, jouer... Et là, merci mes musiciens, mes orchestrateurs, mes accompagnateurs. Pas question de tous vous énumérer, Jacques et Georges Lalue, Paul Piot, Jerry Mingo, Bernard Gérard, Léo Clarens,

Armand Miggiani et toi aussi, Armand Canfora, qui avais signé la musique de *Indien vaut mieux que deux tu l'auras*, avec Jos Baselli. Est-ce que tu te souviens de ce fameux jour où tu m'as fait faux bond, Armand ?

Armand, qui était également pianiste, m'accompagnait au cours d'une tournée avec un batteur et une guitare basse. Où étions-nous ? Je me souviens d'un spectacle en matinée sous chapiteau, pas d'Armand, et, comme le public s'impatientait, nous avons dû commencer sans lui. J'ai chanté non seulement mes chansons, mais aussi les introductions et les passages censés être joués au piano. La femme orchestre, quoi ! J'avais une montée d'adrénaline qui me donnait toutes les audaces ! Au final, je chantais *Hello Dolly !* lorsque je vois le crâne dégarni d'Armand se dessiner… « Trop tard ! » ai-je lancé avant de poursuivre. Ce n'était pas très gentil, car il avait fait un sérieux effort, Armand. Il avait raté son train, alors il arrivait en… ambulance ! Sacré métier.

# 19

Bruno, vous le savez maintenant, Bruno était mon mari. Mais tellement plus encore ! Nous avons eu la chance de nous aimer avec la même intensité, tout au long de nos quarante années de vie commune. Oui, on s'est toujours aimés comme au premier jour, même si notre amour a évolué, ce qui est normal. Avec le temps, l'amour passion s'estompe, doucement, au profit de l'amour tendresse. Mais nous avons eu autant de force dans la tendresse que nous en avions eu dans la passion. Et toujours, toujours, une complicité de chaque instant.

Je ne dirai jamais assez, combien, Bruno et moi, nous avons ri ensemble. Aujourd'hui encore, alors que le vide de son absence est toujours aussi douloureux, toujours aussi cruel, il m'arrive souvent de rire, toute seule, parce que je me souviens de certaines de ses phrases, de certains de ses comportements.

Je n'en finirais pas de raconter Bruno... Je pourrais écrire des pages et des pages, il m'en resterait toujours à dire. Impossible de résumer un tel homme, de limiter sa vitalité, sa générosité, sa force, ses « pieds sur terre », son équilibre. Difficile de transcrire la tranquillité de Bruno face à l'adversité. Et aussi... son foutu caractère !

Et si l'on ne m'accordait qu'une seule petite phrase à son propos ? Eh bien, je dirais : « Un mètre soixante-dix-huit de bon sens. » Ou « Un mètre soixante-dix-huit de mauvaise foi ». C'est selon. Selon mon humeur ? Non, selon son comportement. Mais la mauvaise foi n'est-elle pas la qualité masculine par excellence !

Bruno est né en 1911. À Paris, de parents italiens. Son père avait créé l'une de ces fameuses petites entreprises, Peintures et vitrerie, comme bon nombre de ces « Ritals » qui arrivaient en France à l'époque. Son père, je ne l'ai pas connu. Mais je sais que, outre son statut de chef d'entreprise, il avait également celui de chauffeur de taxi, histoire d'arrondir les fins de mois et de mettre du beurre dans les épinards de sa famille, laquelle, catholique et d'origine italienne, n'allait pas tarder à s'agrandir !

La famille Bruno ? C'était ce qu'il est convenu d'appeler une belle famille : cinq enfants, dont l'aîné était mon mari. Sacré droit d'aînesse qui lui vaudra, à la mort de son père, il n'avait que seize ans, de devenir chef de famille. Ce qu'il restera toute sa vie, avec ce que cela signifie d'engagement, de présence et, lorsque c'était nécessaire, d'assistance vis-à-vis des siens.

Les siens ? Tout d'abord, la « Mamma », sa mère, qui devint bientôt ma chère belle-mère. Je l'ai beaucoup aimée, cette forte femme qui m'adopta très vite, se moquant bien de mon état d'artiste, et pour laquelle j'ai eu, tout aussi vite, une réelle tendresse. Fine et diplomate, par principe elle donnait toujours raison à ses belles-filles, contre ses fils. Avant de nous prendre en aparté.

— Tu sais, petite fille, un homme, c'est comme ci… Un homme, c'est comme ça… Il ne faut pas…

Cette femme simple avait l'intelligence et le cœur de nous faire partager son expérience.

Bruno avait deux sœurs. Élégante, sculpturale et, malgré ces atouts, très timide, Juliette était l'aînée, que tout le monde appelait la grande Juju. Félicia, dite Fifine, était la cadette. Lorsque je l'ai connue, elle était enceinte de sa fille, Catherine.

Bruno avait également deux frères : Georges, dit Jojo. Et Noël, que l'on appelait Nono. Je n'ai jamais compris pourquoi la majorité des parents baptisaient leurs enfants de jolis prénoms, agréables à porter, pour les affubler, dans le quotidien, de diminutifs pas toujours avantageux. Oui, c'est moi, Nini, qui vous le dis. Je sais de quoi je parle ! Bruno, lui, avait échappé au diminutif, même si, en famille, il arrivait qu'on lui donne du Mimi. Il s'appelait, en fait, François-Henri. Pourquoi ce double prénom, élégant et même un peu snob, chez des gens qui étaient loin de l'être ? Tout le monde l'appelait Bruno, pensant que c'était son prénom. Eh bien, non ! Bruno, c'était son nom de famille. Ainsi, Annie Cordy à la scène, je suis Mme Bruno dans la vie.

Moi aussi, je l'appelais Bruno. Plus souvent « Chéri » et, plus souvent encore, « papa ». Oui, papa. Pourquoi ? Au début, par jeu. Il avait dix-sept ans de plus que moi, il aimait me donner des conseils et surtout il voulait, toujours et avant tout, me protéger. Au fil des années, le jeu est devenu habitude. N'est-ce pas, papa ?

Nous nous sommes connus dans les couloirs du Lido. Un soir, mais je vous l'ai déjà raconté, il m'a proposé de me raccompagner. Ce n'est probablement pas le hasard qui nous a fait nous rencontrer ce soir-là, mais Bruno a eu l'intelligence de me le laisser croire. Tout d'abord, il a eu l'art de me faire découvrir Paris la nuit. Comment la petite Belge aurait-elle pu résister ?

Ce qu'il y a de certain, c'est que cette nuit-là, en roulant avec lui à travers la capitale, je ne pouvais pas soupçonner le nombre de kilomètres qui nous attendaient. Des nuits entières sur les routes de France, à rouler l'un à côté de l'autre, voiture décapotée, quelle que soit la saison !

Monsieur Bruno, c'est ainsi qu'on l'appelait, au Lido, avait alors trente-neuf ans, un passé, une mère dont il était responsable, quatre frères et sœurs. Il avait eu une épouse dont, je le souligne, il était déjà en train de divorcer bien avant de me rencontrer, et un fils âgé de six ans.

À ce « passif », mais ce n'en était pas un à mes yeux, il convient d'ajouter les charges d'un chef d'entreprise aventureux. Il n'avait pas hésité à s'implanter en Afrique. Conakry, Dakar, Abidjan... Rien ne l'effrayait, Bruno était une force de la nature. Grand blond, avec des yeux bleus, d'un bleu intense, assez corpulent car il aimait bien manger, il buvait très peu, mais il avait un sacré coup de fourchette ! Dix croissants au petit déjeuner ne lui faisaient pas peur. Sa mère racontait que, adolescent, il pouvait fort bien avaler cinq steaks d'affilée. Bourreau de travail, Bruno n'avait pas besoin de sommeil, quatre heures par nuit, cela lui suffisait. Il est vrai, je vous l'ai dit, qu'il avait l'art de s'endormir n'importe où, histoire de récupérer un peu...

Moi ? J'avais vingt-deux ans, pas forcément un avenir – ce n'était pas mon problème –, mais une grande joie de vivre que Bruno allait attiser tout au long de notre vie commune. Nous étions pourtant aux antipodes sur certains points. Peu nombreux, mais je me demande encore aujourd'hui comment j'ai pu supporter, sans jamais lui faire le moindre reproche, cet homme qui avait toujours un cigare à la bouche...

Ah ! l'amour... L'amour est vraiment aveugle. J'ai dit cigare ? C'était un barreau de chaise que Bruno mâchouillait à longueur de jour, où qu'il soit. Il pouvait même skier ! (oui, skier) cigare aux lèvres. Comme il pouvait le laisser s'éteindre, son fameux cigare... parce qu'il s'était endormi. Combien de fois l'ai-je vu dormir, bien calé dans le canapé du salon, entouré d'une trentaine d'invités bavardant, buvant, riant. Tout comme lors de cette soirée Cinémonde où il me représentait, à l'Élysées-Matignon, cigare à la bouche comme il se doit. Assis bien droit aux côtés des invités, Bruno dormait, tranquille derrière ses lunettes noires. Au final, sans même un sursaut, il reprit ses esprits et, les mains au-dessus de la tête, applaudit avec enthousiasme un spectacle... dont il n'avait rien vu. Il ne faut pas chercher plus loin le secret de sa force et de son équilibre, Bruno pouvait dormir n'importe quand, n'importe où, devant n'importe qui.

À notre insu, sans même que l'on y prête attention, les sentiments ont très vite pris une autre dimension entre nous. Bruno n'était pas un dragueur. Moi, je n'étais encore qu'une gamine sans grande expérience. Lors du « pont » du 15 août, le Lido faisant relâche, je décidai d'accompagner les Blue Bell à Deauville. Bruno est venu « nous » rejoindre. Comment aurais-je pu résister ? D'ailleurs, cela aurait été dommage, surtout si j'en juge par la suite... et nos quarante années de vie commune.

Sur le plan professionnel, j'avais un petit succès qui ne me satisfaisait pas pour autant.

— Oh ! Ce Lido... Mon contrat terminé, c'est sûr, je pars.

— Tu pars où ? Que peux-tu trouver de mieux que le Lido ?

— Je pars faire mes galas...

— Eh, bien, vas-y. Cours donc faire tes galas...

Apparemment détaché, il me donnait ma liberté. Sous la surveillance de sa sœur Juliette, toutefois. La grande Juju m'accompagna donc honorer le premier contrat que je venais de décrocher. C'était en Suisse, dans un cabaret dans lequel j'étais déjà passée avant de venir à Paris. Là, Juju m'a trahie. Elle a téléphoné à Bruno qui disputait un concours de pétanque à Grenoble : « Annie fait un tabac. Tu devrais venir la voir. » Ce qu'il a fait, après avoir gagné son concours.

Sans me prévenir, Bruno assiste à mon « tour ». Incognito, il écoute les commentaires.

— Cordy, c'est vraiment bien, ce qu'elle fait. Dommage qu'elle chante toujours les mêmes chansons.

Bruno enregistre. Lorsqu'il entre dans ma loge, toute contente de cette belle surprise, je me jette dans ses bras.

— Tu as vu comment ça marche ? Elle est bien, avance Juliette.

— Oh, toi, la « cordiste » !

Le lendemain, le lendemain seulement, Bruno me dit :

— C'est bien... Mais il y a eu une critique sur ton répertoire, et ça, ce n'est pas bien. Tu veux vraiment faire ce métier ?

J'ai répondu :

— Oui.

— Alors fais-le, mais fais-le bien.

À partir de là, Bruno ne m'a pas fait de cadeaux. Il m'en a même fait baver, des ronds de chapeau ! Cela a commencé par la tournée des cinémas de quartier. Jacques Daubigny, qui était maintenant mon imprésario, connaissait le circuit de toutes les salles, et elles étaient nombreuses à l'époque. L'Exelmans, le Davout, le Marcadet et, le plus terrible, le Belleville, où le public populaire n'avait pas un bœuf sur la langue.

Dès mon entrée en scène, je fus accueillie par des sifflets – et des commentaires : « Oh, les beaux roberts ! » Traduisez : « Oh, les beaux seins ! »

J'avais, il faut le dire, un décolleté trapèze fort joli. J'ai commencé à « traquer » et j'ai voulu, tout aussitôt, sortir... côté cour. Bruno était là, qui m'attendait, histoire de me barrer la sortie. Tout en chantant, je suis allée côté jardin, et là je fus tout aussitôt bloquée par Jacques Daubigny. Il ne me restait plus qu'à affronter le public, le séduire, l'empoigner. Sinon, c'est lui qui vous empoignait, prêt qu'il était à monter sur la scène.

Enfin, les lions se sont amadoués, jusqu'à m'attendre à la sortie pour me féliciter. Mais, oh, quelle soirée !

C'est à cette époque que Bruno a commencé à s'occuper de mes contrats, avec Jacques Daubigny. Jacques apprenait un nouveau métier à Bruno. Éclairages, son, etc. Le tandem marchait bien. Mais cela lui prenait beaucoup de temps alors qu'il n'était pas vraiment disponible. Il avait toujours ses affaires en Afrique où, je peux affirmer, encore aujourd'hui, il a été un patron moderne avant la lettre. Preuve d'intelligence, Bruno savait déléguer auprès de ses directeurs. Par la suite, pour la plupart ils ont repris à leur compte les entreprises dont ils étaient responsables. Ils reversaient des dividendes à leur patron et ainsi devenaient peu à peu propriétaires de l'entreprise qu'ils géraient. Une bonne idée. Plus tard, Bruno a pu tout lâcher pour s'occuper de moi, sans pour autant laisser péricliter ses affaires.

Impitoyable, sans la moindre indulgence, sans jamais me faire le moindre compliment, Bruno disséquait, décortiquait mon travail jusqu'à la perfection. Avec amour, heureusement. Bruno a été un mari merveilleux, mais un manager… implacable.

Dans mon dos, il se répandait : « Ma femme est formidable. » Avant d'ajouter, dans son français bien à lui : « Elle fait tout qu'est-ce qu'elle veut. » Ah, le langage de Bruno ! Ses expressions, ses tournures de phrases… Il aurait fallu le suivre avec un magnétophone pour enregistrer les perles qu'il débitait. « Ma femme elle fait tout qu'est-ce qu'elle veut… » Cela ne voulait pas dire que je ne faisais que ce que je voulais, mais, d'après lui, que je pouvais tout faire. Il me trouvait tous les talents.

Né en France, de parents italiens, Bruno passait donc six mois chez une de ses tantes en Italie, six mois chez ses parents en France. Ce qui explique ce langage bien à lui, mi-français mi-italien. Pensez-vous qu'il ait jamais fait le moindre effort pour l'améliorer ? Pas du tout. Il trouvait très bien sa façon de s'exprimer.

Comme il trouvait très bien sa façon de s'habiller, même s'il donnait plus facilement dans le confort que dans l'élégance. Attention, jamais vous ne l'auriez vu porter une chemise à manches courtes sous une veste. D'ailleurs, en matière de chemises, en bon Italien, il était imbattable. Les siennes étaient toujours très belles. Lorsque je suis allée en tournée à Cuba, il en a acheté de magnifiques pour un prix modique. Par la suite, il n'hésita pas à les faire faire là-bas.

Je vous ai déjà parlé de de cette tournée en Amérique en 1956. Quatre semaines à New York, où j'avais un contrat au Plaza. Bruno s'ennuyait ferme. Pour lui tenir compagnie, il s'est acheté un *French Poodle*, un caniche, petite boule noire, qui répondait au nom charmant de New York de Mendès France. Étrange cohabitation ! C'était l'année où Pierre Mendès France avait instauré la distribution de lait à la récréation dans les écoles.

Mon spectacle se terminait vers 3 heures, le matin, et je dormais encore lorsque ce lève-tôt de Bruno lavait son petit chien dans le lavabo. Il le fourrait dans sa poche, car il faisait un froid de loup, et ils partaient tous les deux faire un tour dans Central Park – à l'époque, on pouvait s'y promener en toute quiétude. Bruno refusait absolument de baragouiner quelques mots d'anglais, ou alors, de telle façon… Notre appartement au Plaza étant au sixième étage, je lui disais :

— Ce n'est pas difficile. Lorsque tu prends l'ascenseur, tu dis au liftier : « six ». Répète : « six ».

— Tu as raison, ce n'est pas difficile.

En entrant dans l'ascenseur, trop content de provoquer ces puritains d'Américains, il prenait un malin plaisir à clamer d'une voix tonitruante :

— Sex ! Sex !

De retour à Paris, Bruno arborait fièrement une superbe veste à carreaux qu'il avait achetée dans un magasin de la Cinquième Avenue. Lorsqu'on lui en faisait compliment, il s'amusait, d'un ton faussement snob :

— Oh, je l'ai achetée Fifi Avenue.

Dire « Fith Avenue » lui aurait arraché la gorge !

À l'époque, nous sortions beaucoup. Chaque soir, après le spectacle, on allait boire un verre dans les boîtes. C'était une mode, l'habitude, la jeunesse... Des années plus tard, alors que nous rentrions directement à la maison, il m'arrivait de faire une petite crise.

— Pourquoi est-ce que tu ne me sors plus ?

— Tu veux sortir, Nini ? On sort...

Et, hop, dans la foulée, on faisait une tournée. Du Moulin-Rouge à la Nouvelle Ève, plumes et paires de fesses, la fatigue me submergeait vite et l'ennui me guettait bientôt...

— J'en ai marre. On rentre ?

— Ah, tu vois.

En route pour Bièvres, la chaleur de la maison, nos chères et délicieuses habitudes. Je prenais une douche avant de me démaquiller soigneusement, jusqu'à me retrouver « nature », j'enfilais un pyjama et je descendais dans la cuisine.

Là, on faisait griller des toasts, on ouvrait une boîte de foie gras, ou bien Bruno faisait une omelette basquaise dans laquelle il mettait tout ce qui lui tombait sous la main. Œufs, légumes, morceaux de saucisse, sauce tomate, il n'hésitait pas à salir poêles et casseroles. On parlait, on parlait, enfin seuls et tranquilles. Je pense que cette vie de vrai couple a été la source de notre équilibre.

Et puis un jour, cette force de la nature a subi des coups durs. Emportés par un cancer, ses deux frères, Georges et Noël, sont partis à moins d'un an d'intervalle. Pour Bruno, Italien grand teint, avec le sens de la famille que cela signifie, ce fut un choc tel que sa santé s'en est immédiatement ressentie.

Problèmes cardiaques, vie au ralenti, cancer à l'oreille... toutes choses qu'il supportait mal. Moi, je me moquais bien de ce petit bout d'oreille en moins, cela ne se voyait même pas. Lui pas. Tout prenait des proportions exagérées. Il a mal vécu le fait qu'on lui retire son permis de conduire pour excès de vitesse, lui qui, toute sa vie, avait dépassé – outrepassé – la vitesse autorisée sans jamais se faire prendre. Il a compensé en s'achetant une petite voiture électrique avec laquelle il s'est amusé comme un gosse. Mais le cœur, c'est le cas de le dire, n'y était plus vraiment.

Étrange... La vie reprenait ses droits, on pouvait espérer encore de bonnes années – après tout, il n'avait que soixante-dix-huit ans, autant dire rien, pour cette force de la nature. Pourquoi ? Oui, pourquoi... Cette question à laquelle je n'aurai jamais de réponse me hante, il n'y a pas de jour où je ne me la pose. Pourquoi a-t-il choisi de me faire ça ? La seule chose de notre vie commune que je n'arrive pas à lui pardonner.

Ce jour-là, le 9 février, nous avons agréablement, et même joyeusement, déjeuné dans ce restaurant fameux, Le Divellec, qui donne sur l'esplanade des Invalides. On aimait le lieu, la cuisine et aussi le propriétaire, ce chef talentueux que nous avions connu à La Rochelle. C'est pourquoi nous y allions souvent. Fidèles en amitié, gourmands à table, nous avons été très contents, Bruno et moi, lorsqu'il est « monté » à Paris.

Avec nous, un journaliste et André-Paul Ricci, mon attaché de presse.

On s'est séparés vers 15 heures. Bruno est rentré à Bièvres, moi je suis allée faire un essayage chez Claudia Lapidus, avec Liliane Daubigny. Je n'y étais pas depuis dix minutes que Bruno m'appelait, tout content :

— Nini, tout marche, j'entends partout.

Ce qui, dans son langage, très particulier, nous n'y reviendrons pas, voulait dire que la nouvelle installation téléphonique de la maison était en bon état de marche et que, de toutes les pièces, il pouvait appeler ou être appelé.

Un quart d'heure plus tard, apparemment naturelle, mais le visage crispé, Liliane m'a dit :

— Annie, il serait préférable que tu rentres tout de suite, Bruno a eu un malaise.

Dans la voiture, imbécile que j'étais, je n'étais pas inquiète outre mesure. Des malaises, il en avait eu plusieurs fois, et de graves, très graves, même, dont il s'était bien sorti. Il y a une heure seulement, il plaisantait, en pleine forme, alors…

Alors ? Dans le jardin, lorsque j'ai vu la voiture d'urgence des pompiers, mon cœur s'est mis à cogner très fort. Pas une seconde je n'ai pensé que le sien ne battait plus. Bruno…

Pourquoi ? Oui, pourquoi ? Je me pose toujours la même question lancinante. Pourquoi est-ce que tu ne m'as pas attendue, pour mourir ?

Sur son carnet, les rendez-vous du 10 étaient inscrits. À la date du 11, il avait noté : « Tous à l'Espace Cardin, chez Collard, pour fêter mon anniversaire. »

Depuis, je suis seule. Aramis, le petit chien qu'il m'avait offert dix ans plus tôt, chose vivante qu'il avait touchée, qu'il avait tenue dans ses bras, est mort à son tour.

Le plus dur ? Ce silence, cette absence de dialogues. Je continue à lui parler, mais je parle à quelqu'un qui ne me répond pas. Je crois qu'il m'écoute, il ne m'écoute pas. Je te parle, Bruno…

# 20

Cela fait déjà un petit moment que je me raconte par le menu. Il va falloir que j'accélère si je veux que vous me suiviez jusqu'au bout. Ce que j'aimerais, d'autant plus qu'un semblant de complicité vient, au fil de ces pages, de se créer entre nous.

En fait, je n'écris pas pour me confier, je vous l'ai déjà dit, ce n'est pas dans mon tempérament, mais simplement pour nous remettre en mémoire les petits événements que nous avons vécus, les uns et les autres, souvent ensemble, puisque vous êtes nombreux à m'avoir fait la joie de venir me voir et m'entendre.

Je ne vous redirai pas mon âge, vous le savez si vous avez lu les premières pages, et, de toute façon, dès demain, ce ne sera plus le même, mais cela fait déjà longtemps et un bon nombre de fois qu'un éditeur, un journaliste ou un ami, me propose :

— Et si vous écriviez votre vie, Annie ?

J'ai toujours répondu, si alléchante que soit la proposition :

— Écrire ma vie ? Pas question. D'ailleurs, cela me serait difficile, je ne me souviens pas du passé.

Personne ne m'a jamais crue. Nombreux sont ceux qui sont revenus à la charge. Ils ont eu l'occasion, en cinquante ans ! Non pas de succès, pour reprendre ceux qui s'occupent de moi, plus modeste, je dirais de parcours, ce n'est déjà pas si mal.

Oui, cela fait cinquante ans, que vous venez me voir, m'écouter, m'applaudir et, mieux encore, m'aimer. Ce qui n'a pas de prix à mes yeux !

Au fil de ces années, nous sommes devenus une famille, en quelque sorte. J'ai vieilli – les hypocrites prétendent que non – vous aussi. Les premières années, vous veniez seuls. Aujourd'hui, vous êtes accompagnés. J'adore. Cela me flatte et me fait chaud au cœur.

Vous voici, aujourd'hui, accompagnés de vos enfants, déjà plus si jeunes, eux-mêmes accompagnés de leurs enfants... et bientôt de... Ça va comme ça, n'anticipons pas. Beaucoup de choses se sont passées, le monde a changé, et pas seulement en chansons. Si pour moi le quotidien a souvent eu des airs de comédies musicales, cela ne signifie pas pour autant que j'en aie ignoré les réalités. D'ailleurs, à mes yeux, et cela n'engage pas que moi, la comédie musicale est une forme d'expression d'autant plus sérieuse qu'elle est calquée sur la partition de la vie.

Certes, *Ouah ! Ouah !*, que j'ai joué en 1965, était d'un genre léger. Mais Bourvil, mon partenaire, avait l'art de glisser un zest d'émotion jusque dans la plus anodine des situations.

Que dire de *Pic et Pioche* ? Un vaudeville plus qu'une œuvre philosophique. Mais pourquoi n'y aurait-il pas une ligne de conduite à suivre dans la légèreté et le rire ? En tout cas, la musique de Darry Cowl – il était également sur scène avec nous – était superbe. Entre autres partenaires, j'avais également Jacques Mareuil, dont je ne soupçonnais pas l'importance qu'il allait prendre dans ma vie, professionnelle et amicale. Quarante-cinq ans que nous sommes amis !

Nous nous sommes rencontrés en 1953, dans les coulisses d'un théâtre, alors que, comme lui, j'attendais mon tour d'entrer en scène. Sans nous connaître, nous bavardions depuis un moment, lorsque le régisseur me dit :

— Vite, Cordy, ça va être à vous.

— Cordy ? Comment ça, Cordy ? C'est vous, Annie Cordy ? Cela fait un moment que je vous cherche.

Jacques Mareuil venait d'écrire une chanson – ne me demandez pas laquelle –, et son éditeur lui avait dit :

— Ça, c'est pour la petite, c'est pour la nouvelle.

À partir de cette première rencontre, Jacques Mareuil et moi ne devions plus nous perdre de vue. Jacques est très doué, il a une grande sensibilité encore aiguisée par son expérience de comédien. Il sait ce que signifie être en scène, ce qui ajoute une dimension à son écriture. Lorsque nous nous sommes rencontrés, il avait déjà écrit *Le bâtiment va* et *Chapeau* pour Maurice Chevalier. *Les Catcheurs* et *La lune est morte* pour les Frères Jacques. Pour Yves Montand, *Le chef d'orchestre est amoureux* et *Un garçon dansait*, qu'Yves a interprété avec Fred Astaire lors d'une cérémonie de remise des Oscars. On lui doit également, en collaboration avec Charles Aznavour, cette petite merveille qu'est *Trousse-chemise.* D'une chanson, Jacques Mareuil a l'art de créer une mini-comédie. Cela ne fait pas toujours un succès radiophonique, mais c'est, pour son interprète sur scène, une situation, un personnage à défendre. Ce que les Américains qualifient de *special material.* Et ça, c'est formidable. Du moins pour nous, interprètes. Car si Jacques Mareuil n'a pas, auprès du grand public, la notoriété qu'il mérite, c'est parce qu'il s'est toujours effacé au profit de l'interprète. Il aurait pu faire des tubes, il a choisi d'écrire des textes.

Ensemble, nous avons joué *Pic et Pioche*, vaudeville en chansons dont il était également l'auteur avec Darry Cowl. Trois ans plus tard, en 1970, j'ai interprété le western musical en treize tableaux et un cheval, que Jacques Mareuil a écrit en collaboration avec A. Canfora et Jos Baselli. Jean Le Poulain en assurait la mise en scène : *Indien vaut mieux que deux tu l'auras.* C'était pas triste ! Outre le cheval et moi, il y avait également sur scène Pierre Doris, Françoise Arnaud, Madeleine Vernon, la femme de Jacques Mareuil, qui, elle, vient du lyrique, et Gérard Chambre, ami fidèle que j'ai retrouvé dans *Envoyez la musique* et, plus tard, dans *La Célestine.* Comédien habile, chanteur, bretteur, sportif et aussi homme d'affaires.

Notre parcours a bien failli s'arrêter là. Le cheval, vous vous en doutez, n'était pas un vrai cheval, il était en paille. Que s'est-il passé, ce soir-là, dans les coulisses de l'Européen ? On ne l'a jamais su. Odeur, fumée, le cheval a pris feu... Les spectateurs s'agitaient. Du balcon, une femme criait à sa mère au parterre :

— Maman, va-t'en, va-t'en, ça brûle, il y a le feu...

Gérard et moi, stoïques, on continuait à s'égosiller. *The show must go on...*

Avec Mareuil, Moumouche, je suis la seule à l'appeler Moumouche – sa femme, elle, l'appelle Moôche – nous nous sommes très vite retrouvés sur scène pour *Hello Dolly*. Un grand moment. C'est en 1972 que nous l'avons créée, au Grand-Théâtre de Nancy, puis nous l'avons emmenée au théâtre de Strasbourg. Ce furent des soirées inoubliables. Le Théâtre Mogador, à l'époque haut lieu de l'opérette, dont la directrice Mme Martini, était très compétente, a accueilli sa première comédie musicale avec *Hello Dolly*, un grand succès. Ce n'est pas pour rien que *Dolly*, forte femme, a si longtemps tenu l'affiche.

À Paris comme en province, *Dolly* suscita toujours le même enthousiasme. Rien d'étonnant, le spectacle était d'une grande qualité. Je peux le dire en toute modestie, car il a pu se faire avant tout, question d'argent et de confiance, grâce à une coproduction. La réussite de *Dolly* tient à sa qualité. Or, c'était un spectacle lourd, très lourd, auquel le seul Théâtre Mogador n'aurait pu faire face matériellement. Merci au théâtre de Nancy, comme au théâtre de Strasbourg, qui se sont lancés avec nous dans la coproduction. Sans eux, *Dolly* n'aurait certainement pas eu le même succès.

Je parle, je parle, et pourtant... Malgré l'expérience et le temps passé, malgré la leçon de Jean Omer, j'ai, à propos de *Hello Dolly*, réitéré le coup que j'avais fait à Francis Lopez des années plus tôt.

C'était à l'Alhambra, où je jouais *Ouah ! Ouah !*, avec Bourvil. Un soir, après le spectacle, on frappe à la porte de ma loge. Entre un homme charmant. Petit, frisotté, taches de rousseur et accent américain à couper au couteau, il se présente :

— Je suis Michael Stewart, l'auteur de *Hello Dolly* !

Avec Jerry Herman pour la musique, il avait écrit une comédie musicale d'après *La Marieuse*, pièce de théâtre qui faisait un succès en Amérique.

Moi, j'avais une idée plutôt lointaine et confuse de ce personnage. Dolly, cette espèce de marieuse qui finit par se marier à son tour, ne m'attirait guère. Je répondis gentiment, il faut toujours être courtois, surtout avec les étrangers.

— Je vous remercie d'avoir pensé à moi, je suis très flattée, mais je n'ai pas le temps.

Alibi ? Façon de me protéger ? Probablement, je le pense aujourd'hui. Mais il faut revenir en arrière, se remettre dans la peau de l'Annie Cordy de l'époque. *Visa pour l'amour*, *Ouah ! Ouah !*, *Indien...*, j'interprétais toujours des rôles qui avaient été écrits pour moi. Nous en avons déjà parlé. Du « sur-mesure », en quelque sorte.

Ai-je eu peur de me lancer dans un personnage inconnu, loin de ce que j'étais ? Sans doute. Mais le temps fait bien les choses. Plus malin que moi, Michael Stewart le savait. Il m'a répondu :

— Oh, cela ne fait rien. J'attendrai.

Quelque temps plus tard, Jacques Collard, Marc-Cab et André Hornez ont écrit l'adaptation française de la comédie américaine. Et moi ? Eh bien, moi, c'est avec un plaisir toujours grandissant que j'ai interprété *Dolly* ! Comment résister à ce personnage, à cette pièce construite avec rigueur et portée par une superbe musique ?

De mars 1972 à avril 1974, j'ai chanté, j'ai dansé et j'ai tourné à travers la France, avec ma perruque rousse auréolée de plumes. Sans parler de mon chapeau. Excentrique, c'est le moins que l'on puisse dire. Dolly est américaine, ne l'oublions pas, et, en matière de chapeaux, les Américaines ne craignent rien. Bien vite saisie par le virus, j'ai été plus Dolly que Dolly elle-même. On m'offrait une boîte de chocolats ? Je piquais le ruban qui l'entourait sur mon chapeau et aussi les petites fleurs dont on orne les paquets cadeaux, comme les brins de muguet du 1er mai. Fruits, fleurs, rubans... finissaient sur mon chapeau. Encore quelques mois de représentations, et mes cervicales n'auraient pas tenu le coup !

*Dolly* et sa fantaisie ont enthousiasmé la France entière. Dès la première année, j'ai été couronnée « prix Triomphe de la comédie musicale ». « Nous » serait plus juste. Bien sûr, j'interprétais le personnage principal, mais je n'étais pas seule en scène. Loin s'en faut ! Jean Pomarez et Jacques Mareuil, dans le rôle d'Horace, ont été de toutes les distributions. Et, même si je ne les nomme pas ici, je n'oublie pas pour autant tous ceux qui ont été « parties prenantes » dans ce succès. Willy Fratellini, Arlette Patrick, Pierrette Delange, Éliane Varon et tant d'autres...

Sacrée Dolly ! Je l'aime bien, mais elle m'en a fait voir. Au cours d'une scène, j'étais supposée manger une cuisse de poulet, ce que je faisais. Entre nous, j'en ai mangé des cuisses de poulet « rose », et le poulet pas assez cuit, vous le savez aussi bien que moi, ce n'est pas bon ! Ce poulet était agrémenté d'une bonne vingtaine de croquettes de pommes de terre qu'il me fallait avaler avec appétit, ne l'oublions pas, Dolly la veuve n'avait pas beaucoup d'argent, et, lorsqu'elle pouvait manger « à l'œil », elle ne faisait pas la fine bouche. Les « croquettes » étaient, en fait, de la barbe à papa colorée au thé. Je me demande comment mes pauvres dents ont résisté à tant de sucre...

Dolly mangeait de bon appétit et « poussait » chaque bouchée avec un petit coup de rouge, jusqu'à finir la bouteille. Heureusement, ce n'était pas du vin. Sauf ce fameux soir, au Grand-Théâtre de Bordeaux. A-t-on voulu m'honorer en me faisant déguster un cru ? C'est un vrai bon vin rouge dont, de petit coup en petit coup, j'ai vidé la bouteille. Comment ai-je pu aller jusqu'au bout de la représentation ? Comment me suis-je comportée au final ? Personne ne me l'a dit. S'il y a un Dieu pour les ivrognes, il semble qu'il y en ait également un pour les artistes. Du moins ce soir-là.

Oui ! Dolly m'en a fait voir. J'ai même failli perdre la vue le soir où, mon partenaire allumant une allumette, j'ai reçu dans l'œil une petite pointe de soufre. Douleur, frayeur... Le médecin a dû gratter ma cornée. Ça faisait un bruit étrange. *The show must go on*... Toujours coiffée de mon énorme perruque rousse, piquée de plumes d'un mètre vingt, c'est avec des lunettes noires que j'ai continué à jouer. J'avais l'air d'un hanneton. Dolly n'en continua pas moins à séduire. Comme quoi !

La tournée fut longue, très longue. On aurait pu supposer que passer toutes ses soirées sur scène et la plupart de ses journées dans un car suffirait à l'occuper. Pas du tout ! Jacques Mareuil écrivait. Il est vrai que, pour Mareuil, écrire une chanson, c'est comme, pour vous ou moi, boire un verre d'eau. Quelques minutes, hop, c'est fait ! Les vers sont là, qui chantent.

Pendant que nous jouions, pendant que nous tournions, personne ne soupçonnait rien. Jacques jouait et tournait avec nous. En plus, il cogitait. C'est ainsi qu'est née...

Je vous le dis ou pas... Jacques Mareuil écrivait, pour moi, j'aime le souligner, une comédie musicale. L'idée était très bonne, l'intrigue se tenait bien, le personnage me collait, les lyriques aussi. Il avait créé le personnage en un tour de main. Quant au titre ? C'était la panne sèche.

Comment appeler l'histoire de cette fille qui se déroule en pleine guerre, entre 1939 et 1944 ? Ce qui ne l'empêche pas d'être porteuse de messages très gais et optimistes, du style : « Ça ira mieux demain... »

C'est alors que Jacques s'est souvenu que, deux ou trois ans plus tôt, Jacqueline Cartier avait rédigé sur moi dans *France-Soir* un article qu'elle avait titré « Nini la chance ». Joli, non ? Cela résumait bien la comédie musicale que Jacques venait de m'écrire. Il téléphone à Jacqueline pour lui demander si on peut reprendre son titre. Amicale, sans histoire, elle est d'accord.

*Nini la chance* était née avec ses chansons *Nini la chance*, *Caramella*, *Ça ira mieux demain*. À ce sujet, j'aimerais faire une parenthèse, et parler de cette jeune femme qui m'écrit chaque année depuis. Je lui réponds. À l'époque, sa mère était malade, très malade. Chaque fois qu'elle la quittait, clle fredonnait, dans un sourire : *Ça ira mieux demain*.

Elle n'était pas dupe, cela n'irait pas mieux demain. Mais elle avait le courage de donner un peu d'espoir à sa fille. « Ça ira mieux demain... », quatre petits mots qui changent tout.

Créée à Avignon, en octobre 1976, avant de la jouer à Paris, nous avons promenée *Nini* en province avant de la ramener à Paris, au Théâtre Marigny, et de repartir en tournée. Pas étonnant que nous ayons pleuré, tous en chœur, au moment de la quitter, le soir de la dernière, à Nice.

Quatre ans de succès. Quatre années qui auraient pu se prolonger encore et encore. Mais il faut savoir arrêter, il faut avoir le courage de le faire. Pendant que *Nini* était en scène, en 1979, j'ai été nommée chevalier (c'est pas rien) de l'Ordre des arts et des lettres. Je ne m'en enorgueillis pas. À travers moi, c'est *Nini* qui a été reconnue, « médaillée ». Et, à travers elle, toute l'équipe, du plus anonyme des chanteurs au plus anonyme des techniciens. Sans eux, pas de *Nini*, encore moins de chance.

Je ne fais pas d'hypocrites amabilités à ceux que je ne nomme pas. L'éditeur est là, qui passe avec ses ciseaux, me priant de « faire court ». Alors, je coupe des noms et des noms, des souvenirs et des souvenirs... Ce qui ne veut pas dire que j'ai oublié tous ceux que j'ai croisés lorsque j'étais enfant, ceux avec lesquels j'ai travaillé plus tard. Sans leur apport, si infime soit-il, hier comme aujourd'hui, pas d'Annie Cordy.

J'en ai parfaitement conscience, dans ce métier comme dans la vie, « seul », on n'est rien. Je ne voudrais pas que cela paraisse pompeux, mais je ne peux m'empêcher de vous dire : « Merci ». À vous tous, connus et anonymes, que j'ai croisés, ne serait-ce qu'un instant.

Sans amis, un être humain n'existe pas. Sans auteurs, sans compositeurs, sans techniciens... Voix ou pas ! Pas de chanteur !

Merci à vous, grâce auxquels *Nini la chance* s'est tout de suite bien, très bien, portée. Elle se porte toujours très bien. Thème éternel, joyeux lyriques, je me plais à penser que, si quelque jeune chanteuse reprenait aujourd'hui le rôle, elle aurait le même succès. Grâce à l'intemporel talent de Jacques Mareuil et à la musique de Georges Liferman.

Plus encore qu'une comédie musicale, *Nini la chance* est une tranche de vie. Chacun y trouve le petit morceau qui lui revient. Rires, tendresse, émotions, difficultés, gaieté, *Nini la chance* est un charmant résumé de ce qui nous attend, tous. Je vais vous faire une confidence, je n'ai plus l'âge du rôle, je le sais et je m'en moque, qu'importe ! Je pourrais le reprendre demain. Avec un énorme plaisir. Merci à toi, Jacques, cher Jacques, cher très cher Moumouche !

Lorsque je lui ai téléphoné, dans le Midi où il s'est retiré avec sa femme, pour lui demander de faire une adaptation de *You're the top !*, que je me proposais d'interpréter à l'occasion de mon prochain passage à l'Olympia, Jacques Mareuil m'a répondu : « Annie, tu crois vraiment que... ? »

Je ne croyais pas. J'en étais certaine. Il l'a prouvé.

Son adaptation est formidable. À quatre-vingt-un ans, Jacques n'a rien perdu de son talent, il a l'impact, la tendresse et le sens du populaire. Il illustre fort bien le « mot » de Sacha Guitry que j'ai souvent repris : « Le populaire est le plus difficile à réussir. En même temps, c'est ce qu'on nous reproche le plus... »

## 21

Pour les besoins de *Nini la chance*, tous les soirs je tombais à genoux. Je me relevais sans problème. « Tu verras plus tard », prophétisaient les bonnes langues dont je me moquais bien et auxquelles je répondais d'un haussement d'épaules. Aujourd'hui, quand je vois, à la télévision, des petites gymnastes, des gamines, je ne peux m'empêcher de penser : « Qu'est-ce qu'elles vont souffrir, plus tard. »

Si on n'a pas de santé, ce métier, il ne faut même pas envisager de le faire. Pendant cinquante ans, je n'ai pas arrêté, je n'ai eu ni le temps ni le loisir d'être malade. Premières, représentations, galas, kilomètres... Il faut assurer.

Un neveu de Bruno insistait pour venir en tournée avec nous. On le mettait gentiment en garde.

— C'est dur, vraiment très dur.

Le gamin se moquait.

— Dur ? Bah, je verrai bien.

Il est venu, il a vu. Manger, ne pas manger, dormir, ne pas dormir, rouler à l'heure de se coucher, vérifier les théâtres à l'heure de dîner, se coucher à l'heure de se lever. Au retour, lorsque nous sommes passés Porte Dorée, qu'il a senti l'écurie, il s'est exclamé :

— Fini ! Je ne viendrai plus avec vous. J'ai compris.

En cinquante ans de métier, jamais je n'ai trouvé le temps d'être malade. À l'exception d'une première à Marigny, où j'avais quarante de fièvre, jamais je n'ai loupé une seule représentation. J'ai même joué *Pic et Pioche* en tournée, avec des cannes anglaises, pendant plusieurs semaines. Pour une bêtise ! Un œil de perdrix qui me faisait tellement souffrir que je changeais huit fois de chaussures au cours de chaque représentation, ce qui ne me soulageait nullement.

— Sois raisonnable, fais-toi opérer, me dit le producteur. Tu verras, en deux jours, ce sera fini.

Je l'ai cru. Tout s'est bien passé, si ce n'est qu'on m'a mis entre les doigts un écarteur qui a déclenché un œdème. Impossible de mettre le pied par terre. Une série de représentations était prévue de longue date. À Aix-en-Provence, on envoie immédiatement ma doublure et on prévient le théâtre. Le soir même, à minuit passé, M. Truphème, son directeur, appelle :

— Les spectateurs ont demandé à être remboursés. Si Annie Cordy ne vient pas, j'arrête.

Même réaction dans les autres théâtres programmés. Je décide d'y aller.

Je n'étais pas seule en cause, nous étions huit comédiens, pas question d'envoyer les autres au chômage. J'ai joué six semaines avec des cannes anglaises, en pantalon, mais toujours avec mon diadème et ma plume. Ah, je devais être sexy en entonnant sur un ton coquin *Nous, les nanas*... !

Ce n'était encore rien, le pire m'attendait. J'avais une mauvaise position sur mes béquilles, ce qui a déclenché une névralgie brachiale. Dieu, que j'ai souffert ! Le soir de la dernière, au théâtre Sébastopol, à Lille, j'avais tellement mal que j'ai cru que mon cœur allait lâcher.

À peine de retour à Bièvres, Bruno décide de m'emmener me reposer à l'Alpe-d'Huez.

— Tu vas voir, Nini, le grand air, la montagne, dans huit jours c'est fini.

C'était épouvantable, je souffrais tant que je restais terrée dans ma chambre. J'aurais hurlé. On me pousse à consulter un neurologue. Ce n'était pas ma tête qui n'allait pas, mais bien mon corps qui me faisait souffrir.

— On va à Quiberon, chez Bobet, décide alors Bruno. La cure va te faire du bien.

Mais non ! Je souffrais toujours autant. Louison m'a pilotée dans son petit avion jusqu'à Nantes, où j'ai pris un vol régulier pour rentrer à Paris. À l'hôpital Saint-Joseph, en rhumatologie, j'ai consulté le Pr Bonduelle. Nouveau traitement. Je souffrais moins, mais j'avais des hallucinations dues aux médicaments. Puis, petit à petit, les douleurs se sont apaisées et tout est rentré dans l'ordre. Enfin… J'ai deux doigts de la main qui n'ont toujours pas récupéré leur sensibilité.

C'est lors d'un tour de chant dans le Nord, en juin 1980, que j'ai appris la mort de maman. Elle était morte la veille, on ne me l'a dit que le lendemain matin, avant de reprendre la route. Hébétée, je ne savais que répéter : « Ce n'est pas possible, ce n'est pas possible… » Je l'avais quittée peu de jours auparavant. On l'avait hospitalisée car elle souffrait de diabète, mais elle allait nettement mieux, rien d'alarmant. Je n'ai jamais oublié son regard… M'a-t-elle « vue » ? Ou simplement « reconnue », à la voix, au toucher ? Je me pose souvent la question. À quatre-vingts ans, maman, forte femme, n'était plus qu'une toute petite chose.

« Ce n'est pas possible, ce n'est pas possible... » À l'écart, près d'une fenêtre, je voyais bouger les feuilles aux arbres. Je pensais que tout s'était arrêté avec le souffle de ma mère, mais non, le souffle du vent jouait dans les feuilles. J'ai travaillé le soir même. En scène, j'avais des flashes, je voyais le visage de maman, son regard bleu autrefois si vif, soudain tout délavé. Je n'aime pas le mois de juin. Maman est partie un vendredi 13. Papa, trois ans plus tard, le 21. J'étais également en tournée lorsqu'il a eu un infarctus, mon petit papa miel. Il était en train de s'habiller, il a mis une chaussette, pas l'autre.

Chers parents... Je suis contente d'avoir pu adoucir la fin de leur vie, ils avaient toujours travaillé si dur. Je les avais installés dans le Midi, où ils étaient très bien soignés, dans une maison agréable et confortable. Jeannette n'était pas loin, ils s'étaient fait des amis. À tel point que...

Je râlais souvent :

— On ne passe jamais Noël avec mes parents.

— Tu veux passer Noël avec tes parents ? D'accord, on va passer Noël avec tes parents, me dit Bruno, cette année-là.

Je décide de leur faire la surprise. On débarque à l'improviste, ils sont très contents de nous voir, jusqu'au moment où je leur annonce :

— On vient passer Noël avec vous.

— Noël avec nous ? Ah, mais, Nini, ce n'est pas possible. C'est que, enfin...

Puis ils se sont jetés à l'eau :

— Nous avons tous nos amis.

On s'est regardés, interloqués, Bruno et moi, avant de répondre :

— On reviendra vous voir demain.

Cela ne voulait pas dire qu'ils nous aimaient moins, mais les gens âgés sont comme ça, attachés à leurs petites habitudes.

Avec le temps, ça devient dur de regarder les photos. C'est terrible lorsqu'on compte les membres de la famille, les amis qui ne sont plus là. Pour les fêtes, notamment l'anniversaire de Bruno, en février, nous étions toujours au moins quinze ou seize autour de la table. Aujourd'hui, mes parents ne sont plus là, Paul non plus, ni ma belle-mère, les frères de Bruno, Juju... Et Bruno à son tour.

En revanche, j'aime bien regarder les films. C'était toujours moi qui tenais la caméra, et je les retrouve sur l'écran tels que je les ai filmés, vivants à nouveau.

— Marraine, ne regarde pas, ça te fait mal, me dit Michèle.

Non. Bien au contraire, ce sont des souvenirs sublimes qui gomment les images tristes. Lorsque Bruno me lance des boules de neige dans l'objectif, lors d'un séjour à Megève avec Jean Richard, je le retrouve, j'oublie la période où il ne pesait plus que cinquante-cinq kilos, ces trois longues années durant lesquelles il a été malade, comme cette nuit de Noël, passée dans ma chambre d'hôtel, à Toulouse, seule avec Liliane – elle est toujours là quand il faut, Liliane. Je jouais *Envoyez la musique*, Liliane m'accompagnait pendant les tournées.

Lorsque Bruno a été hospitalisé, Juju et Fifine sont allées à l'hôpital. Chaque jour, elles lui apportaient ces petits riens et ces gourmandises qui adoucissent la vie. J'appelais tous les soirs :

— Comment s'est passée la journée ?

Quand il est rentré à la maison, Bernadette et Arlette ont rivalisé de gentillesse, d'efficacité et de dévouement.

Comment oublier ce samedi où Bruno a eu un malaise dans la salle de bains ? Je pensais être seule. Depuis toujours, Bernadette part à la campagne avec son mari et ses enfants pendant le week-end, et je savais qu'Arlette était allée voir sa sœur. Je prends Bruno sur mon dos... Heureusement, Bernadette n'était pas partie, elle était là qui veillait. Avec Jean, son mari, ils sont immédiatement venus à la rescousse. Seule, jamais je n'aurais pu porter Bruno jusqu'à son lit. Le S.A.M.U. est arrivé très vite. Un jeune médecin, le Dr Benathias, a fait le diagnostic.

— Il faut le transfuser immédiatement.

Je n'ai pas eu l'occasion de le lui dire, mais je lui garde toujours une grande reconnaissance. Grâce à lui, Bruno a vécu encore trois ans.

Les pompiers de Bièvres ont été formidables, je suis partie avec eux, dans l'ambulance qui emmenait mon mari à l'hôpital d'Orsay, où on l'a transfusé. De là, nouvelle course jusqu'à l'hôpital Beaujon, où on l'a opéré du cœur en urgence. Dans le couloir, des amis proches attendaient avec moi. Il me semble que l'opération a duré des heures et des heures. Lorsque le chirurgien est sorti, il a dit :

— Il a pissé, c'est bien.

Ce qui m'a fait sourire. Bruno ne disait-il pas toujours qu'après une forte émotion, il fallait pisser, pour éliminer ?

Une nouvelle vie a commencé, d'hôpital en hôpital. Il se rétablissait. On savait qu'il allait mieux lorsqu'il se comportait en vrai malade, exigeant et capricieux. Puis il rechutait, ramassait tout ce qui traînait, à commencer par un staphylocoque doré. Enfin il a commencé à se rétablir, tout doucement, mais il vivait au ralenti, ne fumait plus, et si quelqu'un fumait dans la maison, c'était un drame. Il ne conduisait plus, il avait fini par se rendre compte qu'il avait perdu ses réflexes. Au début, mes amis me disaient :

— Tu es folle, Annie, tu ne devrais pas monter avec lui, c'est trop dangereux.

Et alors ? Vous m'imaginez disant :

— Bruno, je ne monte pas avec toi, c'est trop dangereux.

Je prenais le volant d'autorité et, lui qui avait toujours conduit accélérateur au plancher, il me disait :

— Fais attention, Annie, ralentis, tu vas trop vite.

Terrible, ce fut terrible pour moi de le voir diminuer, régulièrement, doucement. J'ai été horriblement choquée le jour où un médecin m'a dit :

— Mais enfin, madame, vous ne voyez pas que votre mari est sénile ?

Non, je ne le voyais pas, et je ne voulais surtout pas le voir. Il avait peut-être raison, ce médecin. Mais Bruno avait toutes ses facultés, il les a eues jusqu'à la fin.

J'ai la grande chance d'avoir toujours ma famille autour de moi. Ma sœur Jeannette, mon frère Louis. De nous trois, c'est certain, c'est moi qui ai l'esprit de famille le plus fort. Quand on vit avec son chien, on attrape ses puces. J'ai vécu près de quarante ans avec un Italien, quoi de plus important à ses yeux que la famille ?

Je n'ai pas eu d'enfants. C'est peut-être tant mieux pour eux. Sinon, j'aurais été une super-mama, avec tout ce que cela signifie d'amour et, peut-être un peu (peu ? hum ! hum !), de possessif, c'est sûr.

Michèle, ma nièce, me tient lieu de fille. Elle m'appelle « P'tite mère », et Jeannette n'en est pas jalouse. Elle a raison, nous avons d'autres liens. Sacrée Michèle, elle me taquine toujours :

— Dis-le, marraine, dis-le, que ta vie a changé depuis ma naissance. C'est quand même mieux, depuis que je suis arrivée !

C'est vrai. Mais il ne faut pas le lui dire, sinon… Lorsqu'elle était petite, ma qualité première aux yeux de Michèle était « marraine sent bon ». Alors, pour prolonger ma présence, elle aspergeait son nounours de mon parfum, rentrée chez elle, elle le reniflait avec délices.

Annie, Michèle, Pascale, je m'entends bien avec mes « vieilles filleules », c'est ainsi que je les appelle lorsque je veux les taquiner. Je leur dis ce que je pense, elles en font… ce qu'elles veulent. Elles en tiennent compte ou… surtout pas ! Elles ont raison. Chacun doit faire sa vie et avoir ses expériences. À vingt ans, on ne croit jamais ce que disent les aînés. Nous, on peut toujours mettre les jeunes en garde, ils s'en moquent bien, ils ne nous croient pas. Ce en quoi ils n'inventent rien, on a eu les mêmes réactions avant eux, il est important de s'en souvenir au lieu de rabâcher. Le vieux slogan, « Ce n'est pas aux vieux singes qu'on apprend à faire la grimace », est toujours d'actualité. Et il le sera jusqu'à la fin des temps.

J'ai également un « fils » dont il serait temps que je vous parle. Tout petit, il est tombé dans la potion Cordy, et ne s'en est jamais remis. C'est à Alger que j'ai connu André-Paul Ricci, en faisant une dédicace à Yvette, sa maman. À partir de là, chaque année, lorsqu'ils venaient passer l'été en France, il a fait faire à ses parents la tournée de mes galas. En 1960, à la suite des événements d'Algérie, les Ricci se sont installés en France. On s'est vus régulièrement, Bruno a pris sous son aile André-Paul qui, plus tard, est devenu mon attaché de presse. C'est lui, aujourd'hui, qui s'occupe de ma société d'édition.

Arlette, André-Paul, ils sont ma mémoire vivante. Mieux que moi ils savent ce que j'ai fait, tout ce que j'ai fait et quand je l'ai fait.

Moi, vous le savez, je ne suis pas d'hier, mais de demain. Si ça continue, un jour je serai morte et je ne le saurai même pas. Qu'importe, cela ne me fait pas peur. C'est du moins ce que je dis aujourd'hui, je ne sais pas comment je réagirai le moment venu. Sereinement je pense, ayant eu une vie bien remplie. Mais je regretterai sûrement ceux que j'aime profondément, ma famille à laquelle je n'ai pas pu consacrer tout le temps que j'aurais voulu, les amis, ceux qui m'auront accompagnée tout au long de cette vie, ce tourbillon.

Je ne veux surtout pas être un poids pour les autres.

# 22

Est-ce que, par hasard, j'allais avoir le temps de souffler ? Il semblait bien que oui. Ce printemps 1981 s'annonçait plutôt calme. Une fois terminé le tournage des *Fiançailles de feu*, de Didier Decoin, téléfilm réalisé par Pierre Bureau pour Antenne 2, je n'avais pas de grands projets. Dans l'immédiat du moins, car *Envoyez la musique* commençait à germer dans l'esprit de Jacques Mareuil et dans celui de Gérard Gustin.

Rien ne semblait urgent. Je venais de recevoir la « Note d'Or de la chanson française », en même temps que mon ami Serge Lama. Je pouvais me reposer sur mes lauriers. Quelques galas, des enregistrements, des chansons à apprendre, des scénarios à lire, n'étaient pas pour m'effrayer.

Marcelle Tassencourt, directrice du théâtre Montansier à Versailles, s'est alors habilement glissée dans mon emploi du temps. Il y avait un moment que cela la travaillait.

— Annie, quand allons-nous enfin faire quelque chose ensemble ? me demandait-elle lorsque nous nous croisions.

J'aurais bien aimé, mais j'avais toujours une tournée en vue.

— Annie, me dit-elle ce jour-là sans plus d'explications, il serait bien que vous soyez *Madame Sans-Gêne* au prochain Festival de Versailles.

— *Madame Sans-Gêne ?* Pourquoi pas.

J'ai répondu sans réfléchir. Ni même penser au conseil de Sacha Guitry, des années plus tôt. Dans cette affaire, mon inconscient a sans doute travaillé pour moi.

« Mademoiselle, avec un tempérament comme le vôtre, vous devriez reprendre les rôles de Réjane. » Depuis, j'avais eu le temps d'apprendre qui était Réjane, quels avaient été ses grands rôles. Je ne savais pas pour autant que je me lançais dans un des rôles les plus lourds du répertoire. En lignes, *Madame Sans-Gêne* est comparable à Cyrano. Mille deux cents, si ma mémoire est bonne !

Elle l'est. J'ai appris mon texte en tournée. Pendant les trajets, je m'asseyais à l'arrière de la voiture et je répétais à mi-voix, tandis que Bruno conduisait. Ce n'était pas un texte facile. Jugez plutôt.

Catherine, Madame Sans-Gêne, est en tête à tête avec l'empereur, qui lui demande de divorcer. Voici sa réponse, en une seule réplique, dite d'un seul souffle.

Réplique que Victor Sardou et Émile Moreau, les auteurs, conseillent d'énoncer « tranquillement » *(sic)*. J'aimerais les y voir !

« Oh ! vous, Sire, vous êt's l'maître, et un maître comme y en a pas deux depuis que l'monde est monde ! Vous pouvez lancer d'un clin d'œil cinq cent mille hommes su' l' Danube ou su' l' Rhin, à seule fin d'prouver qu' c'est vous qu'êtes le tonnerre, mais y a une chose qu'avec tout vot' génie vous n'pouvez pas faire, c'est qu' j'aime pas mon Lefebvre et qu'mon Lefebvre n' m'aime pas !... Et si Vot' Majesté livr' c'te bataille-là... elle est ben sûre d' la perdre. »

— Tu lis la Bible ? demandait Bruno.

Je répondais aussi sec :

— Tu sais bien que je parle à l'Empereur.

Ce fut très dur. En fait, j'étais dans une situation comparable à celle de Madame Sans-Gêne. Moi qui venais du music-hall, je me trouvais face à des comédiens, soudain parachutée comme elle dans un milieu qui n'était pas le mien. Autour de moi, on me mettait en garde.

— Ton examen de passage risque d'être dur. Ils sont rodés. Pas toi.

Je me suis lancée dans l'aventure avec un enthousiasme qui n'estompait pas les doutes. Même si je reste convaincue qu'une chanson est une mini-comédie à part entière – il faut, en quelques lignes brosser le décor, poser le personnage, exposer ses sentiments –, une pièce de théâtre, c'est bien autre chose. Je n'avais encore jamais eu à apprendre un texte aussi long, et il m'arrivait parfois de redouter les trous de mémoire. Je n'en ai pas eu.

Je me suis bien amusée ! J'ai beaucoup aimé ce personnage, cette femme « tout droit dehors », sa chaleur, son côté populaire, sa naïveté, et aussi l'intelligence avec laquelle elle évolue. Elle a plus d'intuition et de panache, cette maréchale de fer guidée par sa passion pour son mari et son admiration pour l'Empereur, que les sœurs de Napoléon, fausses princesses mais vraies teignes, qui font figure de parvenues.

Nous avons donné une douzaine de représentations à l'occasion du Festival de Versailles. Deux furent enregistrées en public pour TF1. Raymond Pellegrin dans le rôle de Napoléon, et Alain Mottet dans celui de Fouché. Raoul Billerey, un ancien maître d'armes pour lequel j'ai beaucoup de tendresse, était, lui, mon maréchal.

J'ai le souvenir d'un public en or. Il avait du mérite ! Il faisait une canicule épouvantable, et nous jouions sous chapiteau. Un dimanche après-midi, Michèle Morgan, venue nous voir avec sa petite-fille, a bien failli se trouver mal. Moi, par force, je tenais le choc, sous ma gredine de queue de drap vert avec laquelle j'étais supposée partir à la chasse. Quelle chaleur !

Quelques années plus tard, en décembre 1986, j'ai repris le rôle avec une nouvelle distribution. Pierre Baton était un Napoléon quelque peu bougon mais efficace, Hubert de Lapparent jouait Fouché. J'avais un nouveau maréchal, fort beau ma foi et généreux, en la personne de Jacques Gaffuri. Nous avons donné cinq représentations à Versailles, au théâtre Montansier cette fois. Le climat était toujours un peu tendu entre Marcelle Tassencourt, qui jouait volontiers les divas, et Bruno, qui le prenait de haut. À ses caprices, il opposait un tonitruant :

— Madame, je vous en prie…

Et tout rentrait dans l'ordre.

Lorsque nous avons joué à Bruxelles, à l'Auditorium 44, la reine Fabiola nous a fait l'honneur de sa présence, avec la discrétion, l'élégance et la gentillesse dont elle sait toujours faire preuve, où qu'elle se trouve. Je n'oserais pas dire que nous nous connaissions, mais déjà elle m'avait invitée à prendre le thé au palais de Laeken. Cette femme de cœur est mon « gémeaux », elle est du 11, moi du 16 juin, de la même année. J'ai également rencontré le roi Baudouin, à l'occasion d'une émission de télévision pour célébrer la vingt-cinquième année de son règne.

C'était en direct, c'est pourquoi, bien que le roi ne soit pas encore arrivé, nous nous sommes vus dans l'obligation de commencer à l'heure dite. À mon tour d'y aller. J'y vais. Tout en me demandant pourquoi les techniciens me faisaient ces grands signes, derrière la caméra, je chantais : « *Attention, la bébête, voilà la bôbôte...* »

Au même instant, notre roi faisait son entrée ! Il ne m'en a pas tenu rigueur.

Royaliste ? Je le suis, bien sûr. Mon enfance a été bercée par le roman de Léopold et Astrid, cette reine belle à en perdre le souffle, ce destin terrible, cet amour que la fatalité a brisé.

Des années plus tard, lorsque Baudouin a épousé Fabiola, les Belges ont espéré et attendu, avec impatience, l'arrivée de leur enfant. Puis le peuple belge s'est senti frustré. Le peuple belge ? Bien sûr, Brabançons, Wallons, Flamands... forment le peuple belge. Il y a des moments où les querelles linguistiques n'ont plus de raison d'être, des événements tragiques qui nous rappellent que nous sommes avant tout « un peuple ».

Après les représentations en Belgique, nous avons joué *Madame Sans-Gêne* quatre-vingt-treize fois, dans le cadre des tournées Baret. Les tournées, j'adore, mais quel folklore, quel cirque ! Nous étions nombreux, dix-sept, dans le même car. On jouait de la guitare, on envoyait des serpentins, des ballons, et on tapait le carton. Lorsque Bruno me rejoignait, il avait vite fait de trouver des partenaires.

Pas toujours facile, la vie en communauté, à rouler de ville en ville, quatre-vingt-treize étapes durant. On s'est, cependant, très bien entendus. Quel plaisir de traverser la France, ses paysages qui changent, comme son architecture, quel plaisir de découvrir, tous les deux cents kilomètres, une France nouvelle. On passait de la neige au soleil, de la montagne à la mer, des toits d'ardoise de la Bretagne à ceux de tuile du Périgord...

On arrivait à l'étape vers 17 heures. Le temps de faire connaissance avec le théâtre, d'effectuer les raccords, de vérifier les lumières et là, comme une nuée de moineaux, on se ruait tous chez le premier traiteur, il faut bien se nourrir ! Ce qui n'est pas toujours facile en tournée.

Dîner avant le spectacle signifie entrer en scène l'estomac plein. Impossible. Dîner après ? En province, on ne trouve pas toujours un restaurant, ni même une brasserie, où le personnel ait envie de servir après minuit. Alors on faisait, chez le traiteur, une razzia, toujours la même : carottes râpées, poireaux vinaigrette, œuf dur, jambon, cuisse de poulet... Je regrette de ne pas avoir eu un élevage de poulets. J'aurais fait fortune, si je compte le nombre de cuisses de poulet que j'ai pu manger en tournée !

On a chacun ses petites manies. L'un de nous, Michel Laugigneux – il interprétait le personnage de Savary dans *Madame Sans-Gêne* –, commençait toujours par visiter le théâtre de fond en comble. Galeries, coulisses, sous-sols, cintres, rien ne lui échappait. Un soir, à l'heure du lever de rideau, le régisseur s'en rend soudain compte, un personnage manquait à l'appel. Pas de Savary. Affolement, remue-ménage, on cherche partout, jusqu'à ce qu'on entende tambouriner. Savary s'était laissé enfermer dans les caves par les pompiers. Sur le moment, on l'aurait tué. Après coup, on en a bien ri. Après coup... on rit toujours.

En 1986, j'ai joué *La mienne s'appelait Régine*, au Théâtre de l'Œuvre à Paris, une pièce de Pierre Rey, mise en scène par un passionné de théâtre, mon compatriote, le Belge Armand Delcampe. Pierre Dux était mon partenaire. Il me fascinait par son talent, sa gentillesse, sa grande courtoisie, l'attention qu'il portait aux autres et aussi sa capacité à absorber, dans un même temps, les textes et les rôles les plus différents.

Alors que nous répétions, l'après-midi, dans le foyer du théâtre, le soir, il était en scène dans une pièce de Beckett, un rôle très lourd, un long monologue. Et, déjà, il travaillait *La Tempête*, pour le prochain Festival d'Avignon.

Pour en revenir à *La mienne s'appelait Régine*, Pierre Dux jouait mon mari, époux et père tolérant. Avec nous, Claude Brosset et Huguette Domini. Les spectateurs riaient beaucoup malgré la dureté du propos. Après, ils venaient me voir dans ma loge, et j'avais l'impression que cela les soulageait d'avouer :

— Je suis comme ça avec mon fils.

— Ma mère était encore pire que vous.

Ou encore :

— J'ai pleuré. Dans certaines scènes, je me suis cru face à ma mère.

Un des plus beaux compliments que l'on m'ait jamais faits est sans doute celui de cette femme qui m'a dit, tout simplement :

— Vous m'avez fait pleurer, Tata Yoyo.

*Tata Yoyo* était un succès, mais dans un tout autre registre. Avoir fait pleurer quelqu'un que j'avais fait rire provoqua une émotion chez moi aussi.

Sacrée Tata Yoyo ! Elle devait sa vitalité et son charme aux talents associés de mes amis Jacques Mareuil et Gérard Gustin. Si on nous avait prédit qu'elle allait connaître une telle carrière, cette chère excentrique, avec son grand chapeau, son ombrelle et son boa, c'est sûr, on ne l'aurait pas cru. Non contente de faire un tabac, elle a encore élargi l'éventail de mon public en séduisant les jeunes, et même les très jeunes. Ils m'ont aussitôt adoptée. À leurs yeux, *Tata Yoyo*, c'était moi. Comment oublier ce petit garçon de quatre ou cinq ans, dans un restaurant, qui s'est approché de moi et m'a dit, sur un ton de connivence :

— Je te connais, tu sais. Toi, tu es Tata Yoyo. Mais tu fais semblant d'être « Annie Cordy ».

Joli, non ? Belle leçon d'humilité, en tout cas. Ce métier est fait de petits instants comme celui-ci, de petites réflexions d'apparence anodine, mais qui en disent long sur ce que ressent le public, la façon dont il nous perçoit. Autant d'instantanés riches d'enseignement.

Les producteurs, c'est normal, ne sont pas des philanthropes. Une pièce, un film, une chanson ? Il faut que « ça marche ». Mais personne, le plus talentueux des auteurs, des compositeurs, des interprètes, personne n'a jamais eu les clés du succès. Sinon, il n'y aurait que des « tubes » ! Lassant, à la longue.

Qui a cru, oui, qui a cru, au départ, à *La Bonne du curé*, en 1974, alors que nous étions en pleine déferlante rock ? Pas moi. J'avais envie d'interpréter un personnage drôle, inattendu, un de ces personnages dont les chansons ne parlent jamais. Elle est bien arrivée, *La Bonne du curé* ! Par le plus grand des hasards.

— Viens prendre un café à la maison, me dit un jour une amie chanteuse. Mon petit mec a écrit une musique qui devrait te plaire.

Je rencontre Tony Roval et Montoya, et je suis immédiatement séduite par ce rythme tout à la fois dynamique et un peu cassé qu'ils me font entendre. Je téléphone aussitôt à Charles Level, doué, vraiment très doué, Charles. À lui aussi, le rythme plaît. Une heure plus tard, *La Bonne du curé* était née. Restait à lui donner vie. Je l'ai habillée, sérieuse mais moderne, en noir et blanc, avec un petit tablier qui me permettait des jeux de scène amusants.

J'ai très vite senti souffler le vent du succès, à l'occasion d'une tournée d'été sur les plages du Nord. En première partie, un groupe de rock, des jeunes. Je répétais sur le podium, j'attaque *La Bonne du curé*, et je les entends :

— Oh, ça, c'est chouette.

Je les regarde en coin, se moqueraient-ils ? Pas du tout. Le soir, même enthousiasme de la part du public.

La tournée terminée, avec Bruno nous sommes allés voir ma maison de disques – C.B.S. – pour leur dire que j'avais un nouveau titre que j'aimerais bien enregistrer. Le directeur était en voyage, son assistant me reçoit.

— *La Bonne du curé* ? Non, mais vous plaisantez, c'est complètement dépassé !

Bruno se lève.

— Dépassé ? Aucune importance, je l'enregistre à mon compte.

Quelques jours plus tard, le directeur, M. Souplet, qui venait de rentrer, nous dit :

— Mais non, mais non. Vous savez bien qu'Annie fait ce qu'elle veut ici, elle est chez elle, nous allons enregistrer *La Bonne du curé.*

Aïe, aïe, un cataclysme ! Partout, on en entendait au moins des bribes. Dans une station, alors qu'on prenait de l'essence, le pompiste me demande gentiment :

— Ça vous chatouille ou ça vous gratouille, Annie ?

À Lyon, je croise deux femmes d'apparence tout à fait respectable, et j'entends l'une :

— « J'voudrais bien...

Tandis que l'autre poursuit :

— ... mais j'peux point. »

À Golfe-Juan, Chez Tétou, le restaurant le plus réputé et le plus huppé de la ville, je fus accueillie par des applaudissements. *La Bonne du curé* provoqua un raz de marée qui a touché toutes les classes sociales comme tous les âges. Les ventes ont grimpé en flèche. D'autant plus vite que c'était à l'époque où les enfants découvraient les mange-disques, un petit 45 tours, hop ! on l'enfourne, à la longue, on le casse, maman en achète un autre, ce n'était pas cher.

Les auteurs ont été très contents, la maison de disques aussi. Toutes les radios s'en sont emparées. Les curés eux-mêmes en ont parlé, très gentiment d'ailleurs, à travers leurs bulletins et lettres. Et pourtant, en 1974 déjà, il n'y a plus de bonnes de curé, mais des « assistantes aux prêtres », ainsi que certaines d'entre elles me l'ont écrit, tout en me conviant, fort gentiment, à les accompagner à l'occasion de leur voyage annuel. À l'époque, je n'avais pas le temps. Demain, pourquoi pas ?

## 23

Bien sûr, j'avais déjà tourné bon nombre de films intéressants, mais pour la plupart sur un mode léger, sous la direction de bons metteurs en scène qui, si l'on excepte Sacha Guitry, n'en avaient pas pour autant une renommée internationale. C'est pourquoi si un autre que Jacques Daubigny m'avait dit que René Clément cherchait à me contacter, j'aurais cru à une plaisanterie, comme pour Guitry, quinze ans plus tôt. Je fus tout d'abord incrédule, mais, connaissant Jacques, je savais que ce n'était pas le genre de plaisanteries auxquelles il se livrait.

C'était bien vrai, René Clément me proposait un rôle dans le film qu'il préparait, d'après le roman de Sébastien Japrisot, *Le Passager de la pluie*. Un drame policier, l'histoire d'une jeune femme, Marlène Jobert, qui attend son mari dans une maison isolée au bord de la mer. Un inconnu s'introduit dans la maison et la brutalise. Elle le tue. René Clément avait ses têtes d'affiche, mais il cherchait toujours une comédienne pour interpréter le rôle de la mère de Marlène Jobert. Une femme repliée sur elle-même qui a du mal à communiquer avec sa fille et se console tant bien que mal dans l'alcool des aventures sans lendemain, comme des coups durs qu'elle a vécus.

Comment René Clément a-t-il pensé à moi, lui qui n'était pas un assidu de mes spectacles ? Simple. Il regarde la télévision, ce qu'il ne faisait jamais, si l'on excepte les actualités, et tombe sur une interview. Au lieu de zapper, il dit à sa femme :

— C'est elle que je veux. C'est elle la mère de Marlène Jobert.

— Tu sais qui c'est, elle ?

— Non, mais c'est elle...

— Elle, c'est Annie Cordy.

— Alors, je veux Annie Cordy.

Tête du producteur lorsqu'il le lui annonce. Tête de Sébastien Japrisot à son tour. Il n'en est pas encore remis lorsqu'il descend voir sa mère à Marseille.

— René Clément est devenu fou. Tu sais qui il veut, dans le rôle de la mère de Marlène Jobert ? Annie Cordy.

— Très bonne idée, répond sa mère. Si tu ne prends pas Annie Cordy, je ne te parle plus.

J'avais une fan. J'ai joué le rôle. Non sans avoir mis en garde René Clément :

— Le personnage que vous me proposez me plaît beaucoup. Mais, il faut que vous le sachiez, je n'ai jamais rien interprété qui s'en rapproche. Je crains que...

— Je sais ce que je fais. Une seule chose m'inquiète, mettre votre nom à l'affiche. On va croire que c'est un film comique !

Ce n'était pas mon problème, j'aurais eu tort de refuser. Je n'ai pourtant pas commencé le tournage en toute quiétude, le 16 juin 1969. J'aurais préféré fêter autrement mon anniversaire. Un trac terrible. Je tremblais tant que j'ai eu un mal fou à allumer la cigarette que je devais fumer. J'ai fini par y arriver. Premier plan terminé. Ouf ! Au suivant. Je m'en souviendrai, du suivant. Je devais vider, cul sec, un verre de whisky. Du thé en principe. Mais dont la couleur ne convenait pas à René Clément, trop clair, trop foncé, trop... Tant et si bien que l'accessoiriste a remplacé le thé par... du whisky !

Je n'en bois jamais, je n'ai pas osé le dire. C'était une séquence très délicate. On l'a répétée une bonne dizaine de fois avant de la tourner, à nouveau une fois, deux fois... six fois, et, chaque fois, je sifflais mon petit verre de whisky. J'étais au bord de l'ivresse, lorsque Clément a dit :

— C'est bon, on y va pour la septième !

Je ne savais déjà plus comment je m'appelais. J'ai hurlé, hébétée, avant de m'écrouler pleurant, hoquetant que je voulais rentrer « dans ma mienne maison ».

Pauvre René Clément, lui si gentil, si délicat, désolé, s'est confondu en excuses.

Marlène Jobert est quelqu'un de charmant. Elle était alors au sommet de sa jeune gloire, pas capricieuse pour autant, mais tellement angoissée. Le soir au dîner, après une dure journée de tournage, au lieu de se détendre elle ne cessait de questionner René Clément sur les scènes et les répliques du lendemain, jusqu'à ce que, épuisée, elle pique du nez dans son assiette.

Ce fut un tournage fort agréable, malgré le comportement de la star, du moins se prenait-il pour tel, Charles Bronson ! Quel odieux personnage, imbu de lui-même, ignorant tout le monde sur le plateau, jusqu'au metteur en scène. Tous nous fûmes assez satisfaits le soir où, au cours d'un dîner donné par la production, il s'est fait moucher par Simone Signoret :

— Vous n'étiez pas aussi lointain, ni grand seigneur, à l'époque où vous faisiez des panouilles, à Hollywood !

Attrape, Charles ! Il serait cependant injuste de ne pas reconnaître ses qualités. À commencer par cette démarche souple, féline, qui rendait plus redoutable encore son personnage. Bronson, qui avait un fort pouvoir de concentration, travaillait très sérieusement son rôle. Lui qui nous ignorait superbement devenait immédiatement solidaire de ses partenaires à l'instant où on disait « moteur ». À son côté, une blonde jeune femme, Jill Ireland, avec laquelle il était marié depuis un an à peine avait un petit rôle. En 1971, ils ont eu une petite fille, Zu Leika. Jill est morte quelques années plus tard.

En 1970, succès oblige, après *Ces messieurs de la famille*, Raoul André dut tourner *Ces messieurs de la gâchette*. C'est avec plaisir que j'ai retrouvé mes complices : Jean Poiret, Michel Serrault, Darry Cowl, Francis Blanche, Anne Carrère... Je pense qu'il est inutile de vous le préciser, on a bien ri.

Sur un autre mode certes, on a également bien ri, cette même année, pendant le tournage de *La Rupture* de Claude Chabrol. En me proposant un rôle, Claude avait précisé :

— Tu vas voir, je vais te presser comme un citron.

Je n'allais pas refuser le rôle pour autant ! Je n'ai que d'agréables souvenirs de ce tournage, à Maisons-Laffitte. Au générique, Stéphane Audran, Michel Duchaussoy, Jean-Pierre Cassel, avec lequel je faisais quelques pas de claquettes, entre deux prises de vue, histoire de nous détendre. Je garde un souvenir ému de Jean Carmet, sa gentillesse, sa modestie. Déjà connu, mais cantonné à des petits rôles de comique, Carmet avait des timidités de débutant. Il abordait le mode tragique avec humilité, sans la moindre amertume quant à son succès tardif :

— Je suis heureux que Chabrol m'ait donné ma chance, disait-il. Heureux qu'il m'ait reconnu, il y en a tellement auxquels cela n'arrive jamais.

Pour moi, cette année 70 s'est déroulée sous le signe du cinéma. Elle n'était pas terminée que j'étais contactée par Pierre Granier-Deferre. Il préparait *Le Chat*, un drame psychologique, un de ces films qui marquent, avec Jean Gabin et Simone Signoret, deux monstres sacrés, ce qui m'inquiétait un peu. Je n'ai pas eu de scène avec Signoret et, je l'ai su par la suite, c'était Gabin qui avait avancé mon nom, mais j'étais tout de même drôlement paniquée en arrivant sur le plateau.

Massif et tranquille à son habitude, Gabin était en train de déjeuner. « Tiens, v'là la môme », fut son seul commentaire en m'apercevant. J'ai tout de suite compris que mes craintes étaient inutiles, cela ne pouvait que bien se passer. Nous avons parlé music-hall, un monde d'où il venait et pour lequel il gardait un profond respect. Le respect des « saltimbanques », ainsi qu'il nous appelait.

Sans transition, j'ai fait « mes classes », ou tout comme, dans *Les Portes de feu* de Claude Bernard-Aubert. Avec Dany Carrel, Emmanuelle Riva et Juliette Mills (sans compter Georges Aminel, de la Comédie-Française). Nous étions quatre femmes perdues dans le désert, à bord d'un camion, pendant l'offensive de Montgomery contre Rommel. Six semaines d'un tournage à la fin duquel nous aurions dû être décorées. Debout à 5 heures du matin, coiffées de lourds casques, nous tournions sous un soleil de plomb. La température pouvait atteindre cinquante degrés, et le vent nous soufflait du sable plein les yeux. Il n'y a que les femmes pour vivre ça sans se plaindre !

Quelques mois plus tard, nouveau drame, sous la direction de Sergio Gobbi, *Les Galets d'Étretat*, avec Maurice Ronet et Virna Lisi. Une magnifique comédienne, Virna, talentueuse, gentille et drôle, nous nous sommes très bien entendues et j'ai eu beaucoup de plaisir lorsqu'elle a reçu un César pour son interprétation dans *La Reine Margot*, de Patrice Chéreau.

Bruno ne venait que rarement sur les tournages. Ce n'était pas son univers, il ne se sentait pas chez lui. Sa sœur, Juliette, elle, aimait bien. Pour fêter l'arrivée de Juliette à Étretat, nous sommes allées dîner dans un bon petit restaurant. Nous faisons notre choix, et lorsque le patron demande ce que nous allons boire, la force de l'habitude aidant, je réponds tout naturellement :

— Un petit vin de pays.

— Vous savez, madame, un petit vin de pays, dans les galets d'Étretat !

Nous avons ri, lui aussi.

C'est étrange, un tournage, surtout pour moi, pour qui jouer la comédie n'est pas le premier métier. Même si j'ai interprété plus de trente rôles au cinéma et quelques autres au théâtre, je ne suis pas une comédienne, je reste une parachutée du music-hall. Une « saltimbanque », pour reprendre Jean Gabin. Ce qui forcément m'angoisse et m'inquiète avant de commencer. Après ? C'est magique, le personnage s'installe, il n'y a qu'à le suivre. Certains vous marquent, d'autres ne vous laissent que des bribes de souvenirs. Je nous revois, avec Michel Galabru, faisant cuire des œufs sur le plat, boulevard Saint-Germain. Sous la direction de Pierre Tchernia, on tournait *Les Gaspards*. Je nous revois, à Rome, où nous étions allés tourner *Commissariat de nuit*, avec Roger Coggio et Jean Lefebvre. Cette fois, était-ce pour respirer l'air du pays natal, Bruno m'avait accompagnée. Quatre jours de tournage. Trois nuits durant lesquelles il a tapé la belote avec Jean Lefebvre. Dans ma chambre, naturellement, alors je dormais avec mon oreiller sur la tête. De temps en temps, j'avais un sursaut, je sortais ma tête de sous l'oreiller :

— Il est encore là ?

Bien sûr qu'il était encore là ! À jouer jusqu'à en perdre, sinon sa chemise, du moins tout ce qu'il avait sur lui. Heureusement que la production avait prévu son billet de retour, sinon, il n'avait plus qu'à rester à Rome, Jean.

*Elle court, elle court, la banlieue*, je me souviens de cette rigolote de Nicole de Buron dont Gérard Pirès avait adapté la comédie, de Marthe Keller, un délice, et de Jacques Higelin, adorable, qui chantait tout le temps.

Je ne compte plus le nombre de personnages que j'ai interprétés, au music-hall, au théâtre, à l'écran. Quels sont ceux qui m'ont profondément marquée ?

« Frosine », de *L'Avare*, à cause de la difficulté du texte. Pour moi, Molière en prose, ce fut pire que si j'avais dû apprendre le chinois. « Cela va plus loin qu'on ne vous peut dire. »

*Dolly* m'a fortement marquée par son allant et son originalité. Moins cependant que le personnage de *Rue haute*, Mimi, cette folle apathique que la seule vue d'un bus tire de sa torpeur, déclenchant la folie parce que cela lui remet en mémoire le moment où son mari a été enlevé par les Allemands. Je sais, je sais, Dolly aussi était très prenante et n'hésitait pas à parler à Ephraïm, son défunt mari, mais c'était la fête, Dolly ! Mimi pas.

C'est en 1975 que j'ai tourné *Rue haute*, que j'ai été Mimi, sous la direction d'André Ernotte. Mes partenaires, Bert Struys et Mort Shuman, que j'appelais mon *Teddy Bear*. Un amour, Mort ; il a eu bien raison de profiter de la vie. Pendant le tournage, il m'est arrivé de le croiser de nombreuses fois, alors que je sortais de l'hôtel vers six heures du matin, pour aller au maquillage... lui rentrait.

Lorsque je décrivais à des journalistes le personnage de Mimi, avec ses charentaises, son tablier, son sac, j'obtenais invariablement :

— Ça va être drôle.

C'était la grande époque de *La Bonne du curé* et, sans doute à cause du tablier, ils faisaient un amalgame. S'ils avaient su ! Nous avons beaucoup travaillé à la préparation du film avec André Ernotte, nous sommes même allés dans des asiles d'aliénés pour étudier le comportement des malades. Je me souviens de deux sœurs jumelles, deux pots de fleur, identiques, posé(e)s l'un(e) à côté de l'autre. Atroce.

Face au quartier du Sablon, le plus huppé de Bruxelles, nous tournions en extérieur, dans cette fameuse *Rue haute*, quartier populaire, ô combien ! À l'époque – et ce n'est pas si lointain, 1976 –, il y avait un bistrot qui servait d'abri de nuit aux clochards. Ils venaient y dormir non pas dans un lit, j'ai dit dormir, pas rêver ! Assis sur un banc, les clochards appuyaient bras et tête à une corde, oui, une corde qu'on tendait d'un mur à l'autre, à un mètre du sol. À 6 heures, le lendemain, une âme charitable détendait la corde... les clochards n'avaient qu'à repartir. Malgré le froid vif, pour nous, c'était tout de même moins dur.

La rue était passante et très animée, les gens scandaient : « Annie, Annie, *La Bonne du curé*, *La Bonne du curé*...

J'était bien obligée de m'exécuter, d'autant que j'avais envie de leur faire plaisir, c'était mon public. Mais, auparavant, je leur expliquais :

– Nous allons tourner une séquence très difficile. Je vais chanter *La Bonne du curé*, après, je vous demande de ne plus faire de bruit.

Je m'exécutais, ils applaudissaient, et, en quelques secondes, nous obtenions un silence parfait. Extraordinaire.

Mimi était de ces personnages lourds qui s'emparent de vous, aussi, à peine le tournage terminé, j'enfonçais un gros bonnet sur ma tête, histoire d'effacer Mimi la brune pour quelques heures, et je filais dîner avec ma sœur Jeannette et Michèle qui étaient encore à Bruxelles. Revenue à l'hôtel, à peine dans ma chambre, Mimi ressurgissait. Étrange et très intéressant.

*Rue haute* n'a pas eu le succès escompté. Probablement parce que Mort Shumann et moi venions du music-hall. Il aurait été préférable que l'un des deux, lui ou moi, soit un comédien qui draine le public de cinéma. À l'étranger, le film a été reconnu, il a obtenu le grand prix du Festival de La Nouvelle-Orléans et été couronné par un Award.

Quelques années plus tard, changement radical, de ton comme de climat : je tourne *Le Braconnier de Dieu*, sous la direction de Jean-Pierre Darras. Avec Pierre Mondy, Jean Lefebvre, Michel Galabru, Catherine Allégret. Un délice, un moment privilégié. Tout a été facile et léger durant ce tournage sous le soleil de Provence où les fameux petits vins de pays ont – cette fois – joyeusement arrosé nos repas.

Un peu plus tard, j'ai retrouvé ma Belgique natale pour tourner *Impasse de la vignette*, saga écrite et réalisée par Anne-Marie Étienne, jeune femme talentueuse qui s'est battue pour réaliser son film entièrement autobiographique. Elle a voulu que j'en sois l'interprète, je l'en remercie, cela reste un magnifique souvenir. Avec moi, Paul Crauchet, adorable Paul Crauchet, et la délicieuse petite Olivia Capeta. Elle doit bien avoir dans les dix-huit ans, aujourd'hui, notre petite Olivia.

Je le fais, je ne le fais pas ? Je me suis posé la question. Ne pas le faire aurait été une erreur. Outre le plaisir du beau travail, ce tournage m'a été extrêmement bénéfique sur un plan personnel. C'était quelques mois seulement après la mort de Bruno, j'étais mal, très mal, mais le travail est la meilleure des thérapies, la seule susceptible de vous sortir de votre douleur.

*Impasse de la vignette* c'est, raconté par sa petite-fille, quarante ans de la vie d'une femme de 1937 à 1980. Je me suis replongée avec douceur dans mes racines belges, j'ai revécu mon enfance, dans cette *Impasse de la vignette* qui existe vraiment, à Liège. Aujourd'hui, je ne l'affirmerai pas, mais en 1981 il y avait toujours un cerisier au milieu de l'impasse. Je me suis souvenue des cerises que je mettais en boucles d'oreilles, comme le font toutes les petites filles. Mieux encore, j'ai retrouvé ma mère dans cette femme qui pousse une charrette à bras, avec son manteau et son petit chapeau sur la tête. Maman adorait les chapeaux, moi aussi. Il n'est pas rare que je sorte dans le but bien précis d'acheter un sac ou des chaussures et que je rentre… avec un chapeau de plus !

J'ai revu maman insultant l'Allemande, au cours d'une scène où, balai à la main, je me dispute avec ma voisine. Soudain sont remontées à la surface toutes ces références enfouies au fond de moi. Non pas des références littéraires, mais les références de la vie de tous les jours d'une enfance populaire. Oui, j'ai revu maman boire une jatte de café, je l'ai revue verser le charbon dans le poêle, petits gestes simples et cent fois répétés qui étaient loin de m'être inconnus.

Dans ce film, Olivia m'appelait *Morke*, ce qui signifie « petite mère », et tous les autres avec elle. J'ai eu le prix d'interprétation du « rôle de mère ». C'est moins respectable que « chevalier de l'Ordre de Léopold », ce que je suis depuis 1975, ou encore « commandeur des arts et des lettres », ce que je suis également, mais c'est touchant.

# 24

Je ne voudrais pas donner l'impression de faire une énumération de spectacles, de rôles, de films. Je ne voudrais pas non plus avoir l'air de faire une sélection, d'oublier, de gommer... Sur quel critère, d'ailleurs ? Ah, me voici bien ennuyée !

Mon parcours peut sembler hétéroclite. Il l'est. C'est bien pour cela que je fête aujourd'hui mes cinquante ans de travail, de scène, nos cinquante ans de rencontres. Parce que j'ai eu la chance, l'opportunité, de passer d'une discipline à l'autre, d'un genre à l'autre à une époque où ce n'était pourtant pas aussi facile qu'aujourd'hui.

Il y avait des barrières. On n'imaginait pas un instant, dans les années 50, qu'opéra, opérette, jazz..., puissent un jour cohabiter, qu'un ténor fameux tel Placido Domingo flirte avec le jazz, qu'un comédien comme Lambert Wilson interprète de grands airs d'opéra. Avec son imagination débridée, Ivry Gitlis avait joué les visionnaires, il y a une bonne vingtaine d'années, en me proposant :

— Annie, nous devrions faire un spectacle ensemble.

Je n'ai pas relevé le défi, dommage. Question de temps, comme toujours. Vous vous en doutez, c'est bien beau de passer d'un mode d'expression à l'autre, de vivre à une vitesse grand V, mais on laisse forcément de côté bon nombre d'autres choses. Je dis cela sans la moindre nostalgie, sans l'ombre d'un regret. Depuis toujours, lorsqu'on me demande si j'ai vu telle pièce, tel film, ma réponse négative suscite un air navré. Mais, quand aller au cinéma ? Quand aller au théâtre ? Encore que, pour ce qui est du théâtre, ce n'est pas tout à fait vrai, j'ai toujours essayé d'y aller le lundi, mon jour de relâche, si toutefois je n'avais pas un gala !

Au fond de moi, c'est sûr, je dois avoir le complexe de la comédienne rentrée ! Je regrette de ne pas être imprégnée de cette base de culture classique qui m'attirait déjà, lorsque j'étais enfant. Certes, j'ai quelques bribes. Attention, je ne dis pas : « Il me reste quelques bribes », ce serait faux. Je n'ai jamais eu plus de bribes que celles que m'a inculquées Mlle Brissac, mon professeur de français, dont je vous ai déjà parlé. Lorsque nous étudiions un texte classique, c'était toujours moi qu'elle faisait monter sur l'estrade.

— Léonie, au tableau.

Je prenais alors un grand plaisir à lire à voix haute, à marquer la ponctuation, à faire en sorte que les mots se fassent images et retiennent l'attention de mon auditoire. Prenons pour exemple une fable de La Fontaine. Lorsque je disais *Le Chat, la Belette et le Petit Lapin*, j'interprétais sur un ton bien différent chacun des personnages. Sans oublier que le conteur, neutre, lui, met en scène :

*Du palais d'un jeune Lapin*
*Dame Belette un beau matin*
*S'empara…*

À la Belette, je prêtais une voix pointue comme le nez de ladite dame. Je dotais Jeannot lapin qui trotte et broute, allègue « la coutume et l'usage », du timbre mesuré de quelqu'un de bonne compagnie. Et Raminagrobis ? « Un saint homme de chat, bien fourré, gros et gras. » À Raminagrobis, je donnais le timbre grave de l'autorité.

Tout cela amusait beaucoup la classe, et moi, je n'étais pas mécontente de mon petit succès.

Même comportement, au cours de musique, lorsque Mlle Delplanque, notre professeur à l'École moyenne, devenue depuis Lycée royal, m'appelait au tableau noir. Certaine de mon petit effet, je solfiais Ah, ah, ah, ah, ah, ah…, *Les Clochettes de Lakmé*. Cela vous étonne ? Cela a également étonné Mlle Delplanque. Lorsque je l'ai revue, quelques années plus tard, elle m'a fait cette remarque :

— Votre voix a bien changé, Léonie, elle est plus grave.

— Oui, mademoiselle, elle est plus grave, elle s'est assise.

Drôle, Mlle Delplanque. Comme si seul le timbre de la voix changeait au fil des années. Il faut bien accepter ces évolutions qui à la longue deviennent de vraies… révolutions. Il n'y a qu'à croiser une glace pour en être tout aussitôt convaincu ! Oui, mieux vaut les accepter avec philosophie et sagesse. J'ai beaucoup de sagesse en moi, plus j'avance, plus je relativise. C'est préférable.

Ah, je sens que j'ai encore fait une digression. Je suis partie sur une idée qui me tenait à cœur et j'en ai rencontré une autre. C'est toujours pareil. Lorsque je rentre à la maison, après une émission de radio ou de télévision, Arlette, mon assistante me dit régulièrement :

— C'était bien. Mais pourquoi sautez-vous toujours d'une idée à une autre ? Vous ne dites jamais trois phrases d'affilée sur le même sujet.

Je sais, je sais. Elle n'a pas tort ! Dans tous les domaines, j'ai le même comportement. Je suis comme ça depuis toujours, vous avez dû vous en apercevoir. Je suis une idée, et paff ! Elle fait naître une image, un souvenir… que j'ai peur de perdre. C'est pourquoi, aussitôt, je m'accroche à ce qui peut sembler une idée nouvelle qui télescope la première. Pas du tout.

Imaginez-vous roulant sur une nationale vers une destination précise. Vous croisez une petite route qu'il vous semble avoir déjà empruntée autrefois. Alors hop ! coup de volant, vous bifurquez. Pour moi, c'est ça, la vie. Être susceptible de passer d'un point à un autre, d'une idée à une autre. Cette forme d'esprit qui me caractérise explique certainement la diversité de ma carrière. Et j'aurais tort de m'en plaindre.

Si je m'étais limitée à la seule chanson, si je m'étais cantonnée dans les variétés, « les variettes » pour ne pas citer certains chroniqueurs musicaux méprisant ce genre à leurs yeux mineur, oui, si je m'étais cantonnée dans « les variettes », est-ce que je serais toujours sur scène, cinquante ans plus tard ? Certainement pas, ou alors, j'aurais été obligée de m'expatrier. J'en ai eu conscience dès mes débuts, c'est la raison pour laquelle je suis allée chanter, en Allemagne et en allemand, aux États-Unis et en anglais, et aussi en Suisse ou dans ma chère Belgique. Si on ne peut pas diversifier son répertoire, il faut savoir diversifier son public. L'important étant de toujours, toujours, garder une ouverture sur les autres, leurs rythmes, leurs genres, toutes formes nouvelles qui ne peuvent qu'enrichir.

À ce propos, en France, entre les années 50 et 70, nous ne nous sommes pas privés d'ouvrir notre porte et nos oreilles aux musiques venues d'ailleurs.

Rythmes anglo-saxons, chansons allemandes, brésiliennes, africaines... ont pris possession de nos antennes. Je m'en félicite, moi, la première, cela m'a ouvert bien des horizons. Dans un autre domaine, tant mieux, si l'opéra est aujourd'hui un art à la portée de tous. Chez nous du moins, car depuis toujours les Italiens, eux, sont bercés de grands airs dès leur plus jeune âge et barytonnent dans les rues comme dans leur salle de bains.

En revanche, je m'élève contre une certaine invasion, au détriment de nos musiques à nous. À un point tel que le ministère de la Culture, lui-même, s'est vu, il y a quelques années, dans l'obligation d'imposer un quota de chansons françaises sur nos propres ondes. Un comble ! On n'imagine pas que l'inverse ait pu se produire. Avec leur sens aigu du protectionnisme, jamais les Américains ne se seraient retrouvés dans la même situation.

En France, allez savoir pourquoi, nous n'avons pas hésité à reléguer notre patrimoine au second plan. Pourtant, le « musette », bien de chez nous et rien qu'à nous, est un genre sublime, le mot n'est pas trop fort. Et l'accordéon ? Quel instrument fabuleux, le « piano du pauvre » ! *Le Piano du Paôvre*, ainsi que je l'ai entendu chanter à New York. Du pauvre ? Peut-être, mais comme il y a plus de pauvres que de riches, qui s'en plaindrait ?

Le savez-vous ? Aujourd'hui encore, la plus grosse vedette française en Amérique est... Maurice Chevalier. Du sud au nord, tous le connaissent. Et ils l'adorent, notre fameux *French Lover* qui a tourné avec « leur » Jeanette MacDonald, bien que ça ne date pas d'hier. Réalisé par Ernst Lubitsch, le film *Parade d'amour* – excusez-moi du peu – valut à Maurice Chevalier un Oscar en 1929. À ce propos, une fois de plus, je vais sortir de la « nationale ». À mes débuts, j'avais dans les dix-huit ans, un imprésario, originaire de Roumanie comme lui, ami de Lubitsch, me répétait : « Annie, Lubitsch, pour vous, ce serait formidable. »

À l'époque ? Je ne savais sans doute même pas qui était Lubitsch ! Avec le recul, je trouve que c'était drôlement flatteur.

Lorsque Maurice Chevalier était à New York, on pouvait voir « The King » clignoter sur le fronton du théâtre dans lequel il se produisait et, je vous le jure, il n'était pas question d'Elvis Presley ! Son programme était imprimé sur l'agrandissement d'une carte représentant un roi de cœur, c'est tout dire ! Son public ? Quatre générations dont les enfants connaissent et fredonnent toujours *Ma pomme*...

Par l'intermédiaire de Maurice Chevalier, nous avons expatrié notre chanson populaire, sa bonne humeur, sa gaieté. Un fugitif mais vrai bonheur !

Il n'y a pas « des » musiques, la grande et la « petite ». Tout ça, c'est la même famille. Il y a, et tant mieux si j'enfonce des portes ouvertes, la bonne et la mauvaise musique. Et puis, et puis, il ne faut surtout pas oublier la chanson à texte, un domaine bien français, vaste et riche, dont on n'aurait pas fini d'énumérer les interprètes...

Par lequel commencer ? Brassens, Béart, Brel, Léo Ferré, Sardou, Maxime Le Forestier, qui aujourd'hui chante Brassens, et aussi Julien Clerc, au répertoire magnifique. Comme leurs prédécesseurs, ce qu'ils expriment est le reflet de notre temps, de notre société, c'est important.

Julien, je me souviens de ses débuts, je l'ai souvent croisé au cours de nos tournées d'été, ce jeune homme si timide qu'il chantait... le dos à son public. Il s'est par la suite enhardi, heureusement.

Et Hallyday ? Notre Johnny national, avec son talent, sa fougue, sa présence. Qui, mieux que lui, peut attirer les spectateurs au Zénith, au Stade de France, et les tenir en haleine ? Pour ces salles-là, il faut être un animal de très grand talent. Le public a une nouvelle éducation, d'autres habitudes. Dans une salle, si immense soit-elle, il entend retrouver les qualités techniques que lui offre sa chaîne hi-fi, chez lui.

Moi, Cordy, si la lubie me prenait, oui, je pourrais faire le Zénith. Cela ne me ferait d'ailleurs pas peur, j'ai fait les arènes de Nîmes, à une autre époque, avec seulement six musiciens face à douze mille spectateurs ! Je vous en ai déjà parlé. Au Zénith, le public viendrait, c'est sûr. Sur le plan sonore, il aurait ce qu'il attend. Mais mon public ne veut pas seulement m'entendre, il veut aussi me voir, et là, du coup, il repartirait déçu. Il aurait aperçu ma silhouette, mes mouvements, certains de mes gestes, mais pas les mimiques et encore moins les clins d'œil que je lui fais, qui expriment notre complicité et pour lesquels il m'aime. À une certaine époque, les fantaisistes étaient vendeurs de disques. On venait les entendre, mais, avant tout, on voulait les « voir ».

En matière d'expression artistique, les temps ont changé et c'est tant mieux, cela m'amuse. Je me souviens – attention, je vais encore faire figure de dinosaure –, je me souviens des débuts de ce qui est aujourd'hui une banalité. Dommage ! Car la publicité à la télévision, ce mode d'expression que j'ai découvert à New York, a parfois forme d'art. À Paris, à Bruxelles, en 1956, nous savions à peine ce que c'était et encore moins l'importance qu'elle allait prendre dans le quotidien de chacun.

Aujourd'hui, « faire une pub » fait partie de l'ordinaire d'un comédien comme de celui des plus grands réalisateurs au talent desquels les agences font appel pour vanter les qualités de n'importe quel produit. Lessive, crème de beauté, yaourt ou voiture de luxe... Il n'en a pas toujours été ainsi. Les débuts des comédiens dans la publicité furent plutôt timides.

J'ai le souvenir charmant et poétique d'un petit film publicitaire commandé par le syndicat du parapluie. Je me souviens également avoir tourné pour les matelas Beka et, mieux encore, pour des robots culinaires. Increvables, ces robots, j'en ai toujours un dans ma cuisine. Plus de vingt ans après, il est encore en bon état de marche, Bernadette vous le confirmera.

Ces tournages étaient extrêmement difficiles. Nous travaillions sous la direction d'un cinéaste, lui-même sous la direction d'une agence de publicité, elle-même sous la pression d'un client. Autrement dit, le « patron » du produit dont on devait vanter les mérites. C'est dire les contraintes que nous subissions.

Pour l'agence, la priorité était de trouver un comédien connu, un « nom ». Il fallait faire preuve d'originalité tout en se glissant dans le créneau. Pas facile ! D'autant que le client n'hésitait pas à venir sur le tournage, histoire de surveiller, donner son avis, mettre son grain de sel et, pis encore, freiner tout élan d'originalité.

Ainsi, lors du tournage pour l'increvable robot culinaire dont je vous ai parlé plus haut, j'ai proposé un mini-scénario à partir d'une scène de ménage. Une femme en a assez de faire la cuisine, ce jour-là, elle se fâche vraiment et jette à terre le robot qui s'en sort... intact, toujours rutilant et en parfait état de marche.

— Surtout pas ! fut l'objection du responsable de l'agence.

On m'a demandé de râper des carottes, des carottes et encore et toujours des carottes. Ce que j'ai fait avec application.

Un tournage on ne peut plus sérieux, sous le regard du patron de la marque présent sur le plateau, histoire de surveiller si nous rendions bien l'image qu'il pensait être celle de son produit. Dommage ! Cet increvable robot aurait pu faire la démonstration de ses talents de façon tout aussi efficace mais moins classique. En matière de publicité, à l'époque, sens de l'humour ne rimait pas avec sens pratique. Ce jour-là, le « pratique » l'a emporté.

Aujourd'hui, si j'en juge par les spots que je vois à la télévision, ce serait plutôt le contraire. Je m'en réjouis.

# 25

Depuis quelques années, je m'étais insensiblement éloignée de la chanson. Sans raison. J'ai commencé par refuser de faire des galas. Bruno n'était plus là, et prendre la route sans lui me pesait, cela n'avait plus le même piment. Finis, les discussions, les rires, les saucissonnades à 10 heures du matin et les répétitions après le spectacle, toujours au bord de la route.

De plus, comme nous avions sillonné la France entière jusque dans ses plus petits bleds, partout où je passais, des souvenirs jaillissaient qui ne faisaient qu'attiser mon chagrin.

J'avais l'impression que la chanson ne me manquait pas plus que ça, d'autant qu'il n'y a pas eu de vraie rupture entre nous. Je continuais à faire des disques, plus des compilations que des créations, c'est vrai, mais ça chantait tout de même ! Je n'avais pas de temps libre pour autant.

Je suis allée plus avant dans d'autres directions. Le cinéma, le théâtre, les fictions me faisaient du charme et je me laissai séduire. Très vite après la mort de Bruno, en 1989 j'ai tourné *Impasse de la vignette*, rebaptisé *Un été après l'autre* pour les écrans français. L'année suivante, j'étais en scène avec *Mademoiselle*

*Plume*, une pièce anglaise adaptée par Laurence Jyl, aussi légère et charmante que son titre, dans une mise en scène de Jean-Luc Moreau – délicieux, Jean-Luc. Véritable feu follet, il mettait son talent au service de cette femme un peu allumée qui entendait des voix.

Nous avons promené *Mademoiselle Plume* dans le cadre des tournées Baret, avec François Dalou, Marie-Christine Demarest, Charlotte Kady, Nicolas Hawtrey... Nous formions une joyeuse compagnie de gens tout à la fois hétéroclites et proches, à commencer par Marie-Christine et moi, qui ne nous séparions jamais de nos chiens.

*Mademoiselle Plume* sortait à peine de ma vie que *Sacrée Gladys* y faisait irruption. Avec elle, je suis partie en tournée, accompagnée de Jacques Balutin et d'Alain Lionel. Un spectacle qui roulait bien, des camarades sans histoires. Heureusement, car j'avais une PPR. Une polyarthrite... En termes Cordy : une horreur. De terribles souffrances, à la limite de l'insupportable, et je ne me pense pas particulièrement douillette. Un matin, nous étions en tournée, à Saintes, impossible de sortir de mon lit, ni même de bouger. J'étais littéralement bloquée, incapable de prendre le téléphone pour demander de l'aide. Côté voix, une chance, ça marchait encore. J'ai crié, j'ai hurlé, si bien que Jean-Marie Brazier, l'administrateur, dont la chambre n'était pas éloignée de la mienne, m'a entendue. Il a fait irruption, et, affolé, il faut dire que j'étais plutôt inquiétante, il a appelé un médecin. Traitement de choc, piqûres. Merci, docteur Maury, le soir même, je jouais.

Un amour, Jean-Marie Brazier. Tellement gentil et délicat. Le 24 décembre, après la représentation, nous sommes rentrés ensemble. À minuit, il arrête la voiture au bord de la route, descend. Moi, pratique, je me dis

« il va faire pipi ». Pas du tout ! Il sort deux verres et une bouteille de champagne.

— Joyeux Noël, Annie.

Délicieuse idée que ce petit verre de champagne dans le brouillard glacé.

Je finissais par n'être à la maison, à Bièvres, qu'en transit, et ce n'était pas plus mal. Il faut laisser le temps au temps.

Les propositions m'arrivaient comme ça, elles s'enchaînaient. Pas de décisions à prendre, pas le temps de réfléchir, des rôles qui me plaisaient, tout ça était très bien. Ai-je assez remercié mon ange gardien ?

Et surtout, il y avait les fictions. J'aime bien la télévision, c'est un instrument formidable, je lui dois beaucoup. Grâce à toutes les émissions auxquelles j'ai participé, je suis entrée dans la France profonde, chez des milliers de gens. Ils ne seraient peut-être pas venus voir mes spectacles, mais ils m'ouvraient grande leur maison, tandis qu'ils déjeunaient tranquillement dans leur cuisine. Ça crée des liens.

J'ai pris la relève d'Annie Girardot dans *Orages d'été – Avis de tempête*. Un long tournage – normal, pour une série de neuf épisodes de quatre-vingt-dix minutes chacun – et de nombreux comédiens aux tempéraments comme aux talents les plus divers, Jacques Dufilho, Gérard Klein, Pierre Vaneck, Patachou, Élisa Servier et aussi Claire Nebout, que je retrouverai plus tard dans un court-métrage, *Vroum vroum*.

Je n'en ai fait que trois, mais j'aime bien le court-métrage, c'est un mode d'expression intéressant qui, soyons réaliste, permet de donner leur chance à des jeunes. Ils ont du mal à trouver de l'argent, nous autres pouvons les aider en tournant avec eux. Sans cachet, bien sûr.

*Une famille pas comme les autres*, même si je n'ai participé qu'à quatre des cinquante-deux épisodes, fut l'occasion de retrouvailles avec Jean Lefebvre. J'avais toujours intact le souvenir de cette nuit – presque blanche pour moi, complètement pour eux deux – où ils avaient tapé la carte avec Bruno, dans ma chambre à Rome, sur le tournage de *Commissariat de nuit*.

Que dire de *Poulet fermier* ? Sinon le bonheur de travailler avec Philippe Triboit, Michel Baladi et aussi Francis Perrin, mon voisin, mon copain.

Changement de décor. Pour tourner *Mammy Mamours*, Philippe Niang mit le cap sur le Sénégal. J'ai retrouvé N'Gor, proche de Dakar, où Bruno et moi avions fait escale en 1956 sur la route de Rio. Souvenirs, souvenirs…

Un joli personnage, tendre comme son nom l'indique, celui de cette femme qui part à la recherche des parents du petit garçon qu'elle a adopté. Avec le jeune Sekkou Sall, Jacqueline Noëlle, Georges Blaness et Makena, nous avons tourné à Dakar, ses marchés si beaux, et ses environs. Il faisait une chaleur torride, la clim' était en panne et nous étions mouillés jusqu'aux cheveux, dégoulinants de sueur. Pis, ce jour où, au moment de tourner une séquence autour d'une table, nous vîmes les aliments couverts de mouches. À portée de main, nous n'avions que des insecticides pour… rampants. Ils ont fait l'affaire.

Au retour, autre fiction, j'ai retrouvé Philippe Triboit sous la direction duquel j'avais déjà tourné

*Poulet fermier.* Nous avons joué *La Fille du roi*, avec Raoul Billerey, Jacques Bonnaffé, Olivia Capeta...

Un rythme de travail soutenu certes, mais loin de la folie des tournées, des nuits à rouler. J'ai bien fait d'en profiter, je ne savais pas ce qui m'attendait. Rien que de très agréable, mais pas facile pour autant. Par quoi commencer ? Allons, tout le monde sait ma tendresse pour Charles Aznavour. En 1994, avec Charles, nous nous sommes retrouvés à Budapest, avant de rayonner en Hongrie où Michel Lang avait décidé de tourner *Badilpata.* Je traduis : « T'as pas dix balles ? »

Avec nous, Yves Jacques, excellent comédien, cavalier émérite et bretteur, Gottefried John, des comédiens et figurants hongrois qui ne baragouinaient pas trois mots de français. Nous, il faut bien le dire, n'aurions pas été plus brillants si on nous avait demandé de parler hongrois. Nous nous déplacions en car, de ces cars comme seuls les pays de l'Est peuvent les concevoir et dont l'un nous servait aussi de cantine, à la grande satisfaction de ce gourmand de Charles. Tarte aux pavots à chaque repas.

— Goûte, Annie, goûte, tu verras comme c'est bon, insistait-il.

Je ne voulais pas le contrarier mais, entre nous, je déteste la tarte aux pavots comme la gelée de roses que Charles adore également.

Petit luxe, on nous avait attribué à chacun un camping-car qui faisait office de loge. J'étais dans le mien tôt le matin, peu après 5 heures, pour mettre mes bigoudis et préparer mon fond de maquillage. Au risque de me répéter, je me connais mieux que personne, et j'aime bien ébaucher mon maquillage. Un goût que j'ai communiqué à mes filleules, deux d'entre elles ont suivi des cours d'esthétique. Je me plais à le répéter, quitte à en faire hurler plus d'un :

assistante sociale ou esthéticienne, même démarche. Ça influe sur le moral. Hum, hum, il semblerait que j'aie encore pris une transversale...

Pour meubler les temps morts entre deux scènes, Charles et moi avions inventé un petit jeu : « J'en attaque une (chanson, bien sûr) que tu ne connais sûrement pas. Si tu la connais, c'est toi qui rebondis. »

Lui comme moi, on connaît tant et tant de chansons que ça rebondissait forcément, nous avons la même « culture » en matière de chansons populaires. Les *T'en fais pas, Bouboule*, les grands succès de Mayol comme les standards américains, n'ont aucun secret pour nous. Michel Lang, lui, était imbattable en matière de comédies musicales et opérettes. Complices, les trois Gémeaux que nous sommes ont bien ri.

À Budapest, ville de cure, il y avait trois piscines dans notre hôtel dont les grandes baies donnaient sur le fameux Danube bleu. Moi, je l'aurais plutôt dit verdâtre. Charles, qui est un fou de shopping, m'entraînait faire des courses dès que nous avions du temps libre, et le dimanche nous allions déjeuner dans l'île Sainte-Marguerite qui se prélasse entre les deux rives du fleuve. Nous partions en tricycle, très chic, le tricycle, avec un petit dais pour nous protéger du soleil ou nous abriter de la pluie. Nous pédalions joyeusement avant de nous arrêter dans une de ces grandes brasseries de style rococo, salles immenses et hauts plafonds, où nous servaient des garçons vêtus à l'ancienne. Au menu ? Les spécialités, et toujours la tarte aux pavots chère à Charles. À l'heure du dîner, il me proposait :

— On se fait un chinois.

Et comme je déclinais, raisonnable, il disait :

— C'est bon, je vais me faire monter une banane dans ma chambre.

C'est cette même année, 1994, que j'ai joué *La Célestine*, à nouveau sous la direction de Marcelle Tassencourt. Une belle pièce, mais dure, très dure, un personnage avec lequel j'ai eu des relations étranges. J'ai appris mon texte en quinze jours, je le maîtrisais parfaitement, c'est donc plutôt tranquille que je suis allée à la première répétition. Allez savoir ce qui s'est passé dans ma tête, je fus incapable d'aligner deux mots. Atroce. Mes camarades me soutenaient :

— Annie, ce n'est rien. Ne t'inquiète pas, ça va passer.

Atroce, c'est le mot ! Heureusement, cela ne m'est plus jamais arrivé, sinon, j'aurais tout arrêté.

J'ai vécu la peur de ma vie, à en être physiquement malade, au moment d'entrer en scène, le 6 juillet, soir de la première au Festival de Ramatuelle. Au premier rang, rien que des gens qui m'aimaient bien. Charles Aznavour, c'était sûr, il ne m'aurait pas abandonnée, Jean-Marc Thibault, Michèle, ma filleule... Venue avec moi pour me soutenir, elle essayait de me raisonner :

— Enfin, marraine, calme-toi. Tout ira bien, tu es au point, tu maîtrises bien ton rôle, tu sais ton texte...

Je ne savais rien du tout. C'est du moins ce que je pensais. Pire, chère Michèle, je ne l'écoutais pas plus que je n'écoutais mes camarades, envahie par une angoisse atroce que je ne pouvais pas maîtriser. En avais-je seulement envie ? L'absence de Bruno se faisait de plus en plus aiguë, je me sentais livrée à moi-même, abandonnée par mon poisson pilote.

J'étais malade de peur. Ce fut un succès, ainsi qu'en témoignèrent les applaudissements et, mieux encore, les petits coussins sur lesquels étaient assis les spectateurs et qu'ils m'envoyèrent bientôt à la tête en criant : « Bravo, bravo ! »

C'est donc un peu plus détendue que je suis allée en Corse avec *La Célestine*, au festival que Jean-Claude Brialy organise à Ajaccio. Même succès. Partout – nous avons fait une tournée Karsenty – *La Célestine* faisait l'unanimité, les critiques l'encensaient, les spectateurs l'acclamaient. Cordy se détendait.

Après *Baldipata* et *La Célestine*, je me suis bien amusée en jouant une pièce de Marc Perrier, *Six heures au plus tard*. Deux personnages en scène. Eh oui, j'ai repris, et féminisé vous vous en doutez, le rôle créé par Claude Piéplu, face à un adolescent joué par Étienne Van Der Belen à l'Auditorium 44 à Bruxelles, par Xavier Percy en tournée. Un rôle en or. J'étais, en pyjama et charentaises – quel confort –, dans la peau d'une femme qui habite seule un trou perdu en Normandie. Un personnage complexe sous son apparente simplicité. Ayant perdu fils et mari, elle aspire à une certaine paix et décide d'apprendre l'anglais, histoire de meubler le temps. Tranquille, enfin... Jusqu'à ce qu'un jeune homme impliqué dans une histoire de hold-up loupe un virage au volant de sa voiture et atterrisse sur son lit. Surprise, imbroglio, dialogues entre deux générations, c'était vif, drôle, animé, enrichissant et fort bien écrit. J'en garde un excellent souvenir, d'autant que cette tournée à deux, avec un comédien beaucoup plus jeune que moi, fut vraiment très agréable. On prolongeait dans la vie notre dialogue inter-générations ! Protectrice, je jouais un peu les mères. Moi qui n'ai pas d'enfant, vous savez combien je suis douée pour ce rôle !

C'est certainement la raison pour laquelle Jacques Renard a pensé à moi, alors qu'il préparait une fiction, *Une mère comme on n'en fait plus*.

Nous ne nous connaissions pas, Jacques et moi. Nous avons pris rendez-vous dans un Novotel sur la route, je descendais à Cannes, il remontait à Paris. Il est du Nord, lui aussi, ce tendre, plein d'humour. Immédiatement le courant est passé entre nous, le personnage m'a intéressée.

C'est l'histoire d'une femme de gauche, syndicaliste pure et dure, qui s'est toujours battue pour ses idées. Elle vit dans un pavillon de banlieue et roule scooter tandis que son fils (Arthus de Penguern dans le rôle), lui, à la tête d'une usine, roule Mercedes. Ce qui ne les gêne ni l'un ni l'autre, jusqu'à ce jour où il lui annonce :

— Je licencie.

— Tu licencies ?

La syndicaliste qui sommeillait refait soudain surface. Elle monte au créneau, va motiver les ouvriers, leur apprendre à se défendre.

Ce fut un tournage plutôt difficile, mais j'avais acquis la philosophie de prendre les choses comme elles viennent. Le travail de préparation de Jacques était remarquable, heureusement ! Nous avons tourné en vingt-six jours, à Bucarest. Certains comédiens et quelques figurants parlaient un français très élaboré, mais la plupart des petits Roumains qui faisaient de la figuration jouaient les masses en révolte et n'en comprenaient pas un traître mot. Aussi nos répliques – qui en français, qui en roumain – avaient-elles parfois du mal à s'accorder !

À ce propos, je dois faire une parenthèse qui m'attriste. À Rio, en 1956, la plupart des gens que j'ai rencontrés parlaient notre langue avec élégance. Depuis, force est de le reconnaître, où que nous allions, le français est en très nette régression, à l'avantage de l'anglais. J'ai cependant rencontré, en

Roumanie, des gens qui parlaient un français parfait, sans avoir jamais mis les pieds dans notre pays.

Moi, qui n'en avais pas fait depuis des années, je filochais sur une vieille Vespa qui fumait, un casque bien trop grand sur la tête, qui me tombait sur les yeux. Ça n'allait pas du tout, jusqu'à ce que l'accessoiriste ait une idée géniale. Il a pris son pull-over, l'a coupé en deux et en a fourré une moitié dans mon casque. Parfait.

Je me souviens de petits gars en quête d'autographes. Ils me tendaient un petit bout de papier : « Madame Le Tellier – puisque j'étais Madame Le Tellier dans le film – Madame Le Tellier, vous voulez bien signer ? » Annie Cordy ? Ils ne connaissaient pas. Trop naïfs et tout aussi attendrissants. Belle leçon d'humilité.

Jacques Renard, il a une étiquette plutôt intello, Jacques, tournait là sa première fantaisie. Une réussite. *Une mère comme on n'en fait plus* a été nominé aux 7 d'Or.

Nous nous sommes entendus comme larrons en foire, Jacques et moi, et j'ai vraiment très envie de tourner à nouveau avec lui. J'aime beaucoup sa façon de préparer le travail, jusque dans les plus petits détails. Après, tout se met forcément mieux en place.

En 1997, j'ai retrouvé Michel Lang et Charles Aznavour à Vienne. *Sans cérémonie*, travail ou plaisir ? Les deux, mon colonel ! J'aime bien travailler avec Michel Lang. Quant à Charles, je vous l'ai déjà dit, c'est mon frère.

À cette époque, j'étais plutôt dépressive, je venais de perdre Aramis, le petit chien que Bruno m'avait offert dix ans plus tôt. Eh bien, Charles m'attendait dans le hall de l'hôtel avec sous le bras un chien en peluche. Depuis, cette gentille bête est chez moi, dans l'entrée de *La Roseraie*, il m'accueille lorsque je rentre, me dit au revoir lorsque je quitte la maison.

Outre Charles et moi, *Sans cérémonie* réunissait également Christiane Minazzoli, charmante, très belle femme et bonne comédienne, Jean-Claude de Goros, Franck Dubosc et Jean Barney. Un tournage fort sympathique, à propos duquel je n'aurai qu'une restriction. Nous tournions dans un ancien pavillon de chasse, rempli d'animaux naturalisés, des têtes, des « bois » et des trophées. Dieu, que je n'aime pas ça !

Charles, comme vous le savez, adore courir les boutiques. À Vienne, il s'en est donné à cœur joie, s'offrant volontiers ces petites vestes à col de velours qu'il adore.

— Allons, Annie, ne me dis pas que rien ne te tente. On se retrouve dans une demi-heure.

Alors, j'achetais forcément des bricoles. Malgré ma passion des chapeaux, je n'ai cependant pas cédé au chapeau tyrolien avec sa petite plume. Vous me voyez ? Pourquoi pas, à la réflexion.

Lorsque je suis arrivée à Vienne, Canal + venait de me confier un petit Caméscope, une vraie merveille, tout à la fois sophistiqué et facile à manier. Ce n'était pas à proprement parler un « cadeau ». Il fallait que je « me » filme, pour une série consacrée aux « sexa » actifs, sour le titre général « J'aurai cent ans… » J'ai titré ma prestation « Vive la vie » ! Françoise Giroud, également contactée, a titré la sienne « Chienne de vie ». Choron, lui, a préféré « La vie est belle ». Pour je ne sais quelles obscures raisons, Jeanne Moreau et Sonia Rykiel ont déclaré forfait. Dommage.

Très fière à l'idée d'épater Charles avec mon Caméscope, j'ai fait un bide. Il l'avait déjà. Sacré

Charles, il est fou de technologie ! Il avait également un petit ordinateur sur lequel il travaillait. Le connaissant, je suis certaine qu'il écrivait déjà pour son prochain spectacle au palais des Congrès, en 1998. Son premier refrain, *Ce métier…* avec lequel il a attaqué son spectacle, j'en mettrais ma tête à couper, c'est à ce moment-là qu'il l'a écrit.

Les soirs de relâche, nous allions dîner dans un petit restaurant italien dont le patron est un admirateur de Charles. In-con-di-tion-nel. À nous, la pasta et un bon vin. Charles, dont vous connaissez maintenant le penchant pour la tarte aux pavots, se régalait de Sachertorte, il avait l'alibi du tournage. Moi, je ne vous le cacherai pas, à la énième reprise la fameuse Sachertorte me sortait par les yeux.

Monica Lang est venue rejoindre son mari, Ulla, la femme de Charles, aussi. Nous nous sommes promenés dans Vienne, on se retrouvait au Grand Café autour d'un chocolat chaud, bien fumant, tout ça était très sympathique. Nous sommes allés à l'Opéra, il y avait le *Bal des Deb's*, que j'ai filmé avec mon fameux Caméscope. Un spectacle en soi, un peu magique, comme si le temps s'était arrêté, l'espace d'une nuit. Charles était très content d'y retrouver Placido Domingo, moi de faire la connaissance de Sandrine Bonnaire.

Vous comprenez alors pourquoi j'ai envie de tourner à nouveau avec Charles… Chut, rien n'est encore signé, et j'ai beau prétendre ne pas être superstitieuse, je n'en reste pas moins un peu comédienne.

Et maintenant ? Oui, et maintenant… Tournez la page si vous en avez encore le courage.

## 26

Je m'installais donc, tranquillement, dans le monde de la fiction, lorsque mon entourage, allez savoir pourquoi, se fit de plus en plus pressant. Certes, j'allais fêter mes cinquante ans de scène.

— Enfin, Annie, vous ne vous rendez pas compte de ce que vous représentez pour le public. Il faut fêter ça, insistait-on autour de moi.

— Fêter ça ? Mais quoi au juste ? Et comment ?

— En écrivant un livre de souvenirs, en faisant une scène à nouveau.

Qu'est-ce qu'ils me chantaient là ? Un livre ? On me l'avait proposé dix fois, j'avais toujours refusé. Quant à la scène, pas question.

Lequel s'est montré plus persuasif que je ne suis têtue ? Bientôt a germé l'idée d'un album à partir d'adaptations de comédies musicales américaines. « Annie chante Broadway » a pris forme. Et voix.

Tout ça me plaisait bien finalement. J'ai retrouvé mes complices. Jacques Mareuil a fait l'adaptation de *You're the Top*, Pierre Delanoë *All that Jazz*, *Don't cry for me Argentina*. Claude Lemesle a écrit *Madame Roza*, sur une musique de Gilbert Bécaud. Grâce à Franck Gérald, je chante : *Être amoureux, c'est merveilleux*. En plus de quelques adaptations, Charles Aznavour m'a écrit : *En scène*, j'aurais dû me méfier !

Côté livre, invariablement je répondais à celui, ou celle, qui soulevait le projet :

— Écrire ? Ce n'est pas mon métier. D'autant que, moi qui ne me souviens même pas de ce que j'ai fait la semaine dernière, comment voulez-vous que je remonte dans le temps ? Depuis toujours, je suis résolument tournée vers l'avenir.

J'étais cependant encouragée par les jeunes.

— Écris, Annie, raconte. Nous, on ne sait pas comment ça se passait, il y a trente ans.

En scène à nouveau ? J'étais également résolue, c'était N-o-n. Mais il faut croire que je n'étais pas totalement guérie. L'idée a fait son petit chemin.

« D'accord, mais pas pour un tour de chant classique. J'aimerais faire un spectacle qui ressemble à un récit, les balbutiements d'une répétition, un dialogue avec le public. Et surtout, surtout, dans une petite salle. »

Tout ça était plutôt flou. Jusqu'au jour où j'ai rencontré Sophie Forte. J'aime beaucoup ce que fait Sophie. On bavarde, elle m'invite à passer chez elle, prendre un café. Là, elle me présente un garçon qui lui écrit des sketchs. Vous savez comment ça se passe, les présentations, la plupart du temps, on ne comprend pas le nom de la personne qu'on vous présente. Cela n'a pas raté, je n'ai rien compris. Lui m'a dit :

— On se connaît, Annie, j'ai travaillé avec vous dans *Indien vaut mieux que deux*...

Yves Carlevaris était danseur, à l'époque. Nous bavardons, je lui explique mes vagues projets.

— Un spectacle en forme de répétition, chanter mais aussi parler, m'adresser au public. Un spectacle convivial dans une petite salle, je me refuse absolument à faire une salle de music-hall.

Qui a dit avec raison : « Il ne faut pas dire fontaine... » ?

Avec Yves, nous avons commencé à travailler, à jeter des idées sur le papier, à les mettre en forme. Jusqu'à mettre sur pied un spectacle que j'ai joué en croisière, histoire de le tester. Le public a aimé, ils sont nombreux à être venus le voir deux fois.

De retour à Paris, j'ai rencontré Simone Valère et Jean Desailly qui préparaient la programmation du Théâtre de La Madeleine. Rien d'urgent, cela me convenait parfaitement.

En novembre 1997, je suis donc allée voir Charles Aznavour au palais des Congrès, applaudir Gilbert Bécaud à l'Olympia. Fabuleux, la technique ! Tout est là, semblable. La fontaine en fonte dans l'entrée des artistes et aussi le petit bar de Marilyn, rien n'a changé, sauf les coulisses et les loges. L'habitude... Pour aller embrasser Gilbert après le spectacle, j'ai pris sur la gauche sans hésiter et je suis tombée dans un cul-de-sac. Les loges sont maintenant à droite.

Cher Olympia ! Voici que je m'y retrouve à nouveau, pour la sixième fois, quarante-quatre ans plus tard. J'entends Paulette Coquatrix : « Annie, tais-toi ! »

Pourquoi me taire ? En fêtant mes « cinquante ans de succès », je ne peux pas espérer me rajeunir. Alors, j'assume.

J'ai fait l'Olympia en 1954, en 1955, en 1975, en 1979 et, de façon imprévue, en 1985. Je jouais *Envoyez la musique*, lorsque Paulette Coquatrix et Jean-Michel Boris m'ont demandé si je voulais bien

« faire les fêtes », l'artiste programmé venant de se désister.

Je me suis retrouvée sur scène, sans qu'on ait eu le temps de faire la moindre publicité. On a tout de même bien travaillé !

Rien n'a changé. En apparence du moins. Il me semble reconnaître des têtes... que je ne connais pas vraiment.

— Vous avez le bonjour de mon papa ! me dit alors un petit saxo.

Et voilà, j'en suis aux fils ! Encore dix ans... et ce sera les petit-fils. Qu'importe ! C'est sympathique, je peux leur parler de manière plus spontanée, à ces jeunes gens qui ont été bercés par mes chansons, ça crée des liens, une sorte de complicité.

Après Yves Carlevaris, j'ai retrouvé Évelyne Drach qui dansait dans *Nini la chance*. Aujourd'hui, elle fait la chorégraphie de mon spectacle.

À la télévision, même climat. Il y avait plus de huit ans que je n'avais pas mis le pied sur un plateau. « Salut, Annie. » On se retrouve comme si on s'était quittés hier, avec le cameraman, les gens du son...

J'ai senti les larmes me monter aux yeux lorsqu'un technicien m'a dit : « Le plateau de Bry-sur-Marne est très honoré de vous recevoir, Annie Cordy. » C'était vraiment beau, un hommage venu du cœur. Une connivence, une réelle affection se sont tissées au fil des années, des émissions, du travail fait ensemble.

Je me suis alors retrouvée à l'Olympia, avec un spectacle qui comportait beaucoup de chansons. Normal. Une sorte de mini-comédie musicale qui n'était pas pour autant le reflet de tout ce que j'ai fait. Aux chansons auxquelles je ne pouvais échapper, mon public ne me l'aurait pas pardonné, j'avais ajouté mon « bloc américain », ainsi que quelques chansons nouvelles. Depuis le temps qu'elles sommeillaient dans un tiroir, elles étaient soudain d'actualité, à commencer par *Halloween*.

J'aime chanter :

*Ma vie est une comédie musicale*
*Pleine d'amour, de chansons et d'étoiles...*

À mon côté, Éric Nicolas, un jeune artiste rodé à la comédie musicale, des musiciens en direct du Splendid auxquels rien ne fait peur. Et pour cause, ils savent tout faire, tout les intéresse, tout les amuse.

Pour les costumes, Françoise Sauvillé a très vite pigé que je n'avais pas envie de me changer entre chaque scène. D'un coup de crayon, elle a su dessiner quelques tenues aussitôt exécutées par Catherine Leloup, véritable fée de l'aiguille. Fabuleux, l'accessoire qui transforme. Il suffit de l'éclat d'un bouton, un gilet, un gros nœud... pour que je devienne quelqu'un d'autre. C'est ça, l'invention.

C'est drôle, la vie. Il y a moins d'un an, je traînais les pieds lorsqu'on me parlait spectacle. Soudain, j'ai eu des ailes aux talons. Il faut dire que j'ai été fortement aiguillonnée par Jean-Jacques Vannier, un nouveau venu dans ma vie. Depuis le temps que nous travaillions ensemble, je pensais qu'André-Paul Ricci allait s'occuper de moi – vous savez combien nous sommes fragiles, nous les artistes, il faut qu'on s'occupe de nous. Oui, je pensais qu'André-Paul, « mon fils » après tout, allait contacter la presse, faire la promotion et toute cette « cuisinc » sans laquelle il n'y aurait pas de spectacle.

Trop pris, j'en étais heureuse pour lui, André-Paul m'a mise dans les mains de Jean-Jacques Vannier.

Tonique, ce jeune homme ne m'a pas laissé le temps de souffler.

Pour moi, tranquille, en caleçons et baskets, coiffée avec un clou, qui jouais dans mon jardin avec Nougat, mon petit york, brusque changement de régime.

— Attention, Annie, le look ! Important, le look ! me répétait Vannier, vigilant.

Alors j'ai essayé de me faire « chic ». Je me suis prêtée aux retouches de la maquilleuse, va pour un coup de blush, un coup de peigne en cours d'émission ! J'ai répondu aux demandes des journalistes, je suis allée aux interviews...

Et surtout, j'ai travaillé, travaillé, travaillé. Sans me plaindre, j'aime toujours ça, même si, parfois, j'ai un regard nostalgique vers ma bibliothèque aux si belles reliures. Quand aurai-je enfin le temps de lire ? De me cultiver ? Oui, quand aurai-je enfin le temps de tourner, comme mon ami Charles, autour d'une phrase, jusqu'à trouver le mot juste, l'image parfaite ?

Moi, j'écris comme je parle, au cas où vous ne vous en seriez pas encore aperçus.

Me revoici à la case départ. Une façon comme une autre de rester jeune. Tout au moins de le croire...

⁂

Vous êtes nombreux à être dans mes pensées, près de mon cœur, dont je n'ai pas parlé, que je n'ai même pas cités. Il n'y a ni indifférence, ni oubli de ma part. Contrainte éditoriale simplement, mes pages sont comptées, le temps que vous avez à me consacrer aussi, sans doute. Par votre présence, vos encouragements, vos applaudissements, vous m'avez aidée à devenir ce que je suis. Je vous en remercie.

*Cet ouvrage a été réalisé par la*
*SOCIÉTÉ NOUVELLE FIRMIN-DIDOT*
*Mesnil-sur-l'Estrée*
*pour le compte des Éditions Belfond*
*en août 1998*

*Imprimé en France*
Dépôt légal : septembre 1998
N° d'édition : 3619 - N° d'impression : 43798